龍宮の鍵

The Key of
the Dragon Palace

Keiichi Tanaka

田中経一

龍宮の鍵

装画　宮崎ひかり
ブックデザイン　鈴木成一デザイン室

20日、午後2時、三重県伊勢市にある「伊勢クラウンホテル」の4階の客室で火災が起こり6室が全焼した。全国でも高い知名度を誇る老舗ホテルの火災に周囲は一時騒然となった。当時ホテルにいた宿泊客2名が避難時に怪我を負ったがいずれも軽傷。出火原因は調査中だが、火災が広まった要因の一つとしてスプリンクラーが稼働しなかったことがあると、消火にあたった消防署は説明している。

これだけの規模のホテル火災は過去に1982年33名の死者を出したホテルニュージャパン（東京都千代田区）、86年24名の死者を出したホテル大東館（静岡県東伊豆町）が上げられる。

また消火作業中、同ホテルの展望台から、50歳の男性従業員が転落し即死した。展望台は火災現場から離れた場所にあり、逃げ遅れたことが原因とは考えづらい。その従業員と出火の因果関係についても警察は慎重に捜査を進めている。

〈二〇〇〇年五月二十一日付　「新東京新聞」より〉

二〇〇四年　四月　東京

小麦《こむぎ》は、満員の中央線の窓から無表情に外の景色を眺めていた。

視線の先には、沿線に咲く満開の桜が通り過ぎていく。消えてはまた次の桜が現れ、それが繰り返された。つり革を摑む右手の甲に額を押し当てながら、小麦は心の中で呟いた。

「生い立ちも、個性だって違うはずの桜の木が、どうして一斉に満開になるんだろう」

きっと、それに不満を感じているものもいるはずだが、自然の摂理の中で、どの桜の木も我を通すことが出来ず、同じタイミングで花を咲かせているんだと小麦は思った。

「私も同じような理由で、今日就職をしなきゃいけないんだな……」

四月一日は、日本中の会社で入社式が行われている。この車両の中にも何人か、それに臨む人たちが乗っているのだろう。

小麦も今日のために一週間前、量販店で三九八〇円の新品のスーツと三千円のローファーの靴を購入した。今朝は随分と早くに目が覚め、鏡の前でお気に入りのつげの櫛を使い髪をポニーテールにまとめ、化粧もそれなりに気持ちを入れてやったつもりだった。しかし、電車に揺られるにつれ小麦の心はみるみる萎んでいった。

四ツ谷駅で降り五分ほど歩くと、そこに小麦の就職先はあった。三階建ての古びたビルを見上げながら一つため息をつく。

「ここに足を踏み入れる以外、いまは選択肢がない」

そう、働く目的よりも働き出す時期が大事なのだ。心を決めて乗り込んだエレベーターは、大きなモーター音を上げて三階までゆっくりと小麦を運んでいった。

エレベーターを降りてすぐのドアに、「五間岩《ごけんいわ》コーポレーション」と書かれたプレートを見つける。二度ノックして開けると、そこにはお洒落なインテリアなど一つもない古臭く冴えない空間が広がっていた。十畳ほどのスペースにはデスクが五つ並べられ、三人の中年女性が既に事務仕事を始めている。

「おー、小麦か。おはよう」

一番奥の社長席らしきデスクで、大きな声を上げたのは五間岩薫《かおる》だった。女性たちが一斉に顔を上げ、こちらに視線を送る。

「みんな、これが俺の娘だ。今日からここの社員になる。よろしく頼むな」

正確には義理の娘だった。小麦が五間岩の元に籍を入れたのは、今から四年前の中学三年の時だ。

「どうした小麦、表情が冴えないな。緊張してるのか?」

もちろん緊張などしていない。義父は、小麦の表情の訳を百も承知で言っていると思った。

「じゃあ、早速仕事場に行ってみるか」

立ち上がった義父は、七十過ぎだというのにストライプの入ったブルーのベッチンのジャケットを羽織り、下はジーンズ姿だ。白髪の混じった髪をオールバックにまとめ、頬骨の浮き立った顔は真っ黒に焼けている。デスクの上から派手なブランド物の白い革の鞄を手に取ると、大柄な身体を狭いデスクの間をすり抜けさせて、事務所から小麦を連れ出した。

義父の背中を見ながら、小麦は身構えていた。

「問題はここからだ」

五間岩が運転する真っ白いベンツは、四谷から新宿方向に向かった。

五間岩は無言でハンドルを握り続けている。助手席の小麦は、強く握る掌にうっすらと汗を滲ませていた。明治通りを右折すると、職安通りの手前の路地を入っていく。

そこは歌舞伎町の端にあるラブホテル街だった。

朝十時過ぎのホテル街は、朝帰りの人々の姿も消え閑散としている。狭い道でもスピードを緩めなかった義父が、街の中ほどで車を止めた。そして、助手席の窓ガラスをすーっと下ろし指さした。

「どうだ、立派だろ」

確かにそれは、周りのホテルよりもひときわ大きく、光沢のある黒い壁に覆われていた。見上げると、ゴールドの縁に濃いピンク色の文字の看板があり、そこには「ホテル・ファイブストーンI」と書かれてあった。

義父のもとで働くと決まったのは高校三年、去年の秋のことだ。

小麦は勉強が好きな方で成績もクラスの上位を続けていた。しかし、身寄りのない自分を引き取ってくれた義父に大学に進みたいとは言えなかった。義父からも進路について尋ねられることはなく、気が付けば今回の就職先が決まっていた。

小麦はそれまで義父のやっている会社について何一つ知らなかった。パソコンで、「五間岩コーポレーション」のホームページを開くと、そこにはホテル運営・リゾート開発・ホテル従業員派遣と書かれてあったが、その事業の実態はラブホテルの経営だった。義父の会社は、新宿歌舞伎町に四つ、渋谷円山町に二つの物件を所有していた。

『あなたは、本当にラブホテルで働くつもりなのか？』

小麦は、昨日の夜まで何度も自分に問いかけた。しかし、『いまは義父の言うとおりにするしかない』としか答えは返ってこない。

同級生たちのほとんどが、大学や専門学校への進学を決める中、小麦だけ就職の道を選んだ。しかも、ラブホテルへ。卒業前、クラスメイトからどんな会社なのかと聞かれた時は、ホテル運営会社とだけ答えるようにしていた。


「休憩で八千円。この界隈で一番高級なホテルだぞ」

八千円の休憩料金にどんな価値があるかなど分からない。小麦は義父の自慢するラブホテルの外景をただ見つめていた。

ベンツは暖簾《のれん》のようなビニール製のカーテンを潜り抜け、建物の中に入っていく。その瞬間、小麦は緊張している自分に気づいた。ラブホテルに入るのは、これが初めてだったし、こうしたエリアに足を踏み入れたこともない。

ロビーにはシーツが詰まった大きな布袋が三つ並んでいる。そこにある受付兼事務所で、ここの支配人だという榊原《さかきばら》加代子を紹介された。五十代中盤だろうか、スタッフジャンパーを着込んだ小柄な女性だった。こういう場所で働く人はみな派手なタイプなんだろうと想像していたが、髪の毛こそ薄いブラウンの入ったヘアマニキュアで染めているものの、顔にはほとんどメイクは感じられない。

榊原が近づいてきて、顔を覗き込むと小声で囁いた。

「お義父さんに、ここで働けって言われたの？」

小麦は小さく頷いた。

「まだ十八なんでしょ？」

「はい……」

榊原は、自分の履歴を知っているのだなと思った。

「本当に十八の子がここで働いていいのかしら？」

わざと五間岩にも聞こえるような声で、榊原はそう言った。

小麦は、その言葉が嬉しかった。義父に対し初めて自分の本音を代弁してくれた言葉だった。

「加代さんがそんなこと言うのかい？」

義父は大げさに驚いた顔をしている。

「ラブホは後ろめたい商売なんかじゃないぞ。これは立派な社会貢献なんだ。胸を張っていい仕事なんだぞ」

ここに居続けると、榊原に余計責められると思ったのか、義父はマスターキーを手に、部屋の下見に小麦を誘った。

五階建ての「ホテル・ファイブストーンⅠ」には、客室が四十室あった。エレベーターの中で、榊原の言葉を気にしているのか、義父が小麦を見ずにぽつりと言う。

「いまの小麦の門出には、ここが一番ふさわしいと思ったんだがな」

四階に着いてエレベーターの扉が開くと、小麦は身体を固くした。ここで働くことは決めているが、正直な気持ちまだ部屋の中は見たくない。そこは性行為が繰り返される不潔な場所のはずだ。

高校に通っていた時、校内に援助交際に手を出した女子生徒がいるという噂を耳にしたことがある。クラスでの会話も恋バナがほとんどで、大学生と恋愛している子もいた。今どきの女子高生に比べ、自分はずいぶん遅れているという自覚はある。何度か男子生徒から告白を受けたこともあったが、小麦はある理由からそれを無視し続けた。恋愛をする以前に、小麦は男子生徒から遠く距離を置き、まともな会話すらしたことがなかったのだ。

不潔な場所と感じること自体、世間知らずなことと頭では理解しつつ、小麦は客室の前で凍り付いていた。

しかし、義父はそんな小麦の躊躇《ちゅうちょ》などお構いなしに、廊下の一番奥の部屋のドアを開けた。義父に従っておずおずと中に入ると、既に清掃の済んだその空間は、小麦の想像とは大きく違っていた。その顔を見て義父が胸を張った。

「もっとけばけばしいと思っていただろう。昔はそうだった。内装や照明がどぎつくて、鏡が壁一面や天井なんかにもあった。いまはそういうのはウケないんだよ」

義父の言葉通りシンプルな内装の中に、清潔なダブルベッドと革のマッサージチェアが置かれている。壁には五十インチはあるだろう大きな液晶テレビが掛けられ、カラオケシステムも完備してある。そこには性行為をイメージさせるものは何一つない。小麦は僅かに胸をなでおろした。

四十の部屋全て、それぞれ内装が異なり、リピートする客が飽きないように造っていると義父は説明した。

「小麦が生まれるずっと前の話だけどな、俺がこの仕事を始めた頃は、『連れ込み旅館』とか『アベックホテル』なんて呼び方だった。ラブホテルという言い方を初めてしたのは大阪のホテルらしい。そのホテルの電飾看板が回転式で、『ホテル・ラブ』と出していたら、みんな勘違いして『ラブホテル』と言い始めたことがきっかけみたいだな。

当時は、建物がお城だったり、部屋の中に回転ベッドが置いてあったり、それは仰々しいものだった。それが、どうしてこんなにスマートなものに変わったと思う？」

答えが想像できない小麦は、首を横に振った。

「部屋を選ぶのが、男から女に変わったからさ。女性はスケベな部屋を嫌う。そこでほとんど普通のホテルと変わりのないデザインになっていったんだよ。

しかし、ホテルとラブホテルは全く違う。どこが違うと思う？」

「お客さんの……目的ですか？」

小麦は恥ずかしそうに答えた。

「まあ、そういうことなんだが、ラブホテルはHのために使うから、一時間や二時間単位の休憩が基本だ。宿泊は二の次ってことだよな。一部屋で一日に客が何回転もするから、ラブホテルは儲かるんだ。

そして、一般のホテルで重要なことは接客だが、ラブホはなるべく客と顔を合わせないようにする。部屋を選ぶのもタッチパネル式で鍵の受け取り以外は、会話一つなく部屋まで行けるからな」

義父は枕元にある照明のスイッチをパチパチと押した。その度に、部屋は間接照明だけになったり、ブルーのムーディなものに変わったりした。

「パッと見は普通のホテルと変わらないが、もちろん枕元にコンドームは置いてあるし、大人のおもちゃはうちの稼ぎ頭だ。

テレビもでっかくていいだろ。ラブホはな、いつも最新家電を置かなきゃいけないんだよ。洗面台もすごいぞ」

義父が洗面所に案内すると、鏡の前にはハンドソープ、マウスウォッシュ、綿棒などのアメニティグッズのほかに、ナノケアのドライヤーやくるくるドライヤー、女性用の化粧品セットなど所狭しと置かれている。この充実ぶりに、女性客たちは喜ぶだろう。しかし、義父が自慢したかったのは、それらではなかった。

「ここには三種類のタオルがあるが、その使い道が分かるか？」

義父は、小麦の前に大きさの違う三枚のタオルを並べた。バスタオルと一般のタオルは見慣れたものだったが、一番小さいハンカチサイズのものは何に使うのかわからなかった。

「これがバスタオル、これはフェイスタオル、そしてこの小さいのは身体を洗うときに使うウォッシュタオルだ。大概の日本人は、その用途が分からずにごちゃごちゃに使っているようだがな」

義父はちらりと小麦の反応を見て続けた。

「こんな風に三種類のタオルを置くラブホは、全国でもうちくらいだ。このやり方はね、世界中の超一流ホテルと一緒なんだぞ」

義父は誇らしげに笑うと、次に浴室に案内した。そこにはジェットバス付きの見たこともないほどの大きさの浴槽があった。しかし、気になったのは周囲がガラス張りだったことだ。

「外から、見えちゃうんですか？」

「リゾートホテルや外資系のホテルでも、最近はベッドルームから覗ける造りのバスルームが流行《はや》っている。こんなもの一般的で別にいやらしいもんじゃない。ホテルの方がラブホテルに擦り寄っている感じすらするよ。

面白いものを見せてやろう。こっちへおいで」

義父は、ここが一般のホテルに見劣りしないことを強調し続けたが、ホテルとラブホテルを比べることに何の意味があるのか、小麦にはわからなかった。

再びベッドルームに戻ると、義父はポケットから百円玉を取り出した。

何をするのか小麦が見守ると、義父は百円玉を親指で弾き飛ばした。百円玉は放物線を描いてベッドの上に飛び、シーツの上で一度ポーンと弾んだ。

「見たか？　一流のホテルもこれと同じことが起きるんだ。ダメなホテルの場合、百円玉はベッドに沈み込んで決して跳ねることはない。

一流の客室係は、宿泊客がベッドの中に潜り込むのが大変なくらいシーツをパンパンに張る。これを短時間で出来るようになるには相当な経験がいるんだぞ。ベッド自体もアメリカのホテルで一番使われている『サータ』というブランドものだが、ホテルに慣れた者ならばシーツの状態でサービスの良し悪しを見極めるものなんだよ」

そう話す義父を見て、小麦はドキッとした。口調もだが、その眼付きに鋭さを感じた。それはこれまで小麦に見せたことのないものだ。家の中で冗談ばかり繰り返す義父は、もらわれてきた小麦の心をいつも和ませてくれていた。しかし今は、都心に六つのラブホテルを構える、会社社長の顔に変わっている。

「一般のホテルで、大事なものが三つあるんだがわかるか？」

義父は強い眼差しで、小麦に問いかけた。

それまでは、あまり真剣に答える気がしなかった小麦だったが、義父の気迫に押され「三つのもの」を考え始めた。しかし、頭に浮かぶものといったら、綺麗なエントランスや広々とした客室、豪華なレストランくらいなものだ。

「それはベッド、バス、ブレックファストの三つ」

「ベッド、バス、ブレックファスト……」

「そう、頭文字をとって3Bと呼ぶんだ。その三つを見れば、世界中のホテルのレベルが量れる。もちろんここにはブレックファストはないが、残りの二つは一流ホテルと遜色はない」

義父は、自分に何かを伝えようとしている。小麦は心を焦らせた。義父の強い語気に合わせ、心臓の鼓動が速まっていくのが分かる。

このラブホテルに足を踏み入れる前までは、義父が大学進学よりも就職を優先させたのは、早く生活費を稼ぎ小麦を自立させるためとばかり思っていた。そして、その働き口がラブホテルだったのは、義父の経営するものがたまたまそれだったからだと。しかし、義父の頭の中には、小麦の予想とは違う何かが存在しているような気がする。

「いいか、小麦。ここでの一番大事な仕事は客室の清掃だ。最初は三十分位かかるだろうが、将来はこの部屋を七、八分で清掃できるようにならなきゃいけない。それは回転率を上げることが大事なラブホテルにとって、最も大切な仕事と言える。

清掃で心掛けなきゃいけないことは、前の客の痕跡を消し去るってことだ。客室にはチリも髪の毛一本も、洗面台やバスタブに水滴一つも残しちゃいけない。前の客の気配を全て消し去るんだ。匂いも全てだ。

いま言った客室清掃の心得は、一流ホテルと一緒。いや、むしろラブホテルの方がずっと神経を尖らせているだろうな」

繰り返される「一流ホテル」という言葉。義父は一体何を自分に期待しているのか。義父の真意を計りかねる小麦の頭の中に、うっすらと一つの答えが浮かんできた。義父はたぶん、あの世界に自分を引きずり込もうとしている。きっとそうに違いない。そう思うと同時に、激しい拒絶反応が小麦の体中の血管を駆け巡った。

小麦の本当の父親は、ホテルマンだった。そう、その死の瞬間まで。

今まで小麦は、自分の将来を真剣に考えたことがない。それ以前に、荒れ果てた過去を清算することすら出来ていなかった。それに対し、ここに小麦を連れてきた義父には明確なビジョンがあったのだ。はっきりとは言わないが、言葉の端々からそれを伝えようとしている。義父はラブホテルの仕事を手始めに、将来は父と同じ道を歩ませようとしている。

小麦はこれまで父の仕事に憧れたことなど一度もない。それどころか、小麦の家庭とこれまでの人生を台無しにした父親と同じ道を歩むことなど、嫌悪以外の何も感じない。

いま義父はラブホテルで働くこと以上に、小麦にとって辛い進路を指し示している。

「小麦……」

義父の呼びかけに、小麦は少し反抗的な眼を向けた。義父は一瞬たじろいだが、すぐに目元の小じわに笑みを作った。その作られた笑みから、小麦は自分の予想に確信を持った。

説得にかかるのだろうと覚悟したが、義父の行動は違った。小麦よりも十五センチは上回る身体を丸め、視線をじっと合わせる。そして何も語ろうとはしない。義父はただ小麦の眼を、その奥にある気持ちをじっと見続けた。

ここで働くことは受け入れよう。しかし、働くその目的だけは受け入れられない。早く自分の考えを伝えようと試みたが、なかなか言葉が出てこない。

小麦の心を金縛りのように押さえつけたのは、間違いなく義父の眼差しのせいだった。

義父と初めて会ったのは、中学三年の夏。天涯孤独の身になった小麦の前で、あの日も今と同じように義父は何も語らず、じっと小麦の眼と心を見続けた。その時の義父の眼差しは、両親を、世間を呪い続けた自分を唯一地獄の淵から救い出してくれるものに思えた。

それ以降も小麦がやり場のない怒りを抱えたり、無気力な状態に落ち込んだりした時、義父は同じ視線を送り続けた。

『お義父さん、ずるいよ』

心の中でそう呟くと、小麦は目をぐっと閉じ、自分の本音を飲み込んだ。そして、小さく息を吐いた。

示された進路は、恐らく義父なりに十分に考えを重ねた上での結論なのだろう。今の小麦にとって、自分のことを親身になって考えてくれるのは、この世界で義父以外には存在しない。その思いは、たった独り自分を置き去りにしていった父と母よりもはるかに超えている。心の中で自分をそう諭し続けた。

「小麦、ここで大丈夫か？」

額の辺りで義父が尋ねた。

小麦は目を瞑《つむ》ったまま、義父と自分を納得させるかのように、ゆっくりと一度頷いた。

三重県　伊勢

「昨夜の料理はひどかったな」

やすりで爪を研ぎながら呟いたのは、総支配人（ゼネラルマネジャー・通称ＧＭ）エリック・ロバートソンだった。

エリックは三日前の三月二十八日に、三重県の伊勢市にあるこのホテルに赴任してきたばかりだった。

「伊勢海老はここの名物と聞いていたが、サイズがとてもチャーミングだったね。それ以上に記憶に残っているのは鮑《あわび》だな。旨みを綺麗に抜いてまるでスポンジを食べているような気分がした。皿が冷めているのも見事だよ。ここなら客に舌を火傷させて訴訟になるなんて百パーセントないだろう。しかし、ＧＭ相手にあれほど冷めた料理を出せるってことは、一般のゲストはどうなっているんだろう。

それに加え、料金もＧＭにとっては喜ばしいものだ。あの料理で一皿百ドルも取るのだからね。私がもし客の立場なら、アンビリーバボーを連発することだろうね」

エリックの皮肉にデスクの反対側に立ち、耳を傾けていたのは副支配人の仲野裕《ゆたか》だった。

昨夜も、このホテルのメインダイニングで、エリックは一口食べただけで、そのあとはほとんど料理に手を付けず、いまと同じ感想を並べワイングラスだけを傾けていた。

出会ってまだ三日しか経っていないエリックを、仲野はプライドが人一倍高いＧＭだと感じていた。皮肉ひとつにも自分が知的であることを随所に匂わす。そうした相手には、よくそんな表現を思い付きましたねといった顔を作り、うっとりと頷き続けるのが正しい対処法だ。

仲野は、上司になったGMの思考や感情をいち早く摑み、それに対しベストな対応が出来ることも、自分の能力の一つだと思っている。

仲野がきれいな英語で返した。

「GMは、グランシェフ（総料理長）を代えた方がいいとお考えですか？」

「レストランのマネジャーは、正月と夏休みは毎年満席になると胸を張っていたぞ。まだあの料理で満足なゲスト（宿泊客）がいるなら、当面はそれでいいんじゃないか。まあ、私はあそこの料理は二度と御免だがね」

金髪に青い目と高い鼻、百九十センチはあるだろう長身を仕立てのいいスーツで包むエリックは、スコットランド系のアメリカ人だった。既にGMになって十年ほどが経つ。仲野の調べでは、これまで多くのホテルの立て直しに成功してきた敏腕GMだが、あるトラブルを起こし、前の赴任地であるシンガポールからこの伊勢にやってきた。

エリックのデスクは、総支配人室の窓際に置かれている。そこからは伊勢湾が一望できる。春の日差しに海面がキラキラと光っていた。爪の先から視線をそちらのほうに移しながら、エリックはため息交じりに続けた。

「ここは君の故郷なんだよな。シンガポールと比べるとずいぶん寂しいが、のんびり過ごすにはきっといいところなんだろう。しばらくはここで静養することにするよ」

エリックにとって、今一つモチベーションの上がらないここは、以前は「伊勢クラウンホテル」という名称だった。

去年の秋、経営不振に陥ったこのホテルを、アメリカのファンド会社「ロックキャピトル」が買収した。運営は、その子会社の「パワーパートナーズ」に任され、今年の頭から、名前を「伊勢パワークラウンホテル」に改めている。

ここだけではなく、日本中のホテルで似たような現象が起きていた。バブル崩壊によって生じた不良債権が極限まで膨らみ、多くのホテルが瀕死の状態に陥っていた。資産価値も最安値にまで落ち込み、それを外資ファンドが次々と買い漁っていく。来年以降東京には「コンラッド東京」「マンダリンオリエンタル」「ザ・ペニンシュラ」と外資ホテルの新規オープンが予定され、日本はいま外資ホテルチェーンの熱いマーケットになっていた。

「パワーパートナーズ」は世界中に二百以上もの「パワーホテル」を展開し、全米でも有数のホテル運営会社だ。エリックと仲野は、その「パワーパートナーズ」の社員で、たった二人でこの伊勢に乗り込んできた。

赴任した「クラウンホテル」は、二見浦《ふたみがうら》からほど近い高台に昭和九年に創業した老舗ホテルだ。二見浦は、大注連縄《おおしめなわ》で結ばれた夫婦岩で知られ、伊勢神宮を参詣する前に二つの岩の間からの日の出を拝む習慣がある。そのためこの地は昔から旅館も多く存在している。

三重県志摩出身の仲野は子供の頃、父に連れられ二、三度ここを訪れたことがある。いずれもお伊勢参りのついでだった。

父は伊勢神宮に詣でるたびに仲野にこう言った。

「政治や経済の中心は、ずっと京都や東京だったかもしれんが、日本人の精神の中心は伊勢神宮のあるこの伊勢なんだ」

そして、このホテルに立ち寄った時の決まり文句はこんなものだ。

「このホテルは、日本で一番美しいホテルだ。東京にだってこんなホテルは存在しない」

少年時代の仲野は、優雅な造りのホテルを見上げながら、きっとそうなのだろうと思った。中に入っても、大きな暖炉や天井から吊り下がる鉄製のシャンデリアなど、西洋の城に迷い込んだような錯覚にとらわれたものだ。

五階建てで百室あまり。ホテルとしては中規模だが、その外観は西洋の城のように美しく、真っ白い壁と赤いレンガが建物を覆い、伊勢湾のブルーとよく似合っていた。このホテルを建設した人間は、地中海に建てられた古城をイメージしたに違いない。

それまでマカオで副支配人を務めていた仲野は、去年の暮「パワーパートナーズ」の本部から突然異動の人事を聞かされた。その時、仲野は興奮を隠せなかった。ここはこれまで赴任してきたホテルの中で一番規模の小さなものだったが、エリックとは違い、「伊勢クラウンホテル」は仲野にとって子供の頃からのブランドだった。

爪を一通り研ぎ終わったエリックは、デスクに置かれたスチール製のマグカップを手に取り、わずかに残った珈琲を口にしてから言った。

「『ロックキャピトル』もよくこんな訳ありのホテルを購入したものだな」

仲野は苦笑いして、その言葉に頷いた。

赴任してきた今年の一月、仲野はすぐに「クラウンホテル」の過去を調べ始めた。それを知ることは、今後の経営方針を立てる時に大いに役立つ。

エリックの使った「訳あり」という言葉は、四年前に起きた火災を意味していた。当時消防は火災の原因を、客室のプラグからの発火と結論付けたが、地域の人間やホテルの中でそれを信じる者はいなかった。

彼らの憶測は……火災の最中、展望台から投身自殺を図った男性従業員がホテルに火を放った、というものだ。さらにそれには尾ひれが付き、男性従業員は「クラウンホテル」に深い恨みを持っていたという噂も広まっている。その信ぴょう性まではわからないが、そうした憶測が「クラウンホテル」から客足を遠のかせているということだけは確かだった。

エリックの親会社への愚痴は続く。

「まあ、日ごろの彼らのやり方を見ていれば、訳あり物件に大金をつぎ込むのも当然と言えば当然の話だがな。

あいつらは物件の下見など一度もせずに、まるでアマゾンで本を買うみたいにホテルを簡単に購入する。もちろんファンドの出資者は、ホテルにどんな事情があるかも知らずに投資の誘いに乗り、配当への責任の全ては運営側に押し付けられる。本当によく出来たシステムだ」

エリックは吐き捨てるように言った。

仲野にとってブランドだったホテルは、いまエリックが言うように「訳ありホテル」にその地位を落としていた。

日本での仲野の使命は、エリックを守《も》り立てながら「クラウンホテル」を利益を生むホテルへと立て直すことにある。そのためには、この負の要素をいち早く払しょくする必要があった。

「不穏な背景はともかく、私はこのホテルの造りだけは気に入っているんだよ。見ただけで、建築家が優秀だったことがすぐにわかる。ただこのホテルは、ずっとその主に恵まれていなかっただけなんだ。しかし……」

エリックは、仲野の顔を見てにやりと笑った。

「今回は、君がここにやってきた。以前、私の先輩からこんな諺を聞いたことがあるよ。

『ドイツ人の総支配人と日本人副支配人がいれば最高のホテル運営ができる』

私は日本人の副支配人と仕事をするのは初めてだが、ミスター仲野はとても優秀だとみな言っていた。しかも、ここは君のホームグラウンドみたいなところだろ。お手並みを拝見させてもらうことにするよ」

ドイツ人GMと日本人の副支配人。何度か聞いたことのある話だ。ドイツ人は数字に強くリーダーシップにも優れている。そこにきめ細やかで、従順に働き続ける日本人の副支配人は補佐役としてはぴったりだ。しかしこの諺は、裏を返せば、日本人は、いやアジア人はGMにはなれないということを意味していた。

エリックの言葉から心の中に苦々しいものを感じたが、仲野はそれをおくびにも出さず、穏やかに謙遜した。

「いいえ、そんな実力はまだ私にはありません」

「もちろん協力は惜しまないさ。しかし、日本人同士の方が通じ合うことも多いだろう」

いまホテルの中で働くのは、旧「クラウンホテル」時代からの従業員たちで、英語を使える者はごく僅かだ。とはいえ、エリックの態度表明は行き過ぎていると仲野は思った。よほどシンガポールからこの伊勢に異動させられたことを恨めしく思っているに違いない。

話を済ませたエリックがデスクから立ち上がった。

仲野は、オールバックにまとめた髪の下に、日本人としては大きな目と高い鼻を持ち、高校時代水泳で鍛えた身体は、西洋人と相対する時気後れしない逆三角形を作り上げている。背も百八十近くあるが、エリックに比べればそれは見劣りした。

仲野はエリックを見上げながら言った。

「ジョギングですか？」

「よくわかったね。ホテルの周りにいいコースを見つけたんだ。これも次の戦いに向けての体力づくりさ。リニューアルのプランが固まったら教えてくれ。いつでも時間を作るから」

「わかりました」

踵を返そうとした仲野を、エリックは呼び止めた。

「あっ、一つだけリクエストがあった。エントランスに敷かれた大きな絨毯、あれは処分した方がいいな。シミも目立つし、見るだけで気分が暗くなる」

「私も同じ意見でした。しかし調べてみると、あの絨毯は創業時から置かれている物らしく、思い入れのある従業員も多いようです。GMと私がもう少しこのホテルに馴染んだところで、判断してもいいかもしれません」

「そうか。では、それも任せる」

GM室の重い扉を閉めた瞬間、仲野は舌打ちしながら渋い表情で呟いた。

「結局、下請けに丸投げってことか……本当にいいシステムだ」

仲野はそのままホテルの外に出た。

それは一月にここに来てから日課になっている。朝一番にホテルの建物全体を眺め、客の気持ちになってエントランスから中に入り、全てを見回る。歩いているだけで仲野の頭の中には様々な戦略が浮かんできた。既にいくつかの手は打っている。大浴場の横にスパを増設させるプランや見過ごされてきた浪費のあぶり出しを始めていた。

時刻は朝の九時。玄関先には人影は見当たらない。その代わりに気になる物が仲野の目に入ってきた。

「ドアマン！　ドアマン！」

仲野が大きな声を上げた。エントランスの中から丸い帽子を整えながら、若いドアマンが走り寄ってくる。

「また置いてあるぞ。気づかなかったのか？」

仲野が指差した方向に、サクラソウを挿したペットボトルが置かれていた。

「すみません。夜中のうちにやられたようで……」

ドアマンは何度も頭を下げた。

ペットボトルの置かれた場所の上を見上げれば、そこにはホテルの展望台が存在する。ここは、四年前に飛び降り自殺を図った従業員が命を落とした場所だった。

仲野は赴任以来、何度も同じようなものを目にしてきた。ペットボトルに花というのが定番だったが、ある時はワンカップの酒だったり、菓子類が置かれていたこともある。

ここで自殺した男の名は細川幹生《みきお》。仲野の調査では、このホテルで一年ほど働いていた五十歳のパート従業員だった。手向けられた花を初めて見た時は、その男の親族か友人が供えたものだろうと思っていたが、事件から既に四年の月日が経過している。

現場に供えられた物は、死者の霊を弔うためではなく、悪意によるものだと次第に感じ始めた。これは事件の記憶を呼び覚まし、このホテルのイメージを落としたいと願う者の仕業だ。警察に申し出ても、ペットボトルに挿した花では相手にされないだろうが、ホテルを訪れるゲストには、あの悲劇を想起させるには十分な効果がある。

実際従業員の中に、自殺した男の「祟《たた》り」が今も「クラウンホテル」には存在していると真顔で仲野に訴えた者もいた。火災事件から時間をおかず当時のオーナーが病死し、その辺りから「クラウンホテル」の経営は悪化、身売りする羽目になった、その全てが「祟り」なのだと皆思っている。

仲野は、ペットボトルを拾い上げると、ドアマンに渡しながら強い口調で言った。

「こんな物があったら、ホテルの評判はがた落ちだぞ。もっと注意しなきゃだめだ。ＧＭには監視カメラを設置するように頼んだが、それにも少し時間がかかる。

夜中ももっと目を光らせろ。犯人を見つけたら、すぐに私に連絡するんだ。どんな時刻でも構わない」

三重県　志摩

「支配人、いま暮らしの方はどうされとるんですか？」

応接室で、関西弁交じりで問いかけてきたのは、「豊泉水産」の社長、豊泉信夫だった。

「もう支配人は勘弁してくれよ。こんな格好をしているが、立派なプータローなんだからさ」

笑いながらそう返したのは、去年まで「伊勢クラウンホテル」でＧＭを務めていた上原潤一だった。

「豊泉水産」は、三重県の志摩市にある。英虞《あご》湾を入り組んだリアス式海岸で囲むこの地は、海産物の宝庫として有名だ。古くは「御食《みけ》つ国《くに》」とも呼ばれ、京などの都にその捕れた魚介類を納め、今でも海女《あま》の多いことで知られている。「豊泉水産」は、この地で長く海産物の卸の仕事を続け、歴史を感じさせる蔵造《くらづくり》の建物には「海鮮専門・豊泉水産」と筆文字で書かれた看板を掲げていた。

豊泉は、ふくよかな顔立ちにシルバーフレームの眼鏡をかけ、自社のオリジナルジャンパーの下に白いワイシャツを着ているが、突き出た腹の上でそのボタンがどうにか留まっている状態だった。

それに対し、上原はＧＭ時代と変わらず、髪を七三に分け細身の身体を皺ひとつない三つ揃えのスーツで包んでいる。銀行の頭取と言われても納得できる風貌と身なりだったが、「プータロー」という言葉は間違っていない。上原はホテルを辞めて以来、次の職につかず退職金を食いつぶす日々を送っていた。

「上原さんがおられなくなってから、うちも『クラウンホテル』との取引はほとんどなくなりました。調達部長は前と変わっとらんのですが、新しく入ってきた『パワーパートナーズ』っちゅう運営会社の締め付けがそら厳しくて、うちの価格じゃ話にならんというんです。

今じゃ、あのホテルで使っている海鮮はほとんど冷凍の輸入もんです。鮑は韓国産、伊勢海老はオーストラリアからの安もんでしょうな。宿泊客は、伊勢のホテルなんだから、地の物を使っていると思いますわな。しかし、メニューをよく見てみれば、そこはぬかりなく『イセエビ』とカタカナ表記されてます。『松阪牛のハンバーグステーキ』も、どこかの国産牛に僅かに松阪の牛を混ぜ合わせて作っているようです。

まあ、アメリカ人には繊細な味など理解できんのでしょうが、もう、あのホテルはくずですわ、くず」

「そんなことになっているのか」

「上原さんがGMやったら、こんな有様にならんかったのに」

豊泉は、悔しそうに拳で膝を叩いて言った。愚痴をただ並べ立てているように見えるが、豊泉が上原の喜びそうな話題を見繕って話しているのは十分わかっていた。

「どうしても売却せな、あかんかったんですか?」

「もう、手遅れだったということだね。一番大きかったのは、バブル期に会員制のゴルフ場を手掛けたことだったな。あれが大きな焦げ付きになった。そして、弱り切ったタイミングでアメリカのハゲタカファンドに目を付けられて、さんざん買い叩かれた挙句かっさらわれた。社長にも色々と協力してもらったのにな」

今はまだ冷静に当時を振り返ることが出来るが、買収話を初めて耳にした時は狼狽し眠れぬ夜が続いた。「伊勢クラウンホテル」は高校卒業以来、三十年以上にもわたる上原の唯一の住処だった。

客室清掃やベルボーイから叩き上げ、ようやく支配人にまで上り詰めた場所だった。そこに突如、縁《ゆかり》も所縁もない外資のファンドが姿を現し、札束をまき散らして買い取ると言ってきた。

それでも一縷の望みは、オーナーは外資に代わったとしても、支配人という形で自分は残れるというものだった。事実、上原以外の部下たちは今も「クラウン」で働き続けている。

しかし、待ち受けていたのは最悪の事態だった。買収はあっさりと決まり、上原は安い退職金でホテルの外へと放り出された。辞令を聞いた日、上原はやり場のない怒りと戦い続け、そのあと抜け殻のように何も手に付かない日々を過ごした。

「オーナーさんは、いまどうされとるんですか?」

「栄一さんには売却益がある。名古屋の自宅で悠々自適に暮らしているよ。だがね……栄一さんも、このままで終わろうとは思っていないいんじゃないかな」

「ほお、それは面白そうな話ですな」

栄一とは、「クラウンホテル」の前オーナーの塚原栄一のことだった。

『栄一さんも、このままで終わろうとは思っていない』

この言葉は上原の単なる願望だったが、そう仕向ける自信は十分にある。栄一の野心に再び火が点けば、「伊勢クラウンホテル」を取り戻すことが出来る。突然乗り込んできた外資の連中に一泡吹かせ、最後は自分がGMの座に再び返り咲く。上原は首になった日から、そのプランを練り続けていた。

豊泉が、ソファから身体を乗り出して言った。

「上原さんから言われたこと、少し調べが付きました」

「どうだった？」

この日、上原が「豊泉水産」を訪れた理由は、そのためだった。全ての計画のためには、まず「クラウンホテル」のアキレス腱を探る必要がある。そしてホテルの内部情報を集めるには出入り業者を使う、これはこの業界の常とう手段だった。上原は目の前のほうじ茶で口を濡らすと聞く態勢を整えた。

「うちは『大阪パワーホテル』にも、鮑と伊勢海老を入れとります。あそこも『パワーパートナーズ』の運営で、伊勢の内部情報は大阪に筒抜けでしたわ。

そこで聞いた一つ目のニュースは、新しいGMのエリック・ロバートソンというアメリカ人は、前にいたシンガポールのホテルで、現地の女性従業員に猥褻《わいせつ》な行為をし、左遷されて『クラウン』に来たというんですわ。

なんでもシンガポールは、アジアの『パワーホテル』系列の中でも中心的な存在で、そこで良い成績を残せば、アメリカ本土やヨーロッパの檜舞台のGMになれる。エリックはその直前でやらかしたそうなんです。

『パワーホテル』は東京や大阪にもあるのに、それを飛び越え伊勢なんちゅう田舎のホテルに来たことは、GMとしては振出しに戻ったようなもんで屈辱的だったんちゃいますか」

その殆どが、上原が既に摑んでいる情報だったが、「なるほど」という顔で頷いてみせた。

「もう一つは、副支配人の仲野裕についてです。その素性が分かったんですわ」

それは上原にとっても初めての話だった。

「私も聞いてびっくりしたんですけどね、この志摩の『仲野真珠養殖』の長男でしたわ」

「あそこの？」

伊勢、志摩に暮らす人間なら、「仲野真珠養殖」は一度くらいは耳にしたことのある名前だった。

「はい。上原さんもご存じのように『仲野真珠養殖』は志摩でも名のある養殖業者で、ホテル業などにも手を出していた。そっちの方は失敗しましたが、長男をアメリカのホテルの学校に留学させていたらしいんですわ。長男はいくつかの欧米のホテルで働いた後、その能力を買われて『パワーパートナーズ』にヘッドハンティングされたらしいんです。

そして、今の『クラウンホテル』では、この仲野がやる気のないエリックに代わって、全体の指揮を執っているようなんです。様々なコストカットも、エリックよりもずっと前に先乗りした仲野が指示したもののようなんですわ」

上原はGMのエリックに関しては興味を持っていたが、副支配人までの注意を怠っていた。副支配人がやり手なら、今後の方針にも狂いをきたす可能性も出てくる。上原は右手の人差し指と親指で、鼻の頭を何度か摘むと、指先に付いた脂をこすり続けた。

「その副支配人に関して、もっと情報を集めてもらってもいいかい？」

「もちろんですとも。はよう、上原さんに『クラウン』に返り咲いていただくため、汗などなんぼでもかきますわ」

豊泉は大きな腹を撫でながら答えた。

「副支配人の仲野がどう頑張ろうとも、そう遠くない時期にチャンスは巡ってくると思っている。このところハゲタカファンドが購入した日本のホテルは立て続けに失敗して、二、三年での再売却が目立っている。しかも、あのホテルは短期間で立て直せるような物件じゃないからな」

「そら、そうでしょ。あの火災と自殺はこの辺りの人間の記憶にしっかり刻まれたままです。今でも『祟り』の噂をよう耳にしますし」

豊泉は湯呑みに残ったお茶を飲み干すと、上着のポケットから扇子を取り出しパタパタと扇ぎ始めた。

「ところで、上原さんはまだあの鍵を追い続けているんですか？」

豊泉のその言葉で、上原の尖った喉仏がごくりと上がり、すっと眼が鋭いものに変わった。

「それをほかの人間に話していないよな」

「も、もちろんです。上原さんの前でしか、したりしません」

上原の反応に驚いた豊泉は、額に少し汗をかいていた。上原は声を小さくして続けた。

「この世の中で、あの鍵のことを知っているのは、私と栄一さんと社長の三人。そして……もう一人しかいないはずなんだ」

「ひょっとして、そのもう一人がわかったんですか？」

「ずいぶんと時間がかかったがな」

上原はニヤッと笑った。

その「鍵」は今後の上原の命運を大きく左右する物だった。

上原が、その鍵を目にしたのは一度だけだ。それは「クラウンホテル」が火災に見舞われる少し前のことだった。昭和初期に作られたというその鍵は、とても大きな形状をしていた。真鍮製で柄の部分と複雑な構造の鍵の本体が分解でき、柄だけで十五センチはある。

それは通常の金庫のための物ではなく、もっと巨大なもの、金庫室に使われる鍵だった。

「ふと思ったことがあるんだよ。あの鍵はね、持つべき人間を選んでいるような気がする……だから、認められない者が持っていても金庫室は決して開かない」

「はあ」

上原の謎めいた言葉を、豊泉は不思議そうな顔で聞いている。

「そろそろ退散するかな」

腕時計を覗く上原を見て、豊泉は慌てて立ち上がり、ドアの向こうから小さな発泡スチロールの箱を手に戻ってくる。

「奥様にこれ持って行ってください。特大の鮑が入ってます」

箱の上には、熨斗《のし》袋も載っていた。

「有難いんだが、これから東京なんだよ」

「あらま」

「探偵のような仕事に追われていてね」

「じゃあ、せめて軍資金だけ持って行ってください」

豊泉から受け取った熨斗袋を、上原は胸のポケットに仕舞った。

「お役に立てることがあれば、何でもおっしゃってください。これからも共存共栄っちゅうことで、よろしゅう頼んます、支配人」

そう言って、豊泉は上原を送り出した。

これから東京へ行くことは本当だったが、今の上原の身には「特大の鮑」は必要のないものだった。

上原には、妻と中学二年の娘がいる。しかし、「クラウンホテル」を辞めて間もなく、二人は自分の元を離れ別居状態になっていた。妻が家を出て行った原因ははっきりしている。それは退職金がわずかだったのにもかかわらず、上原がなかなか次の仕事を探そうとしなかったことにある。妻の焦りをよそに、上原は職探しの時間を、全て鍵を探すために使い始めた。

『鍵が見つかれば、自分の未来は開ける』

それはギャンブルのようなものだった。

しかしその鍵は、GMなどというちっぽけな見返りに留まらず、ホテルのオーナーという地位までを上原に呼び込んでくる力がある。五十歳を過ぎ、安定を求めるべき自分が決して手を出してはいけない生き方だと十分わかっていた。妻が言うように、プライドを捨てて再就職先を探し回ることが正論に違いない。しかし、気持ちが抑えられない。

離れていった妻子は、報酬を手にしたあとでも十分戻ってくる。今は捨て身の状態が一番似合っていると思っていた。

自分の未来を決める鍵。それへと繋がる糸口を上原は確かに掴みかけていた。

新宿歌舞伎町のラブホテル街のど真ん中にある「ホテル・ファイブストーンI」は、夜八時過ぎから忙しさのピークを迎える。

終電の時間までカップルが入れ代わり立ち代わり訪れ、平日でも夜間は、客室が三交代から四交代はする。週末ともなれば部屋が空くのを待つカップルが待合室に溢れかえった。

新人の小麦は、そんな職場で慌ただしい毎日を送っていた。小麦の仕事は基本的に、客室清掃と客からの注文の品を部屋まで運ぶことだった。

受付にいる限り客と接することはないが、ピザなどの軽食や大人のおもちゃ、コスプレの衣装などを部屋に運べば、客と顔を合わせなくてはいけない。扉まで出てくる客はバスタオル一枚だったり、下着姿だったりすることもある。全てが十八歳の小麦には刺激の強いものだったし、客も若い小麦を見て驚いた顔をしていた。

客室清掃はさらに気がめいる。乱れた部屋は、客の行為がむき出しの状態で残っていた。テレビモニターにはアダルトビデオが点けっ放しだったり、使い終わりの避妊具や大人のおもちゃがベッドの上に放置されていることもある。匂いこそマスクで覆えば防げるが目は隠せない。まだ男性との交際経験すらない小麦には、拒絶反応を抑えることが出来ず、初めは吐き気を催すこともあった。

それでも小麦は、義父の教えに忠実に仕事を続けた。ストップウォッチを欠かさず持ち歩き、部屋に入る瞬間それを押す。初めは三十分以上かかっていたのが、その時間は日を追うごとに縮まっていった。

そして、小麦は最後にベッドの上に百円玉を放り投げる。ポンと跳ねれば、それは合格の印だった。

ラブホテルには奇妙な客も多い。働き出してまだ日も浅いのに、小麦は何度もそんな客を目にしてきた。例えば、セーラー服の注文があった部屋から、サイズが合わないというクレームが入り行ってみると、太った男性がそれを苦しそうに着ていたことがあった。

言動の怪しい客がチェックアウトを済まし、嫌な予感がしたまま部屋に清掃に入ってみると、火災が起きてもおかしくないほどにシンナーの匂いが充満している。ゴミ箱を覗くと、中はボンドのチューブで埋め尽くされていた。

この日も、小麦はあまり有難くない客と出くわした。

その客は深夜一時過ぎにチェックインした。一時間もしないでチェックアウトが済まされると、小麦はいつものようにストップウォッチ片手に部屋に向かった。

マスターキーでドアを開け中を覗くと、小麦はそこに人影を見つけた。

部屋を間違ったのだと思い慌ててドアを閉めた。しかし、部屋番号を見ると、そこは確かにチェックアウトの済んだ部屋だった。

もう一度中に入ると、ベッドの上で黒い下着だけを身に着けた女性が座り込んでいる。長い髪が垂れ下がり、入口からだと顔を見ることは出来ない。しかし遠目からでも、女性は肩が震え手には携帯を握りしめているのが分かる。

部屋全体を見回すと、彼女が座るベッド以外、全てが足の踏み場もないほどに荒れ果てた状態だった。照明のスタンドランプは倒れ、粉々に砕け散ったガラスのコップや灰皿の破片、煙草の吸殻などでカーペットは埋め尽くされていた。

「あのー、すみません」

小麦が声をかけると、女性はようやく顔を上げた。年齢は二十代後半だろうか。左のこめかみにあざが出来ている。女性はうつろな目で小麦を見つめ、疲れ切ったという空気を全身から醸し出していた。ほとんど恋愛経験のない小麦でも、その様子から大体察しはついた。

客とはなるべく接することなく、プライベートには決して立ち入ってはいけないと義父から厳しく言われている。しかし、小麦は本能のまま行動し始めていた。

「大丈夫ですか？」

ガラスの破片に気を付けながら近づき静かに言葉をかけると、女性は怯えた視線をこちらに向けた。

小麦は冷蔵庫からお茶のペットボトルを取り出すと、女性に手渡した。

「これは私のおごりです」

女性は鼻を啜りながら、それを受け取った。ペットボトルのキャップを開け、少しだったが口を濡らした。

小麦は女性の気持ちが整うのを待って、「横に座ってもいいですか？」と尋ねた。女性から返事はなかったが、小麦はゆっくりとその横に腰を下ろした。それ以上の言葉はかけない。女性の心の波長に自分を合わせることだけに集中した。言葉を語り掛けるよりも相手の言葉を待つことの方がずっと大事なことを小麦は義父から学んでいた。

暫《しばら》くすると、女性の口が少し開いた。

「あなたいくつ？」

女性の声は、煙草のせいなのかかすれたものに聞こえる。

「十八です」

「こんな状況でも、冷静で偉いわね」

「いろいろなお客様がいて当然ですから」

女性は鼻で笑った後、小麦の方をじっと見た。長い付けまつげの下の眼差しは僅かに落ち着きを取り戻していた。

「あなたの眼は優しいね」

本当にそうだったのかもしれない。小麦は不幸な人間を見ると、自分の境遇を重ね合わせてしまう。そして、かえって親しみが湧いてくる。それが眼差しとして相手に伝わった。

「不倫相手だったの。二十歳以上も離れた前の会社の上司。お決まりのパターンよね。私がすねたら暴れだしちゃって」

「そうだったんですか」

「付き合って四年かな。もう別れた方がいいわよね」

助けになりたいと思っても、小麦に正解が答えられるわけがない。

「名前を聞いてもいい？」

「小麦っていいます」

「かわいい名前だね」

「踏まれて強くなるってことらしいです。祖母が付けてくれたんですけど」

「名付け親がお祖母《ばあ》ちゃんて珍しいね。私は、理科の理って書いて、『みち』っていうの」

「どういう意味ですか？」

「昔、父親が言っていた通り言うね。天を恨みたくなるような不条理なことがあっても、自分が正しいと思う道を歩んでほしい、だって。その父親は不倫して家を出て行っちゃったけどね」

理《みち》はそう笑いながら言った。そして父親が出て行ったあと、働く母親に代わって理を育てたのは祖母だったと付け加えた。

「なんか、私たちの名前似てない？」

小麦は首を傾げた。

「不幸が前提ってところ」

その言葉に、小麦はニコリと笑い返した。

「あざ、大丈夫ですか？」

「ありがとう。でも慣れっこだから」

理は恥ずかしそうに指で前髪をいじりあざを隠した。

小麦は、理がシャワーを浴びて出てくるのを、部屋を片付けながら待った。名前の由来もそうだが、育った境遇も少しは似ている。小麦は初めて会ったこの女性に親しみを覚えた。

浴室から出てきた理は、メイクもすべて洗い流していた。小麦はその顔を見て綺麗な人だなと思った。

「壊れたもの、弁償しなくていいの？」

「支配人には、残っていた女性にも逃げられたと言っておきます」

女性は嬉しそうに笑うと、一枚のメモを小麦に渡した。そこには、「山本理」という名前と電話番号が書き記されていた。

「今度ご飯でも食べましょう」

そう言って、理は部屋を後にした。

小麦は高校時代、クラスメイトに自分から話しかけたことは一度もない。その三年間で、自分は人と接することが苦手なタイプなのだと決めつけていたが、今日は山本理と自然に話すことが出来た。ひょっとすると、自分の中にはまだ気づいていないキャラクターがいくつか存在するのではないかと小麦は初めて思った。


あらかたの掃除を終えて受付と兼用の事務所に戻ると、支配人の榊原加代子の姿があった。受付窓口に面したデスクで帳簿を見つめていた加代子は、その目線をずらすことなく丸めた後ろ姿で小麦に話しかけた。

「部屋は荒れてなかった？」

「は……はい」

「残された女の子は大丈夫だったの？」

全てはお見通しだった。小麦は仕方なくいま目にしたことと自分の取った行動を正直に打ち明けると、加代子はそれを咎めもせずに、こうしたことは三か月に一度くらいは起こるものだと冷静に語った。さらに小麦に向かって、こんなことをぽつりと言った。

「その子はファザコンだったのかしら……不幸な生い立ちって、恋愛の仕方にも影響が出るのかもしれないわね」

その言葉は自分にも当てはまるのかなと小麦は思った。そして、自分の将来にもまともな恋愛はやってこないような気がした。

「でも、どこの家庭も複雑なのよ。絵に描いたように幸せな家庭なんてそうありはしないと思う」

加代子は暇を見つけては、仕事から一般常識、女性の生き方に至るまで様々なことを小麦に教えてくれている。

「うちの家庭の場合は、子供を失った方なのよ」

「お子さん、いたんですか?」

「そう、昔ね。ちゃんと育っていれば、あなたくらいになっていたでしょうね。生まれた時から心臓に障害を抱えていたのよ。

娘を亡くした頃から、どの家族にもそれぞれ〝定め〟というものがあると思うようになったの。それは羨ましいようなこともあるかもしれないし、耐え難いものかもしれない。でも、それは受け入れるよりほかないのよ。

うちだって、私も夫も治療のために全力を尽くしたし、娘も最後まで頑張った。誰も悪くない。大概の家庭も同じだと思う。〝定め〟が訪れる前も後も、みんな必死に生きているはずなの」

加代子は小麦に優しい視線を送った。

「だから、両親を恨む必要はないし、ましてや自分を責めることなんてあっちゃいけない」

それは、小麦の過去を労ろうとしている言葉だった。

加代子は、五間岩と小麦の血が繋がっていないことを知っているはずだが、どこまで自分の過去を聞かされているのか気になった。

「加代子さんは、私の本当の父と母のこと……」

言葉が澱んだ小麦に、加奈子はニコリとほほ笑んだ。

「あなたを籍に入れるという時に、社長から相談されて、その辺りのことは大体わかっているわよ」

「義父が相談したんですか？」

「ええ。いつもはあんな調子なのに、その時は真剣な顔をしてね。だから言ってあげたの。社長の元に来たのは運命的な話で、奥さんとその女の子と三人でしっかり人生を歩んだ方がいいってね」

加代子のその言葉が、小麦は嬉しかった。義父は加代子のアドバイスの通りに小麦と接してくれ、小麦もここで働くと決めた時、義父にその後の人生を委ねた。

「義父とは、一度も両親のことを話したことがないんです」

「ふうん。あの人なりに気を遣っているのね」

きっとそうなのだろうと小麦は思った。

小麦の本当の父親は高校卒業後、都内の名の知れたホテルでずっと働き続けてきた。しかし、四十五歳の時に突然そこを辞め、以来家を空けるようになる。それまではどこにでもあるような平凡な家庭が、父の異変をきっかけに壊れ始めたのだ。

母は、金を家に入れなくなった父のことをまだ幼い小麦にこぼし続け、たまに戻った時には父を半狂乱でなじった。そして、母もまた一晩中家を空けるようなことが目立ち始め、小麦が小学六年の時、ついに二人の元を去って行った。

父がようやく仕事を再開させたのは、中学二年の時。その職場が「伊勢クラウンホテル」だった。

小麦も伊勢の地に転校し、新しい生活を始めることになった。

「加代子さんは、父のこと……父の最期も知っているんですか？」

自分からその話を人にしたのは初めてのことだった。俯《うつむ》きながら話す小麦に、加代子は「うん」とだけ言った。

伊勢に引っ越した翌年、父はそのホテルに火を放ち、投身自殺した。

「今も、なんでそんなことをしたのかわからないんです」

小麦の辛い心の内を察するように、加代子は何度も頷いた。

父が死んだ瞬間、小麦は天涯孤独の身となり、同時に「放火魔の娘」と呼ばれるようになった。

そんな小麦のもとに現れたのが、父の友人と名乗る義父・五間岩薫だった。五間岩は小麦を自分の籍に移し、周囲の批判的な目から逃がすように、伊勢から東京の自分の家に引き取った。その後、都内の公立高校に通ったが、学費は全て五間岩によるものだった。小麦は高校の三年間、その素性がバレるのを恐れて、クラスメイトとの間に大きな壁を作り続けた。

「あなたは、たった十八年の人生の中で、普通の人の何倍も苦労してきたのよね」

加代子は、小麦の両肩に優しく手を添えて続けた。

「でもね、ご両親にも避けきれない定めがあったと思うの。だから、決して恨んじゃ駄目」

肩に載せられた掌は、荒れ果てた小麦の心を包んでくれる。

しかしそれでも、まだ小麦は両親への恨みを捨てる気にはなれなかった。特に父に対しては。ただ、加代子の掛けてくれた言葉から、いつかはそんな日が訪れるのかなと思うことだけは出来た。

ゴールデンウィーク前から、小麦の仕事は夜勤が増え始めた。

それは週に三度、昼の時間帯を使って英会話教室に通うためだった。これからのホテルマンには英語は必要だと言う義父が、さっさと受講の手続きを済ませてきた。

しかし、その教室が加わったことで肉体的にはきつい状態になっている。それでも心は穏やかな状態が続いていた。英会話教室のお蔭でもあったが、小麦はこの職場自体を気に入り始めていたのだ。

義父は、小麦が初めてラブホテルを訪れた日、こんな言葉を口にした。

「いまの小麦の門出には、ここが一番ふさわしいと思ったんだがな」

最近になって、その言葉の意味がようやくわかってきた。

小麦は、父が事件を起こした日以来、まるで川底に潜む鰻《うなぎ》のように、「秘密」を胸に仕舞い込み、息を殺してじっと生きてきた。いつ「放火魔の娘」とバレてしまうのか、そればかりを気にして高校に通っていた。

しかし、ラブホテルの客たちは、みな後ろめたそうな顔で入ってきては、非日常的な世界を楽しんで帰っていく。小麦は客室の掃除をしながら、その裏の顔に触れ続けた。いつもはスーツで身を包みサラリーマンを演じている男が、ここでは平然とセーラー服を着込む。誰にでも、表には出せない「秘密」があることを知り、それに触れ続けるだけで、小麦の心は不思議と癒されていった。

もし今回の就職先が、普通の職場だったとしたらどうなっていただろうか。それは高校生活の延長を意味し、周囲に怯えながら生活することになっていたはずだ。

この日は、雨が降っていたせいか夜十一時過ぎに珍しく客足が衰えた。ちょうど受付を守っていた小麦は、コンビニで買ってきた夜食用のサンドイッチをデスクに置くと、英会話のテキストを鞄から取り出した。既にテキストのページからは何枚ものポストイットが顔をのぞかせている。

角のない柔らかいフレームの眼鏡をかけると、明日の授業で習うページを開いた。中学の頃から軽い近視だったが、ずっと眼鏡は拒んできた。しかし、目を細める顔が嫌で高校の中頃から時折使うようになっている。

すると、デスクの上の電話が鳴った。

こんな深夜に物品を納入する業者が電話をかけてくるはずはない。どうせ忘れ物をした客辺りだろうと思いながら、それに出た。

「ホテル・ファイブストーンⅠです」

すると、受話器の向こうから女性のこもった声がした。

「五間岩小麦さんという方はいますか？」

「は、はい」

小麦への電話は、ここで働くようになって初めてのことだった。

「私が……そうですが」

その反応に、女性は一瞬押し黙った。そしてわずかな沈黙の後、自信なさげな声で問いかけてきた。

「お母さんだけど、わかる？」

「えっ？」

小麦は耳を疑った。

「小麦、ごめんね。ずっと連絡も入れなくて」

その声は震えている。小麦は混乱した。

母は小麦が小学校六年の時、家を飛び出し、今まで一度も連絡を入れてきたことはない。父が死んだ時も顔を出さなかった。その母がどうして突然、小麦の職場に電話を入れてきたのか？

これは悪質ないたずらかもしれないとも思った。やはり母が自分に電話をかけてくるはずがない。それに記憶に残る母の声とは随分違っている。

「もしもし？」

対処に困る小麦に問いかけてくる。小麦の迷いを察したのか、母を名乗る女性は穏やかな口調で話し続けた。

「お母さんが、下井草の家を出てもう七年ですものね。連絡もせずにごめんなさい。お父さんが亡くなった時も……」

そこで声を詰まらせた。下井草の家は小麦が生まれ育ったところだった。本当に母が電話をしてきたのか。

女性の声は随分としわがれていた。母は煙草を吸う女性だったから、そのせいなのだろうか。そして、七年の空白が自分の中で勝手な幻想を作り出していたのかもしれないと小麦は思った。途端、記憶の回路が働き始め、当時の母の様々な顔が蘇ってきた。

そうなると、母に聞きたいことは山ほどある。頭に浮かぶ言葉は、母を困らせ責めるようなものばかりだったが。小麦は必死で自分を抑え、尋ねた。

「どうしてここを？」

「あなたが就職したことを知らせてくださった方がいたの。立派に成長してくれたのね。元気でやっているの？」

「うん」

きっと義父が知らせたのだろう。父が死んだ時、小麦の元に地域の民生委員と共に義父が訪れた。その際親権の確認で母とは連絡を取っていたはずだった。

「いまお母さんはどこにいるの？」

「池袋」

池袋と言えば、今いる新宿とは目と鼻の先だ。そんなに近くに母は暮らしていたのだ。

「サンシャイン水族館にも、よくお父さんと三人で行ったわよね。その近く」

それは小学校の低学年の時だったと思う。小麦がせがんで何度も連れて行ってもらったことがある。懐かしい話をされ、小麦の心に激しい感情が溢れだした。

しかし、感傷的になった小麦とは違い、母の口調は無機的なものに変わっていった。

「実はね、今日、電話を入れたのは小麦に一つ聞きたいことがあったの」

母は少しの間、言葉を整理してから続けた。

「お父さんから、大きな鍵を小麦は預かっていない？」

「鍵……？」

「そう、真鍮で出来た大きな鍵。それはね、お父さんの大事な形見なの。持っていない？」

小麦は、突然優しさを失った母の声に戸惑った。そして、父の葬儀にも顔を出さなかった母が、形見の話を持ち出したことに腹が立ち始めた。

「そんなもの、持ってない」

小麦は少しぶっきらぼうに答えた。

「そう……それはお祖母ちゃんがお父さんに預けた大切なものなの」

「だから、持ってないって」

小麦が突き放すと、電話の向こうからため息が聞こえた。

「また、連絡してもいい？　一度、ちゃんと会って話もしたいし」

「うん」

「お仕事、頑張ってね」

そのまま母は電話を切った。

小麦はその声を追おうとしたが、すでにツーツーという音しかしていなかった。全身から力が抜けるのが分かる。受話器を持つ手にも力が入っていたのだろう、その右手は硬く固まったままだった。

こんな電話なら入れてほしくなかった。娘の心に情を湧かせておきながら、自分の用件だけを伝えると母はあっさり電話を切った。小麦には尋ねたいことが多くあるのに。どうして自分を置いて父から逃げ出したのか、父が亡くなった時になぜ引き取りに来てくれなかったのか。長い時間何の連絡も寄こさなかった、その訳。いずれも、今さら何かを解決するものではなかったが、何度でも母から謝罪の言葉を聞きたかった。

小麦は眼鏡を外し遠くを見つめながら、母の言葉を反芻した。

「真鍮で出来た大きな鍵」……電話の向こうで母はなぜ、その鍵に拘《こだわ》ったのだろう。

小麦は、その鍵のことを知っている。

鍵の存在を知ったのは、伊勢に行ってまもなくの頃だった。深夜、自分の部屋からトイレに向かう時、居間の襖の隙間から、何かを手にする父の姿を小麦は目にした。父はテーブルの上に黒縁の眼鏡を置き、瞼の傍でそれを舐めるように見つめていた。

父の右手にある物を、小麦は最初鍵だとは思わなかった。蛍光灯の下で鈍く光るそれは鍵にしてはあまりに大きく、不思議な形状をしていたからだ。既に近視の始まっていた小麦は目を細めピントを合わせると、ようやく鍵であることに気づいた。

父は身じろぎもせず、ただじっと鍵と対し続けた。その時、まだ中学二年だった小麦は漠然とだが思った。ひょっとするとこの鍵のせいで、父はおかしくなったのかもしれないと。

その後、小麦は父の留守の隙に、その鍵を一度探してみたことがある。父の私物の入る箪笥《たんす》の中、残された上着のポケット、家の中に仕舞いそうなあらゆる場所を見てみたが、それは出てこなかった。

父は肌身離さず、いつもそれを持ち歩いていたのか。それとも簡単には探し出せない場所に隠していたのか。いずれにしても父は、自分にさえもその存在を知られないようにしているのだと思った。父の秘密を目にしたあの夜のことは、今も小麦の目の裏側にしっかり焼き付いている。

そして、その鍵の在りかを、今になって母は探し求めていた。母はなぜ、それを必要としているのか。考えてみたとて、小麦には想像もつかなかった。

四月も二週目に入ったこの日、「伊勢パワークラウンホテル」の宴会場に、従業員百四名全てが集められた。

それは、新GMのエリック・ロバートソンと副支配人の仲野裕が赴任してきて初めてのことだった。従業員たちはみな、仲野がリニューアルプランをまとめた用紙を手にしている。

エリックの簡単な挨拶の後、仲野がマイクを握った。自己紹介もそこそこに、仲野はそのプランの説明に入った。

「いま行われている客室のリフォームですが、最終的には今までバラバラだった喫煙室は四階に集め、そのほかは全て禁煙フロアーにします。

リフォームは二週間ほどの急ピッチで進めて、ゴールデンウィーク前にはすべてを終わらせる予定です。つまり、リニューアルして初めての戦いがゴールデンウィークということです」

子供の頃の憧れのホテルに副支配人として凱旋するということに、初め仲野は心を躍らせた。しかし、久しぶりに見るそのホテルはすっかり古び変わり果てていた。

クラシックな造り自体には価値を感じるものの、リフォームなど施された気配のない部分はみすぼらしい有様だ。廊下やエレベーターの内装の汚れは酷く、客室のドアやクローゼットの扉などは傷だらけだった。しかも、海際のホテルの宿命から、どの窓枠にも錆が目立つ。

仲野はエリックに、そうした傷んだ箇所全てのリフォームを要求したが、結局認められたのは客室だけだった。

その時エリックは、親会社の「ロックキャピトル」がファンドの投資家への利益のリターンを急がせていて、出費を最小限にとどめたいと仲野に説明した。確かにここ最近、外資のファンドが手に入れた日本のホテルはどこも売り上げを伸ばせず、ファンドの投資家たちからの信用を失っている。リニューアルへの投資額を抑え、少しでもリターンに余裕を与えるというエリックの考えは間違っていなかった。

「『パワーホテル』は世界に一千万人以上の会員を持っています。彼らは日本の観光地と言えば京都と思い込んでいて、伊勢の知識は殆どありません。しかし、ここには伊勢神宮を始め日本が誇る文化遺産が有り余るほどある。それをプロモーションの柱にして、世界に情報を発信していくつもりです」

エリックは、「ロックキャピトル」がこのホテルを購入したことに否定的だったが、仲野自身は面白い試みだと捉えていた。自分の戦略が功を奏すれば、伊勢は世界の注目を集めることになる。しかし、それを推し進める上で、このホテルには基本的なことが欠けていた。

百四名を前に、仲野の眼は鋭さを増した。

「客室をリフォームしても、ゲストの方には、すぐに『クラウンホテル』が根本的には何も変わっていないことがバレてしまうでしょう。

何が問題なのか。それはあなた方のホスピタリティ（心のこもったサービス）への姿勢です。ゲストが近くにいても笑顔も作らず挨拶一つしない。フロントや廊下で困っている人がいても誰も声をかけず、見て見ぬふりをする。

きついことを言えば、皆さんのサービスは世界でも最低の水準だ。金を払う価値など、どこを探しても見つからない。ラブホテルやビジネスホテルなら、それでいいかもしれないが、ここは違う。『パワーホテル』のブランドにはそぐわないものなのです。まずは過去の習慣を全て忘れてもらい、サービスをゼロから見つめ直し接客にあたってください」

仲野の言葉に、どの従業員も顔を引きつらせた。

そこまで言うと、仲野はちらりとエリックの方を見る。日本語を解さないエリックのために、事前にどんな話をするか伝えていた。仕事は丸投げされていたが、あくまでエリックの影武者であることを従業員たちの前でアピールしなくてはいけない。仲野の目線に、エリックは大きく頷いた。

「ここで、皆さんには厳しい通達をしなくてはいけません。これからの半年は研修期間と見なし、半年後生まれ変わった『クラウンホテル』にふさわしい人のみ、半数をここに残すつもりでいます」

百四名全員に緊張感が走った。

このホテルのテコ入れでまず着手しなければいけなかったのが、リストラだった。その件に関して仲野は、エリックにこんな提案をした。

「全員解雇して一から採用していくことも考えましたが、それでは教育に時間もかかります。ですから、今回首を切るのは半分くらいでどうでしょう。

そして残った者たちとは金銭交渉を行い、各部署のトップ以外は極限まで給料を落とせばいいのではありませんか。こんな田舎町では、首になったら他所で再就職先を見つけることは難しい。最後はみんな、その条件を呑むはずです」

エリックはそれに納得した。外資系のホテルの場合、幹部は高い報酬を保証されるが、その下は驚くほど給料が安い。能力のある者だけがのし上がり、高給を手にする。日本人である仲野の中にも、外資の流儀が深く身についていた。

それに加え、仲野はここで厳しい勤務体制も作り上げている。音を上げて辞めていく者がいれば、それは歓迎すべきものと思っていた。

今回に限らず、これまでの仲野の仕事ぶりは、アメリカ人たちよりもずっとクールなものだった。仲野は、同僚からこんな呼ばれ方をしたこともある。

『アイス・マン』

部下への冷徹さを皮肉交じりに、称賛する言葉だった。

日本のホテルには、従業員を家族と思えと語るGMがいることも知っている。もちろん仲野はそうした体質に否定的だった。

「このホテルは三重県、いや東海近畿の中でも指折りの歴史あるホテルです。私も志摩出身で、子供の頃何度もここを訪れている。その当時はドアマンからベルボーイ、フロント、客室係に至るまで、みなホスピタリティマインドに溢れ、『クラウンホテル』のプライドを持って働いていた。しかし、何十年ぶりに帰ってきてみると、ここは変わり果てていました。

私はもう一度、あの頃のような『クラウンホテル』に戻したいと思っています。そうすれば自ずと結果はついて来る。このホテルが活気を取り戻すのにそう時間はかからないでしょう。

みなさん、緊張感を持って仕事に当たってください」

従業員たちの大半は俯き、仲野の方に視線を送るものはいなかった。

仲野が副支配人室に戻ると、ドアを叩く音がした。

仲野の許しを得て中に入ってきたのは、フロントのチーフマネジャーの荒瀬裕子とベルボーイの宇津木隆だった。荒瀬は五十代半ば、宇津木は五十手前。リストラの勧告とでも思ったのか、二人の顔は引きつっていた。

「少し話が聞きたくて。時間はそれほど取らせません」

仲野は、デスクの前にある応接セットのソファに座るように勧めた。特に宇津木の緊張具合は酷く、ぎこちない動きでソファに腰を下ろした。

仲野は、二人の前に自室で煎れた珈琲を差し出すと、早速話を切り出した。

「聞きたかったのは、四年前の火災のことです」

「そのことですか」

荒瀬は少しほっとした表情を浮かべたが、宇津木の顔は依然硬いままだ。

仲野は、ゴールデンウィークに向けた作業を優先させ、その調査を先送りにしていた。二人は「クラウンホテル」に勤続二十年以上という古参の従業員で、仲野はまずそこから聞き込みを始めることにしたのだ。

「二人はあの日、仕事には出ていましたか?」

二人同時に頷いた。荒瀬がその日のことを話し始める。

「出火が発見されたのは午後二時頃でした。四階のツインの部屋で、そのフロアー担当の客室係が見つけました。もうその時には部屋はほぼ全焼していて、隣の部屋に燃え移ろうとしていました」

「なぜ、そこまで誰も気づかなかったんでしょうか? 警報機は?」

荒瀬は次の言葉を躊躇《ためら》い、宇津木の方をちらっと見た。

「大丈夫。ここでの話は誰にもしませんから」

ホテルの中には、まだ前オーナーの塚原家を慕っている者も多い。荒瀬は、そこを気にしているのだろうと思った。

「は、はい。先代のオーナーは地元の消防署とも顔見知りで、何の検査も受けずに毎回営業の許可を得ていました。

それが災いして、古い警報機は故障で鳴りませんでした。そして、火の手が広がったのはスプリンクラーが稼働しなかったせいです。避難訓練などもしたことがなかったので、連絡系統も滅茶苦茶で、その時私はフロントにいたのですが、火災の第一報が入ったのはずいぶん時間が経ってからでした」

仲野は、そのずさんな管理体制に驚いた。ホテルの中枢のフロントが、火災が起きたことになかなか気づかないということは、他ではあり得ない話だ。

火災が起きたのは大昔のことではない。たった四年前だ。全国で消防署による立ち入り検査なども厳しくなっているはずなのに、こうした地方都市では地元の実力者と行政のなあなあの関係が依然続いている。

「出火したのがちょうど午後二時頃だったため、焼けた四階と五階のフロアーには宿泊客はほとんどいなくて、怪我人が二人で済んだのは不幸中の幸いだったと思います。

消防に連絡したのは、第一発見者の客室係でした。消防車六台、はしご車も二台来て、完全に消し止めるまで五時間、結局六室が全焼しました」

「出火原因については？」

「消防の調べでは、古いプラグから発火したと結論付けていましたが……」

仲野は、珈琲に口をつけてから尋ねた。

「放火、ですか？」

「はい……」

仲野は、ベルボーイの宇津木に向かって尋ねた。

「火災が起きて暫くすると、飛び降り自殺があったんですよね。あなたはその時どこにいましたか？」

宇津木は一度唾を飲み込んだ後、言葉を選びながら話し始めた。

「フロントで避難するお客様を誘導していました。すると、ドスンという大きな音がして。玄関を出てみるとすぐ脇に人が倒れていました。恐る恐る近づこうとした私の足元に、その人の物だと思うんですが、レンズの砕け散った黒縁の眼鏡が落ちていてそれ以上足が進みませんでした。たまたま近くにおられたんだと思いますが、支配人がすぐに駆け寄られて。ようやく私もそばに寄って覗き込んだのですが、みるみる黒ずんだ血が地面に広がって……」

「それは上原支配人ですね」

「はい。初め私は逃げ遅れた人が飛び降りたのかと思いました。でも冷静に考えれば、飛び降りた場所は展望台しかなくて、そこは火災の起きた部屋からは離れていましたした」

仲野は、子供の頃父親に連れられて「クラウンホテル」を訪れている。その時、すでにその展望台を経験していた。三百六十度のパノラマが広がり、海側からは伊勢湾が一望できる。副支配人として久しぶりにここに戻ってきた仲野は、真っ先に展望台に登ってみた。

そこからの景色は当時と何も変わっていなかったが、副支配人という立場で望むとまるで天守閣から周囲を見下ろしているような気がした。恐らくは、ここの創業者もそんな気分で当時ここからの眺めを楽しんでいたに違いない。

「自殺したのは、細川幹生という男ですよね」

「はい、一年ほど前からここで働いていたパートの従業員でした」

「もし放火したとするなら、その動機は何ですか？　労働時間が長すぎるとか、職場で苛めがあったとか」

これは仲野が一番知りたかったことだった。荒瀬が宇津木に代わって答えた。

「特にそれはないと思います。あまりほかの従業員と親しくするタイプではなかったようですが、取り立ててトラブルのようなものはなかったと聞いています」

「では、なぜ？」

荒瀬は、考え込んだまま押し黙った。

「細川幹生に身寄りはいなかったのですか？」

「一人いました。本人はここから十分ほどのアパートから、いつも軽四トラックで通勤していたようです。そこで中学生の女の子と二人で暮らしていたとか」

「その子は、事件の後どうしたんでしょうか？」

「詳しくは知りませんが、どこかに引き取られたんじゃないでしょうか。伊勢からも越したんだと思います。ここにいても、『放火魔の娘』って後ろ指をさされていたでしょうし」

「では、頻繁にエントランスに置かれる花は、細川の娘とは無関係ということになりますね……あれは、いつ頃からのことですか？」

尋ねられた宇津木は、少し考えてから答えた。

「もちろん、自殺直後から一週間ほどは置かれていました。で、再び置かれるようになったのは……今年の一月中旬辺りからです」

「なるほど」

それは、ここが「伊勢パワークラウンホテル」と名を改めたタイミングと一致していた。

仲野は腕組みして質問を続けた。

「荒瀬さんは、『祟り』についてどう思っていますか？」

その質問に、荒瀬が身をすくめたように見えた。

「どうしました？」

「四年前の事件だけでは、みな『祟り』とは言わないと思います」

「というと？」

「私もここに就職する前のことで、真実なのかどうかは知らないのですが……」

仲野は荒瀬の言葉を待った。

「このホテルの創業者も……あの展望台から飛び降りたと」

「えっ、創業者も？」

仲野は聞き返した。

「戦後間もない頃だったようですが……」

「同じ場所で、二人投身自殺をしたということですか？」

荒瀬は頷いた。

「クラウンホテル」の創業者は、地元の資産家だった小宮幹二郎という男だ。そして、戦後間もなくそのオーナーは塚原家に移っていた。その程度の知識はあったが、荒瀬の話は初めて聞く情報だった。

頭の中であの展望台からの景色を思い返した。七階分はあろうかという高さで、もちろん飛び降りればひとたまりもない。そこから二人の命が絶たれた。それを知っている従業員たちが「祟り」という言葉を使いたくなるのもわかる。二つの事件は間違いなく関連性があると思った。

「事件の後、あの展望台を取り壊すという話も出たんですが、買収話なんかもあって、結局そのままで……あっ、すみません」

荒瀬は慌てて頭を下げた。

「創業者は、なぜ自殺したんでしょう？」

「その辺りになると、私にはもう……」

「宇津木さんも同じですか？」

宇津木も小さく頷いた。

仲野は、ここで二人からの聞き取りを終了させた。

荒瀬は部屋を出る時、仲野に小声で聞いてきた。

「あのー、私は、リストラの方は……？」

「心配ですか？」

「はい。夫が入院を続けていまして。来年には長男の大学受験もありまして、私が働けなくなるとどうしたものかと」

「今日のお話は感謝しています。しかし、それとリストラの問題は関係ありません。全ては荒瀬さんのこれからの頑張り次第です。九月にはＧＭとよく話し合って発表しますので、それまでお待ちください」

「は、はい」

荒瀬は肩を落として、部屋を後にした。

九月末

小麦は、名古屋に向かう新幹線の中にいた。

髪をポニーテールにまとめ、四月一日に「五間岩コーポレーション」を訪れた時に着た安物のスーツを、半年ぶりに引っ張り出して身を包んでいる。

小麦の横には、やはりスーツ姿の義父・五間岩薫が座っていた。小麦は窓際の席から外を向いていたが、その大きな眼差しが見つめていたのは、これから待ち受ける、予想もつかない未来だ。

その話を義父からされたのは、二週間前のことだった。

「小麦、十月からは別のホテルで働いてもらう」

「普通の……」

と言いかけて、小麦は言葉を止めた。

「気にしなくていいぞ。今度はラブホテルじゃない。普通のホテルだ」

義父は、小麦を歌舞伎町に初めて連れて行った日、その将来の職場を「一流のホテル」と決め込んだ。ここで言われた「普通のホテル」は次のステップを表し、それはいよいよ小麦が父親と同じ道へと踏み出すことを意味している。

奥歯をぎゅっと噛んで身構える小麦に対し、義父は顔を難しくして話を続けた。

「ただ、一つだけ問題がある」

自宅のリビングのソファに座る義父を、カーペットに直座りしている小麦はじっと見上げた。義父は珍しく言葉を選んでいるように見えた。そのそぶりから小麦は不吉なものを感じ取った。

「行先は『伊勢クラウンホテル』だ。いまは『パワークラウンホテル』という名前に」

「嫌です」

義父の言葉を遮った小麦の眼は、瞳孔を大きくさせていた。それは恐怖を目前にした動物がする眼だった。

「お前がそう言うのは」

「無理です」

小麦は、怯えるように顔を何度も横に振った。これほどはっきり意思表示をした自分に驚いたが、急激に熱くなった身体が自然と反応する。ラブホテルで働き始めた時は、義父の言葉に素直に従ったが、今は気持ちをどうしても抑えることが出来ない。

義父に歯向かうのは、これが初めてのことだ。しかし、そこは父が自殺したホテルで、周囲の人々が「放火魔の娘」という視線を小麦につきつけた街なのだ。出来ることなら世界地図から消えて欲しいと思えるほどの街なのだ。

「他のホテルじゃ駄目なんですか？」

「あのホテルじゃないと意味がないんだ。経験を積むことだけが目的じゃないからな。いつかは過去に決着を付けなきゃいけない。いつまでも逃げ続けていいことは何もないんだよ」

そう義父はきっぱりと言った。

決着を付けろとはどういうことなのか。父の自殺の真相を伊勢に行き確かめてこいということなのか。

『なぜ自殺したのかなんて興味はない』

義父から目線を外して心の中で呟いた。しかし、「興味がない」という言葉も正確ではない。ただ心の中に黒々と残った記憶に出来るだけ近づきたくないのだ。あえて触れない過去など、どんな人にだってあると思う。自己弁護を繰り返す小麦に対し、義父は事務的に話を進めた。

「ホテルには、五間岩小麦の名前で派遣する。だから、その娘とは誰も気づかないだろう」

「もし、お客さんで中学の同級生が来たら？」

「そう、いつかはバレる。しかし、それを理由に解雇されるいわれはない。全ては小麦の心の中の問題なんだ」

それでも、小麦は下唇をかみ眉間に皺を寄せた。頑なな小麦に、義父はこんな言葉も口にした。

「小麦のお父さんは放火などしていない。働くうちに本当の理由が見えてくるに違いないと、俺は思っているんだよ」

この日の会話はこれで終わった。

そのあと小麦は三日間仕事を休み、歌舞伎町の街をあてどもなく彷徨《さまよ》い続けた。それでも心の解決策を見つけられず、連絡を取ったのは山本理だった。

理とは、あの日の一件以来、電話やメールで何度かやり取りをしている。その内容は世間話の類《たぐい》ばかりで、小麦の過去について理が聞いてきたことは一度もない。しかし、今度のことで本音を聞いてくれる相手は理の他には見つからなかった。

深夜遅く、電話をすると理はその相談に応じてくれた。両親のこと、父の自殺のこと、そして目前に迫った危機について小麦は夜通し話し続けた。理はそれを辛抱強く聞いてくれた。

そして、小麦の携帯が熱を帯びた頃、理は自分の判断を伝えてきた。

「普通なら行かなくていいよって言うと思うんだけど、今回は……行った方がいいんじゃないかな」

小麦は同情してくれるものと思っていたので、その答えにがっかりした。

「小麦にもわかっていないことが一杯あるんだよね。それが解決するかもしれないんでしょ。小麦は、私には想像も出来ないほど重い定めを背負って生きてきたと思うんだけど、お義父さんが言うように、そこから逃げ続けても意味ないんじゃないかな。無責任に聞こえるかもしれないけど、小麦なら絶対に乗り越えられると思うし」

小麦は電話を切りたくなった。理はそれを察したのか早口で続けた。

「小麦はさ、私が一人取り残されたあの部屋、ガラスがいっぱい散らかった部屋を見ても全く動じなかったんだよ。そして今とは逆に私を説得してくれた」

小麦はその日のことを思い返した。特に説得をした覚えはない。ただ、理の横に座って話を聞き続けただけだ。

「実はね、あの日、私は割れたガラスのかけらで腕を切ろうと思っていたの。そんな私を、初めて会ったばかりの小麦は救ってくれたの。その時からこの子には強い力があると思っていたの。小麦なら、どんな修羅場だって越えられる」

理は様々な方向から説得を続けた。しかし小麦の気持ちは、どうせ他人には理解してもらえないというものに凝り固まっていくばかりだった。次の一言を耳にするまでは……。

「小麦も、昔はお父さんのことが好きだったんでしょ？」

小麦の心はざわついた。自殺したその日から、ずっと父は憎むべき対象と決めつけてきた。しかし身体の中には、確かにその記憶は刻まれている。

「私もね、家から出て行った父親と関係を戻すのにすごく時間がかかったんだ。でも、今は普通に接することが出来るようになった。小麦もずっと本当のお父さんのことが引っ掛かっているんでしょ。二十歳になる前に解決しておいてもいいんじゃないかな」

理は自分の本心を見抜いている。小麦は携帯をきつく握りしめた。

「しかも、私たち……不幸を前提にした名前じゃない。それって、不幸を乗り越えることも前提で付けられた名前なんだと思う」

理の言葉を、小麦は心の中に暫く仕舞い込み、二日ほど経った頃伊勢に行くことを決心した。

名古屋で近鉄線に乗り換え、東京から三時間半ほどかけ宇治山田駅に到着した。

およそ四年ぶりに訪れた伊勢は、九月とは思えないような強い日差しが照り付けていた。

伊勢神宮には、天照大神《あまてらすおおみかみ》を祭る内宮《ないくう》と天照大神の食事を司る神の外宮《げくう》が存在する。義父は、その内宮に小麦を連れて行った。ここには、中学の時一人で来たことがある。参拝を済ませると義父が言った。

「江戸時代には、伊勢神宮にたった一日で二十万人も参拝に訪れたことがあったんだよ」

「二十万人も?」

「五十日で、三百六十万の人が詣でたという記録もある。その頃は日本の人口が三千万ほどだったから、ここがいかに人気があったかがわかるよな。

江戸時代の人々は、一生に一度はお伊勢詣でと心から思っていたんだ」

小麦も一度訪れただけで、伊勢神宮を大好きになった。参道に立ち並ぶ樹齢何百年という鉾杉《ほこすぎ》や檜に囲まれているだけで、気持ちが落ち着く。きっと江戸時代の人々にとっては、それ以上にここは神聖な場所だったに違いない。

内宮を出ると、二人はおはらい町に寄り道をした。伊勢独特の切り妻屋根の木造家屋が立ち並び、その真ん中には赤福本店もある。ほかにも伊勢うどんやてこね寿司、焼き牡蠣、松阪牛のステーキと伊勢のグルメなら何でも存在する。食べ歩きに合う品も多く、小麦は以前食べたことのある串に刺さった秋刀魚の干物を義父に奢ってもらった。

ゆっくりと歩を進める義父の額には汗が滲んでいる。義父は扇子をパタパタと扇ぎながら、こんなことを言った。

「ここには江戸時代、御師《おんし》の屋敷が立ち並んでいたんだよ」

「御師って何ですか？」

「大量にやってくる旅人の面倒をみた人のことだよ。今だとツアーコンダクターみたいなもんだ」

御師について、義父は小麦に丁寧に説明した。

伊勢神宮の神職には、一番上に宮司、その下に禰宜《ねぎ》、権禰宜《ごんねぎ》という階級がある。

平安時代、伊勢神宮への参拝客が急増すると、その禰宜、権禰宜の人々が、参拝客の面倒をみて、神宮の外でお祓いなどもやるようになった。その時、彼らのことを「御祓い師」、略して御師と呼ぶようになる。

時代は下り、その御師の手代たち（後にその者たちも御師と呼ばれる）が、全国を回り「お祓い大麻」と呼ばれるお札を配りながら、布教活動を行うようになる。檀家になった者には、お札のほかに女性には白粉《おしろい》を、農家には伊勢暦を土産とし、伊勢と地方との太い繋がりを育んでいったという。

「布教は東だったら、関東を越え東北にまで及んだ。そんなこともあって、伊勢神宮に詣でたいと思う人々がどんどん膨れていったというわけだ」

「東北からも歩いてここまで来たんですか？　私、今日の新幹線でも、やっぱり伊勢までは遠いなと思っていたのに」

「距離もだけど、その旅費も馬鹿にならないだろ。そこで各地に『伊勢講《いせこう》』というものが生まれた」

義父の説明は続いた。

それは信仰集団のようなもので、村単位や職場単位で、江戸時代ほとんどの人がどこかの「伊勢講」に所属した。人々はその「伊勢講」にお金を出し合って、伊勢詣でのための資金を積み立てた。その金を使って、代わる代わる代表者が伊勢に向かった。

そして、その旅の段取りをいまのツアーコンダクターのように整え、伊勢で迎え入れたのが御師たちだった。

伊勢に到着してからの御師のもてなしは華やかで、日頃は米など正月しか食べられないような者たちに、大名のような三の膳まである料理を振舞った。

そんな御師たちの計らいもあって、江戸時代の民衆は伊勢神宮に参拝するという名目で、人生に何度もない快楽を味わうためにお伊勢詣でへと出かけたという。

「伊勢神宮の周囲には、千近くの御師の家があったようだよ。小麦のお祖父《じい》さんのでっかい屋敷も、この辺りのどこかにあったはずだ」

「えっ？」

あまりにさらりと言われたので、うっかり聞き逃すところだった。驚く小麦の反応を、義父はニヤニヤと見つめている。

小麦は祖父のことを、父から聞かされたことがない。唯一小さい頃、祖母から「お祖父さんは立派な会社の社長だった」と教えられた記憶がある程度だ。

「お祖父ちゃんも、その……御師だったんですか？」

「正確には、ひいお祖父さんまでが御師で、お祖父さんはその家に生まれたが御師にはならなかった。御師の制度は明治時代に廃止されていたからね。

小麦の元の姓、細川はお祖母さんの方の苗字で、お祖父さんは小宮だ。小宮家は、代々十人ほどしかいない禰宜の一人であり続け、小宮太夫とも呼ばれていたそうだよ」

小麦が初めて知る自分のルーツだったが、それが御師と言われてもピンとは来ない。ただ、いま見ている古い木造家屋の街並みが、違ったものに見え始めていたのは確かだった。

「小宮太夫は、その実力も計り知れなくて、全盛期には関東と東北に十万もの檀家がいたらしいぞ」

「十万も……」

「明治時代になっても、その檀家さんたちは伊勢詣でを続けた。御師の制度が廃止されてから、小宮家は旅館という形で営業し、檀家さんを受け入れていた。しかし、昭和に入って、小麦のお祖父さんはその屋敷を売り払ってしまったんだよ」

そこで義父は立ち止まり、扇子を畳むと小麦の眼をじっと見つめた。

「そして、お祖父さんは新たに『伊勢クラウンホテル』を建てた」

小麦は秋刀魚の串を手にしたまま、その場に立ち尽くした。

「あのホテルは……お祖父ちゃんが造ったホテルなんですか？」

義父はゆっくり頷いた。


義父は、小麦を連れて「伊勢パワークラウンホテル」に向かった。

タクシーの中で、小麦は興奮が抑えられなくなっていた。今までそのホテルは、父が火を放ち命を絶ったという、小麦にとって忌わしい思い出しかない場所だった。

しかし、そこは祖父が造り上げたものだと初めて知った。写真なども目にしたこともないし、祖父がどんな人物なのか想像もつかない。けれど、好奇心だけはふつふつと膨らんでいく。小麦は、父の働いていたホテルを外からしか見たことがない。中は一体どうなっているんだろう。祖父が造り上げた、その世界をもうすぐ目にすることが出来る。

タクシーはホテルの玄関の真ん前で止まった。料金を支払いながら義父は言った。

「小麦、降りたら上を見ずに、そのまま玄関に入るんだ」

義父の言っている意味がすぐに理解できた。

見上げたそこには、あの展望台がある。父が飛び降りた展望台が。義父は、それを目にするにはまだ早いと判断したのだろう。小麦に配慮して言ってくれたことだったが、事実を思い出すと身体が萎縮する。小麦の様子の変化に、義父は慌ててこう続けた。

「私も昔ここに来たことはある。様子が変わっていないといいんだがな。さあ、行くぞ」

義父のその言葉には、新しい職場に乗り込むぞといったニュアンスがあった。

『そうなんだ。私はここで派遣社員として働くんだ。祖父が残してくれたこのホテルで』

小麦は自分にそう言い聞かせて、タクシーを降りた。

すぐにドアマンが「いらっしゃいませ」という言葉と共に恭《うやうや》しく会釈する。そして、回転ドアなどでなく開閉式の木製のドアが小麦を出迎えた。

辺りを見回しながら、義父は懐かしそうに言った。

「エントランスは昔と変わっていないな。きっと創業当時そのままのはずだ」

入口を入ると、古い大きな絨毯が敷かれている。シミなども目立つ絨毯だったが、そこから目線を奥の広間にあげると、小麦が、「あっ」と声を上げた。

「気が付いたかい。その絨毯には、奥の部屋の窓とシャンデリアが逆さにデザインされている。まるで鏡に映っているようにね。小麦のお祖父さんは、ホテルの細部にまで工夫を凝らしていたんだよ」

奥の広間には、大きな暖炉と革張りソファやテーブルが余裕を持って配置されていた。全てが年代もので、まるで西洋の古城に足を踏み入れたような錯覚すら起きる。部屋の片隅には、囲碁や将棋の台が置かれた席もある。天井は高く、二階部分には楽団が見下ろしていたのだろうか、木の手すりの付いたバルコニーが存在した。

「あのボックスが何かわかるかい？」

義父は、その二階にある小部屋を指さした。覗き穴のようなものが一つあるだけで、あとは全て木目の壁で覆われている。

「あそこは映写室だよ。窓際の大きなカーテンに映画を投影していたらしい」

「ホテルの中で映画が観れたんですか」

「そうさ。まだ無声映画の時代だろうから、弁士が客に向かって大きな声を上げていたことだろうね」

小麦は、その様子を想像してみた。ホテルの大広間が映画館に早変わりして、宿泊客がそれに興じる。考えただけでも心が楽しくなる。

そのまま二人は芝生の敷き詰められた中庭に出た。伊勢湾から優しい風が吹き寄せ、小麦の前髪を撫でていく。振り返って、外から見たホテルは白い壁面と赤いレンガが鮮やかで、威風堂々としていた。

「このホテルに来たのは初めてかい？」

「父に一度だけ連れてきてもらったことがあります。でも、その時は夜だったんで、こんな美しいホテルだとは思いませんでした」

それを聞いて、義父は満足そうに笑った。

「今日は、小麦の分だけ部屋を予約しておいた。客の気持ちになってホテルを観察するといい」

二人はチェックインを済ますと、部屋に向かう。エントランスの広間こそ、長い歴史はよき風情に映ったが、エレベーターや廊下の傷みは決して気分のいいものではなかった。

小麦の泊まる部屋は、リフォームからまだ間もないダブルルームだった。木目調のデスクには、

「五間岩小麦様」と書かれたウェルカムカードが置かれ、大きな窓からは中庭と伊勢湾が一望できる。


「コインを投げてごらん」

義父の言葉に、小麦はニコリと笑い、ポケットから百円玉を取り出した。指ではじいたコインはベッドに飛ぶ。義父からの教えは、コインが跳ねるほどにシーツをピンと張れということだった。

しかし、ここのベッドは百円玉が深く沈んだ。

「どうだ。うちのラブホの方が優秀だろう」

「本当だ」

小麦は今までの仕事を思い返し、嬉しくなった。

続いて見たバスルームは、アメニティグッズが最低限しか置かれてなく、寂しいものだった。

「バスローブの正しい使い方が分かるか？」

義父が棚に畳んで置かれたバスローブを指さして言った。小麦は首を傾げた。

「さすがにラブホテルには、こんなタオル地のバスローブはないからな。日本人はバスローブに馴染みがないから、綺麗に全身を拭いてから使ってしまう。正しいのは、風呂上がりにバスタオルで身体を拭かずに、濡れたままこれを羽織るんだ」

「じゃあ、バスタオルは何に使うんですか？」

「頭と足元を拭くだけだよ。バスローブは汗が引くまで着続けて、その後寝間着に着替えるわけさ。だから、バスローブに水を含んでいる客がいたら、それはホテルに慣れた客だと思うがいい」

そう言いながら義父は、今度はシャワーをひねった。

「なんで、こんなにお湯の出が悪いんだろ」

驚く小麦に、義父がニヤッと笑って答えた。

「恐らくシャワーヘッドの中に、節水コマが入っている。水道代をケチりたいわけだ。ベッドのシーツには客室係の質が、シャワーの出具合にはホテルの経営状態がよく表れているんだよ。これがこのホテルの現実ってことだな」

義父は小麦の方をじっと見つめた。その目つきは、歌舞伎町のラブホテルに初めて連れていかれた時に見た厳しいものに変わっていた。

「ラブホテルとここの仕事では、違うところが二つある。分かるかい？」

「お客さんと接することですよね」

「そう、ラブホは基本的に、お客と会話することを禁止しているが、ここでは逆に親しみをもってサービスしなくてはいけない。でも……」

義父は思わず笑いをこらえた。

「小麦はあそこでも十分すぎるくらい客と接してきたみたいだけどな。でもそれは、ここでは一層大事なことになる。もてなしの心には経費が掛からない。それでいて、客の記憶に一番刺さるからね。

客と近くで接するために必要になるのが名前だ。いいかい、ここではとにかく客の名前を覚えるんだ。名前で呼ぶと、とたんに距離が縮まる。メモ帳を必ず持ち歩いて、名前を書き込んで頭に入れるといい。東京に今もいる伝説のドアマンは、客の似顔絵まで描いて名前と一致させようとしたという話すらある。

それじゃあ、もう一つ違うところは？」

小麦は少し考えた。ここではベルボーイが荷物を運んだり、レストランがあったり、挙げればきりがないと思った。

「ラブホテルは一泊限りだが、普通のホテルは客が連泊する」

「確かに……」

「二泊目からは客の目が厳しくなるんだよ。冷静にサービスを見始めるからね。いいかい、ここでは部屋に入ってすぐに清掃を始めてはダメだよ」

小麦はラブホテルで、清掃の時間をいかに縮めるかに神経を尖らせてきたが、それだけでは済まないということらしい。

「まず部屋の様子を観察して宿泊客をイメージするんだ。ここの客はバスタオルを沢山使っているなとか、缶ビールが多く飲まれているとか、家具の位置をいじっていたら、そのレイアウトに変えた理由とか。

それがわかってから客の気持ちに沿って清掃を始める。部屋に補充するものの数は決められているが、そんなものにこだわる必要はない。客が必要とするものは、多めに置いてあげるといい」

「はい」

義父のアドバイスは、小麦の心を躍らせた。

部屋の状態をチェックし終わると、義父は小麦を連れ、ホテルの事務所に向かった。

「五間岩さん、ご無沙汰しています。わざわざお越しになるとは思っていませんでした」

事務所で二人を出迎えたのは、ここの人事部長だった。目の前に広がるデスクスペースは奥行きがあり、営業部門、食材調達、広報、宴会担当など、多くの人が働いている。榊原加代子が一人で切り盛りしていたラブホテルとは比較にならない。

「普段は、派遣社員を一人で行かせていましたからね。今回は私の娘なので、ちょっと心配で。親馬鹿なんでしょうね、うっかり付いてきてしまいました」

小麦を紹介すると、義父は人事部長に近寄り小声で囁いた。

「外資の運営会社に代わっていかがですか?」

人事部長も小声で返す。

「大変なんてもんじゃありませんよ。コストカットばかり突きつけられて。今回は社長にもご無理申し上げて」

「いえ、うちは娘に大きなホテルの経験を積ませたいだけですから、授業料をお支払いしてもいいくらいです。副支配人の方はいまここに? いらっしゃればご挨拶申し上げたいのですが」

「ちょうどオフィスにいます。ご紹介しましょう」

人事部長は、二人を副支配人室に案内した。

「副支配人、こちらが『五間岩コーポレーション』の五間岩社長。そして今度ここで働いてもらう、お嬢さんの小麦さんです」

義父が名刺を差し出すと、副支配人は深く頭を下げた。

「いつもお世話になっています。『パワーパートナーズ』から来ています、仲野です」

ここを訪れる前に、義父から支配人と副支配人に関するプロフィールを小麦は教えられていた。

副支配人は日本人だが、海外での経験も豊富な男と聞かされている。

仲野は髪をオールバックにまとめ、ダブルのスーツを着こなしていた。穏やかな表情で義父に接しているが、その眼には鋭さがある。エリートホテルマンとはこんな感じなのかと小麦は思った。

仲野は小麦の方を見て、ニコリと笑った。

「社長のお嬢さんなら、大切に育てないといけませんね」

小麦は緊張しながらお辞儀をした。

「どうぞよろしくお願いします」

出した声が予想よりも大きく、小麦は顔を赤らめた。


義父との別れ際、小麦は一つだけ尋ねた。

「どうして、うちの家系について詳しいんですか？」

「全て、小麦のお父さんから聞いたことだよ」

義父は眼も合わせず言った。覚悟はしていたが、その答えは小麦にとっては辛いものだった。

『どうして私には、祖父の話をしてくれなかったんだろう』

そんな問いかけを心の中で繰り返した。小麦の様子を察したのか、義父がこう続けた。

「小麦のお父さんは、区切りがついたらちゃんと話すつもりでいたと思う」

「区切り」とは一体何なのか？　小麦には見当もつかなかった。

「知らないことが多すぎると思っているんだろうね。でも、ここで働くうちに色々なことがはっきりしてくるはずなんだ」

そう言うと義父は独り東京に戻っていった。

五間岩とその娘が去ると、仲野裕は再び自分のデスクに戻った。

すぐに作業に着こうと思ったが、いま会った「親子」が引っ掛かった。「五間岩コーポレーション　代表取締役社長　五間岩薫」と書かれた名刺を手に取る。父親と言った五間岩の年齢はきっと七十を過ぎているだろう。孫の聞き間違いかと思ったくらいだった。いずれにしても、連れてきた娘は若く美しかった。色白で目鼻立ちが整っていることもあるが、印象的だったのは優しい眼差しだった。まだ若いのに憂いさえ感じられた。

ホテルの仕事はサービス業だ。働く女性は美人に越したことはないし、男性従業員たちのモチベーションも上がるだろう。仲野は、安くていい買い物をしたと思った。

仲野は目の前のパソコンに向き合う。画面には、リストラ候補の名前がずらりと並んでいた。そこには給料の高いベテラン従業員が目立つ。減らした分は、若く手当の安い派遣社員で埋める算段だ。

当初リストラは五割と決めていたが、結局六割の人間を首にすることになった。リストラの数が増えた理由は、かき入れ時の夏場の収益が伸び悩んだためだ。既に全ての客室のリフォームを済ませ、宣伝にもそれなりの投資を続けてきたが、客室の稼働率は思ったようには伸びてくれない。

宿泊料が伸び悩んだ場合、ホテルは宴会に頼るものだが、ここにはチャペルもなく披露宴は行えない。仲野は営業担当と共に、企業のパーティを呼び込むため地元の大きな会社を回り続けたが、どこも前オーナーの塚原家への義理立てか、いい顔をしてくれるところはほとんどなかった。

そんな状況に加え、思いもよらぬトラブルにも見舞われた。

それは運の悪いことに、比較的客室が埋まっていた八月のお盆の時期に起きた。チェックアウトの済んだ部屋から、小型の銃が発見されたのだ。休みを家族でくつろぐ宿泊客の目の前に、警察関係者が大挙して現れ、一時ホテルの中は騒然とした。

この地域は、暴力団の事務所が幅を利かせている。それは仲野が子供の頃から変わらぬ状況だ。「クラウンホテル」でも、その関係者が多く利用し、従業員には対処マニュアルも配られていたが、もちろんそこには「客室でもし銃を発見したら」などとまでは書かれていない。

客室係からの報告を受けた瞬間、仲野は裏ルートを使って表沙汰にしない手はないものかと策をめぐらした。しかし、慌てたエリックはすぐに警察に通報してしまい、結果地方紙だったが翌日の紙面にそれが大きな記事となって露出し、「クラウンホテル」の名にまた一つ泥が塗られた。

仲野は、三十代半ばで副支配人の地位を射止めた。以降、バンコク、ジャカルタ、マカオの「パワーホテル」で手腕をふるい、いずれも立て直しを成功させている。

自信を持って、日本に凱旋してきた仲野だったが、思わぬ苦戦を強いられていた。

その五日後。予期せぬ客が仲野のもとを訪れた。

フロントからの連絡に一瞬耳を疑ったが、その客をカフェテリアに案内するように指示を出した。

カフェテリアはホテル二階の伊勢湾を見渡せる場所にある。大きなガラスで覆われ、明るい日差しが入るように出来ていた。

「何しに来たんだい？」

ぶっきらぼうな言葉は、その客のいるテーブルの向かいに座った仲野の第一声だった。

「もう半年以上も前からここで働いているそうじゃないか。お前こそ、どうして顔を出さないんだ」

煙草をふかしながらそう返したのは、仲野の父親だった。もう十年以上も顔を合わせていない父親の髪はだいぶ薄くなっていた。

「母さんも会いたがっている」

「ずっと忙しかったんだ」

仲野が短く答えると、父親は黒く日焼けした顔を寂しそうにさせた。

仲野の父親は、志摩で真珠養殖を行っていた。

志摩を囲む英虞湾で採れる真珠の歴史は古く、日本書紀や万葉集にも登場する。養殖貝での真珠の生産が本格化したのは大正の頃だ。以来、志摩の真珠は世界的なブランドにのし上がった。

しかし、真珠の養殖の仕事は楽なものではない。春にあこや貝の身の中に、核と呼ばれる真珠の中心になるものを一つずつ丁寧に埋め込んでいく。それを縄に括り付けて、養殖場の海水の中に降ろしていくと、あとは延々掃除の日々が続いた。貝に汚れが付くと、殻が開かずに成長が悪くなるので、夏から秋にかけ縄を引き上げては殻を磨き続ける。そして、寒さが一番厳しい一月に、真珠を取り出す収穫作業は行われる。

この作業のほとんどを、父は母親に押し付けた。父はというと一年中遊んで暮らし、収穫の済んだ二月だけ目の色を変えた。

仲野の家に、国内外から現金を鞄に詰め込んだバイヤーがやってくるのだ。一回の取引で三千万も置いていったこともある。父がそれを銀行に収めるまで、足に巻いて寝ている様子を何度か見たことがある。仲野はずっと母の苦労だけを目にし、守銭奴の父を嫌い続けた。

中学の頃、父は貯まった金で家の近くに小さなホテルを建てた。うまくいくはずもなかったが、仲野にとってはいい口実が出来た。高校卒業間近、仲野は父にこう伝えた。

「将来ここを継ぐために、海外のホテルの学校に留学したい」

ただ父の元を離れたいだけだったが、日頃はケチな父がこの時ばかりは笑顔で金を出し、仲野を家から送り出した。その後、仲野がアメリカの学校を卒業する頃、父のホテルは潰れた。帰る理由がなくなった仲野は、そのまま海外に留まり一流のホテルチェーンに就職することになる。

そして、両親が続けていた真珠の養殖も、真珠自体が以前のような宝飾品としての価値を失っていった。

いま仲野の目の前にいる父親は、しょぼくれた老人になり、以前の面影はどこにもない。父は短くなった煙草をもみ消すと言った。

「お前が俺を嫌っていたことは、母さんから聞いて知っている。悪かったと思っている。いまは真珠の収穫は少ないが、母さんのことをちゃんと手伝っているんだよ。よかったら、一度でいいから家を訪ねてほしい」

父は頭を下げた。

仲野は父をずっと憎み続けてきたが、四十を過ぎた頃から、自分の中に父の影を感じるようになった。外資という競争社会の中で重視されるものは、迅速かつ合理的な判断だ。父が金や自分の欲望のために家族をないがしろにしたように、自分も出世のために躊躇なく周囲を切り捨てることが出来るようになった。今はすっかり毒気の抜けた父親から、あれほど見下した精神を自分が引き継いだような気がして、仲野は気分が暗くなった。

「わかったよ、暇を見つけていくから。今日はもうこれでいいだろ」

父はホッとした表情を浮かべて、テーブルにあるアイスコーヒーに口を付けた。

「実はな、お前がここで働いているって聞いて驚いたんだ。俺はよくこのホテルを使っていたからな」

確かに、父に二、三度連れて来られた記憶がある。

「最初に来た時は、戦後間もなくで、このホテルは進駐軍に接収されていた」

進駐軍のことは、ホテルの歴史を調べる中で既に知っていた。しかし、それほど昔から、父がこのホテルと関係があったことに仲野は興味を持った。早く追い返そうと思っていたが、もうしばらく父に付き合うことにした。

「戦後、日本のホテルはどこも米軍に接収された。米兵がわんさか押しかけてきて、ホテルを日本人が利用することなんてなかったんだよ」

「そこに親父は、何をしに行ったわけ？」

「真珠を売りにさ。位の高い将校たちは、いい値で買い取ってくれた。一度このカフェテリアで行われたクリスマスパーティに潜り込んだことがあったな。一晩中どんちゃん騒ぎが続いて、俺は飲んだこともないような高価なブランデーでゲーゲー戻した思い出がある」

過去を見つめる父の顔が、少しだけ仲野の知る昔の顔に戻ったような気がした。

「日本人は俺とパンパンくらいだっただろうな。あっ、ちょうど、あの辺りで日本人のジャズバンドも演奏していたな」

指差した方向は、カフェテリアの中二階部分に突き出たバルコニーのような場所だった。仲野は当時の様子を想像してみた。まだ焼け野原の多い日本で、ここはダンスに興じる米兵が溢れかえっていたのだろう。

　すると、仲野の頭の中にある発想が芽生えた。当然のことだが、いまこのカフェテリアは喫茶としてしか使っていない。もしかすると、このアイディアはホテルの立て直しに使えるかもしれないと思った。

　思考を巡らす仲野をよそに、父は話を続けた。

「どうして俺が、そのパーティに潜り込めたかというと、親しくしていたベルボーイがいたからなんだよ」

「それは日本人？」

「もちろんだ。従業員は全員、戦前から『クラウンホテル』で働いてきた日本人だからな。

　そのベルボーイは若いくせに頭の切れる男で、どの将校のところに行けば真珠が売れるか俺に教えてくれた。この将校は故郷に奥さんが待っているとか、いま一人のパンパンに入れ込んでいるとか、とにかく細かい情報でね。そのベルボーイの言う通りやっていれば、真珠は面白いように売れたんだよ」

　父は次の煙草に火をつけた。気が付けば灰皿はいっぱいになっている。当時は父が話すベルボーイのように気の利く従業員ばかりだったのだろうが、いまは山盛りの灰皿を取り換えるウェイトレスもここにはいない。

「そのベルボーイは、いつ頃からここで働いていたんだろう」

「戦後すぐと言っていたな」

「それでいつまで？」

「それほど長くはいなかったな」

仲野は、父にあのことについて質問してみた。

「その人は、ここの創業者のことを語っていたことはあるかな？」

「小宮幹二郎には、とても可愛がられていたようだな」

父の口から「小宮幹二郎」の名前が、さらりと出てきたことに仲野は驚いた。

「親父は、その創業者と会ったことは？」

「ない」

仲野は、小宮幹二郎に関して、フロントの荒瀬から聞いた話程度しか知識がない。

「小宮幹二郎は、最後は自殺したらしいね」

「確かそうだったな。翌日の新聞にも載っていた」

「理由は？」

「そこまでは知らない」

「じゃあ、そのベルボーイの人は？　このホテルからどこに行ったんだろう」

無駄だと思ったが、一応尋ねてみた。

「東京にいる。ここを辞めてからも親しくしているよ。東京に行けば飯も食う仲だ」

何でも聞いてみるものだなと、仲野は心の底で苦笑いした。

「でも、なんでそんなことを気にする？」

「いや、仕事の上でホテルの歴史も調べなきゃいけないんだ。その人の連絡先を教えてもらってもいいかな」

仕事の上という言葉は間違っていなかったが、仲野の好奇心は大きく膨らんでいた。同じ展望台から投身自殺を図った二人の男。なぜ男たちはそこから身を投げなくてはいけなかったのか。その真実が知りたかった。

父は、カフェテリアのコースターの裏に手帳から電話番号を書き写すと、仲野に手渡した。

『五間岩薫　090-×××-××××』

仲野は、その名前を見てハッとした。

それは、つい最近、若い女性派遣社員を連れて自分のオフィスを訪れてきた社長の名前だった。

十月

小麦が「伊勢パワークラウンホテル」に来て二週間ほどが経った。

最初に配属されたのは客室係。その制服は、真っ白いシャツに鶯色のベスト、それに紺のスカート。ロッカールームでそれに着替えると、小麦はつげの櫛でポニーテールにまとめた髪をさらに丸め、腰にエプロンを着けると客室へと向かう。

客室係は、チェックアウトの済む十時からその作業のピークを迎えた。各フロアーに散って、片端からゲストの使い終えた客室を掃除していく。

小麦は働き始めたその日から、ここで八年パートを続けているというベテラン従業員の平林洋子の下に付いている。平林は生まれも育ちも伊勢という女性で、四十過ぎの家庭持ちだったが、いつも濃い目のメイクを施していた。

小麦が平林のアドバイスを必要としたのは、初めの一日だけだった。歌舞伎町での経験は侮れないものだった。あの頃のようにポケットにストップウォッチを忍ばせ客室に乗り込んだが、このホテルはラブホテルに比べ酷い汚れや嫌な臭いが残っていることも少なく、目標とするタイムをあっさりとクリアー出来た。

平林は、その小麦の働きぶりを見てこう言った。

「やっぱり、若いとスピードが違うのね」

そして、自分が担当すべき客室も小麦に押し付けるようになっていった。

小麦は清掃のほかでも、義父に言われたことを忠実に守った。

ここでは、客がチェックインする前に部屋のデスクの上にウェルカムカードを置く決まりになっている。小麦は、そこから客の名前を自分のメモ帳に書き記し、呪文のように繰り返して暗記した。

それが一番役立つのはルームサービスの時だ。従業員の多くがリストラされたこのホテルでは、客室係はルームサービスも兼ねなくてはいけない。料理を部屋に運び入れる時、小麦は宿泊客の名前をことさら口にした。義父が言っていた通り、名前を呼べば客は親しみを感じ、みな笑顔で応じてくれた。

しかし、その一方で対処しきれない客も中にはいる。例えば、年配の夫婦から、そば殻の枕をリクエストされたことがあった。「クラウンホテル」には、そば殻の枕など存在しない。

対応に困った小麦は、義父にメールで相談した。義父はすぐに返信してきた。

『本来ホテルが対処すべきところだが、今の小麦には難しいことだろう。お金は私が用立てるからすぐに買いに行きなさい。

一つ面白い話を追加しておく。

ロンドンには「ザ・コノート」という名門ホテルがある。そのホテルに有名なピアニストが宿泊したことがあった。ピアニストが「部屋にピアノを入れてくれ」と頼んだら、ホテルは窓を壊して部屋に運び入れた。

お客様にNOと決して言わない。それが一流ホテルの流儀。もちろん、窓の修理費はピアニストに請求されたそうだがね』

小麦は、そのメールを見て胸が熱くなった。

十二名いる客室担当は、その半数がパート従業員で四十代の女性ばかりだ。長くここで勤めている者が多く、そういう人たちは四年前のホテル火災について知っているのは間違いない。

休憩やランチなどは、その先輩たちと共に過ごすことが多い。そこでの会話の内容はホテル内の噂話がほとんどだった。特に同僚の悪口と従業員間の恋愛事情の話題になると彼女たちの会話は熱気を帯びる。土日や祝日に、決まった休みを取ることのできないこの業界では、同じホテルの中で恋愛対象を探し、結婚まで結びつける者が多いらしい。そのことを小麦は彼女たちの会話で初めて知った。

この日も、客室清掃を済ませた平林ら三名と休憩室でお茶をすることになった。すぐに彼女たちは顔を寄せ合い、小麦に関係のある噂話をひそひそとし始めた。

「最近は、玄関で花を見なくなったわね」

「監視カメラがついてから、置かなくなったみたい」

それは父の自殺現場に手向けられた花の話だった。小麦は息を潜めて聞き耳を立てた。

花はペットボトルに挿し込まれ、それは頻繁に置かれていたという。そして、その花は決して霊を弔うために置かれたものではなく、「祟り」の拡散のためのイタズラだったと彼女たちは言った。酷い時には血液を想起させるように赤いペンキが撒かれていたこともあり、その時は副支配人が警察に通報したという。

「やっぱホテルへの嫌がらせだったんだよね」

「内部の人間じゃないってこと?」

「上の人は、中でも犯人探ししていたみたいだけどね」

「次にどんなことが起きるのかワクワクしていたのに、ちょっと残念」

彼女たちの会話を聞きながら、小麦はゾッとした。もし小麦が自殺者の娘と知れば、その嫌がらせを行ったのは自分と決めつけるはずだ。そして、ホテルの中で「放火魔の娘」という噂が瞬く間に拡散されるに違いない。今は娘のように接してくれている人たちが、突然豹変するのは明らかだった。

しかし、臆病に立ち回ってばかりいていいのかという気持ちも、小麦の中にはあった。自分は何をしに、ここにやってきたのか。自分の過去を清算するために来たのではないのか。義父の使った「決着」という言葉が頭の中を回り続けた。

すると、小麦の横に座る平林がこんなことを言った。

「私は、あの火災がまだ尾を引いているような気がするの。きっと犯人の自殺で一件落着ってことじゃないのよ」

平林の思わせぶりな発言に、残りの二人は思いを巡らせているようだった。

小麦は思い切って、自分の正体がバレぬ程度の質問をしてみることにした。

「火災って……何があったんですか？」

躊躇する言葉は、少し震えていた。三人の反応を見守ると、正面に座る女性が平林に言った。

「そうか、五間岩さんは何も知らないもんね。洋子さん、武勇伝話してあげればいいのに」

平林は、照れた表情を浮かべた。

「もうオーナーも代わったし、堂々と話してもいい頃かしらね」

と、目の前にいる二人の女性に同意を促した後、横に座る小麦に向かって平林は話し始めた。

「四年前にね、このホテルで大変な火事があったのよ。四階のツインの部屋から出火したんだけどね、その第一発見者が私だったの。

四階のフロアーは全部掃除し終わっていたんだけど、なんか勘が働いたのよね。もう一度チェックしに上がってみると、廊下に焦げ臭い匂いが立ち込めていたの。これはまずいと思って辺りを見て回ると、402号室のドアから煙が出ているのを見つけてね。開けてみると……中は火の海だった」

武勇伝というだけあって、平林は話し慣れていた。臨場感の伝わる話しぶりに、小麦は引き込まれた。

「でも、洋子さんはビビらなかったのよね」

「何言っているの、怖いに決まっているじゃない。でも、どうにかしなきゃって思って、廊下にあった消火器で立ち向かったのよ。でも、そんなもので消えるはずもなかった。仕方なしにすぐに消防に通報したの。あの時、私の勘が働かなかったら、ホテル全部が燃えちゃっててもおかしくなかったんじゃないかしら」

平林はうっとりとした顔で、目の前のお茶をゆっくりと啜った。同僚たちは「消防署は感謝状を出すべきだった」などと言い合っている。

小麦にとって、あの時の火災についてこれほど生々しく聞くのは初めてのことだった。冷静でいろ、ただの好奇心旺盛な新人を演じきれと自分に言い聞かせた。そして、小麦は自分を鼓舞してもう一歩踏み出してみた。

「火災の原因は何だったんですか？」

「放火よ。うちのパート従業員が火をつけたの。細川って男で、ロビーとか廊下の清掃担当だった。黒縁の眼鏡をかけていて、ちょっといい男でね。実は私少し気になっていたんだ」

「それ初耳」

テーブルを囲む女性がはやし立てる。

「でも、それがとんでもない食わせ者だったわけよ。あの日、五月二十日はね、『クラウンホテル』の創業記念の日だったの。確か六十六周年。地元の名士なんかも招待されて、地下の宴会場ではパーティも開かれていた。細川はその日をわざわざ狙って放火したわけ」

「なんか恨みでもあったんですか？　その……ホテルに対してとか」

小麦が恐る恐る尋ねた。平林は小麦の眼を見ながら、まるでミステリーを紐解くかのような口調で続けた。

「このホテルには『怨念』が渦巻いていたのよ。私は火災の第一発見者だったから、何度も消防と警察に出向いて調書を取られたの。そこでいろんな情報を手に入れたわけ。この事件に関してはホテルの中で私が一番詳しいと思う」

そこで平林は一層声を潜めた。

「放火した細川って男は、『クラウンホテル』の創業者の息子だったのよ。このホテルは戦後、オーナーが塚原家に代わっていたでしょ。細川はそれに恨みを持っていた。そこで放火の計画を立てて、パート従業員としてホテルに潜り込んだ」

平林の話に、小麦は動揺した。鎖骨から上が熱くなり、じっとりと滲んだ汗で冷たくなった掌をぎゅっと握った。放火の動機を知るのは初めてのことだ。父はホテルの創業記念日を狙って放火していた。

その日は、職場に戻っても平林の話が心に残り続けた。

どんないきさつで、祖父から塚原の一族がホテルを手に入れたかまではわからない。しかし、それは何十年も前の話だ。父は本当にそんな大昔の恨みを晴らすために、放火までの大罪を犯したのだろうか。そして、その復讐と引き換えに、自分や母を地獄に突き落としたというのか。

小麦にはどうしても理解できなかった。しかし、創業記念日という事実は動かない。堂々巡りの末に、ほぼ平林の考察を肯定し始めた時、ある情景が小麦の脳裏に浮かんだ。

それは、あの「鍵」をじっと見つめる父の姿だった。それは、恨みなどとは一線を画した情景だった。

恍惚と鍵を見つめる父を目撃した時、小麦は父が変貌したのは、その鍵のせいではないかと感じていた。確かに平林が言うように、父には塚原家への恨みなどもあったのかもしれない。しかし、まだ知らぬストーリーを父が隠し持っていた可能性は十分にある。

小麦にとって父は依然謎に包まれた存在だった。


伊勢に戻って一か月が経った。

小麦は、ホテルから歩いて十五分ほどの場所にアパートを借り、いつもそこから自転車で通っている。ルームサービスなどをしていると、帰りが夜十一時くらいになることもあった。

この日もそれくらいの時間、ジャンパーにジーンズの格好で家に到着した。小麦が自転車置き場で鍵をかけていると声がした。

「五間岩小麦さんですよね？」

振り向くと、そこには蛍光灯に照らされた中年の男性が立っていた。軽い近視の入った目を凝らす。視界のピントが合うと、その身なりからこのアパートの住人でないと小麦は感じた。

「は、はい。どちら様でしょう？」

小麦の方に、男は革靴の音を立てながらゆっくりと近づいてくる。深夜のこんな時間に自分を待ち伏せていた男。普通ならもっと警戒していただろうが、その男は髪を七三に分け、仕立てのいいスーツを着込み、それ相応の立場の人間のように見えた。

「やっぱり。お会いできて良かった」

男は「遅い時間に押しかけて申し訳ない」と言いながら、小麦の目の前に名刺を差し出した。そこには「伊勢クラウンホテル支配人　上原潤一」と書かれている。

小麦はGMを何度かホテルの中で見かけたことがある。それは背の高いアメリカ人だった。

「古い名刺でごめんなさい。それは去年まで使っていた名刺なんです」

よく見てみれば、ホテル名に「パワー」という文字が抜けている。

「前の支配人の方？」

「そうなんです、買収される前の」

上原潤一と名乗る男は白い歯を見せて笑った。「ロックキャピトル」が買収する前に、GMをやっていた人間なのは理解できた。しかし、それがどうしてこんな時間に自分を訪ねてきたのだろう。

「実は、支配人をやっていた頃、あなたのお父さんととても親しくさせてもらっていたのです」

「えっ？」

その瞬間、小麦の背筋に冷たいものが走った。息がつまり、髪の毛が一斉に逆立ったような気がする。小麦はまるで迫りくる猛獣の気配に気づいた草食動物のように大きく目を見開き、心の中で呟いた。

『この人は、私の正体を知っている』

小麦の動揺をよそに、男は笑顔で話を続けた。

「幹生さんとは、仕事上がりによく飲みに行ったりしたんですよ。お互いに愚痴を言い合ったりして、本当に楽しかった。一度釣りに誘ったこともあったなあ。私は坊主だったが、幹生さんはアジをいっぱい釣りましてね」

確かに、父の数少ない趣味の中に釣りはあった。饒舌に昔話を続ける上原という男を前に、小麦は焦りを覚えていた。

小麦は躊躇いがちに尋ねてみた。

「あのー」

「はい?」

「どこで私のことを?」

「知り合いから聞きまして。知ってしまったら、いてもたってもいられなくなって、こんな遅い時間に押しかけてきてしまった次第なんです」

知り合いとはいったい誰のことを言っているのだろう。義父のことなのか? いや、義父がうかつに自分のことを他人に言うはずもない。

「知り合いというと……?」

小麦の質問に、上原は意外な答えを口にした。

「あなたのお母様です」

「母が？」

小麦の頭の中が混乱し始めた。母は五か月ほど前、小麦が働くラブホテルに突然電話をかけてきた。家を飛び出して七年。一切連絡を絶っていた母が、小麦の生活の中に頻繁に登場するようになっている。ずっと気配を消していた母が、どうして今になって活発に動き始めたのか。

「母をご存じなんですか？」

小麦は強い口調で尋ねた。

「幹生さんから、お母様の話は伺っていましたが、親しくさせて頂くようになったのは最近のことです。いまは池袋で暮らされているようですね。仕事は、西池袋のバーとか言っていたかな」

上原はさらっと答えた。母はやはり池袋にいた。

しかし、そもそも上原はどうやって母と連絡が取れたのか。家を飛び出していった母と、父が連絡を取っていたとはどうしても思えない。しかも母が、いま小麦が伊勢のホテルで働いていることまで知っているはずもない。

考えあぐねる小麦をよそに、上原は関係のないことを話し始めた。

「いまの運営会社を非難するつもりはないですけど、私がいた頃の『クラウンホテル』はみな仲が良かった。家族みたいに通じ合っていた。ですから、幹生さんとも親しくなれた。

私の下で働いていたスタッフが今も何人か残っていますが、給料も下がって、毎日リストラに怯えていますよ。外資系は恐ろしい。お金が全てですからね」

上原は辺りを見回した。

「こんな時間に大きな声を出していると、近所迷惑になりますね。もう遅いですし、また寄らせてください。あなたともっとお父さんの話がしたいですし。

名刺は古いものですが、書かれている携帯は変わっていないので何かあったら連絡をください」

そう言うと上原は、闇夜の中へ足早に消えていった。

小麦の興奮状態は収まっていなかった。空気は冷たいのに、脇の下が汗ばんでいるのが分かる。

上原は、自分が知らない父の別の顔を知っているのかもしれない。特に母のことはもっと尋ねる必要がある。ここ最近の母の行動は理解しがたかった。

しかし、小麦の中でそんな好奇心よりも、自分の立場を危うくする不安の方がはるかに大きく膨らんでいく。

上原は、自分の部下がまだ「クラウンホテル」には何人か残っていると言っていた。となると、小麦の正体がその人たちに既に伝えられている可能性は否定できない。

「もうウイルスが広がり始めている」

小麦は自転車置き場から、呆然と暗闇の向こうを見つめていた。

ＪＲ名古屋駅の駅ビルの中には「マリオットホテル」が入っている。四年前の二〇〇〇年に開業し、今では名古屋で最上級の評価を得ているホテルだ。上原潤一は、そのロビーフロアーにあるラウンジに足早に入って行った。

「待たせたな」

店内の一番奥まったところに座っていたのは、「伊勢パワークラウンホテル」のベルボーイ、宇津木隆だった。上原の声に気づいた宇津木はさっと立ち上がり、頭を下げた。

「お忙しいところ、すみません」

「忙しくなんかないさ。俺はずっとプータローなんだからな」

珈琲を注文すると、上原が尋ねた。

「で、どうしたんだ？」

「もう、お役に立てなくなりました」

宇津木が神妙な顔で答えた。神経質そうな二重瞼が既に心の動揺を表している。その眼付きから、上原には何が起きたのか察しがついた。

「首に、なったのか？」

「はい」

上原は一つため息をついた。宇津木は事情を説明し始めた。

「当初リストラは五割と言われ、僕も危ないかなと思っていたんですが、結局六割もの人間が首を切られました。しかも、その判断基準は能力の有り無しなんかじゃありません。長く『クラウン』で働く、給料の高い者がリストラの対象になりました」

「さすが外資だ。容赦ないな」

宇津木は「クラウンホテル」に上原よりずいぶん遅れて入ってきたが年齢は一歳違いの年下だった。まだ独身で、ギャンブル好きから多額のカードローンを抱えている。上原は利用するならこの男だと目をつけ、退職する時、今後ホテルの中で起きたことを全て伝えるようにと宇津木に言い残していた。

宇津木はそれを忠実に守った。ホテル内の情報を従業員たちから集めて回り、逐一上原に報告し続けた。その働きによって、上原はまるで現役のGMであるかのように「クラウンホテル」の現状を把握することが出来た。

さらにホテルの外でも、宇津木は上原の役に立ちそうな話なら何でも伝えてきた。その中でも、上原を一番興奮させたのは、細川幹生の娘の居場所だった。上原もその行方を追い続けていたが、なかなか摑むことが出来なかった。そんな時、宇津木が自分の先輩のベルボーイの元に、その娘が身を寄せているという情報を持ってきた。

先輩ベルボーイの名前は、五間岩薫。天涯孤独の娘は養子に入ったのだろう、苗字を五間岩に改めている。そして五間岩小麦が、今年四月から新宿のラブホテル街で働き始めていることもわかった。

それを知った上原は、すぐに歌舞伎町に向かった。ラブホテル街の片隅から、まるで私立探偵のようにじっと見守る。ようやく眼にした小麦の顔は、細川幹生によく似ていた。その場で上原は拳をきつく握り締め、数奇な運命の中に自分はいると確信した。

上原は珈琲に口を付けると、宇津木の顔を覗き込んだ。

「俺にとってもお前がいなくなることは痛手だが、まあそれは些細なことだ。これから先の生活はどうするつもりなんだ？」

宇津木は渋い表情で言った。

「ホテルの中の情報は、これからも残った仲間から集め続けるつもりです。その辺りはご安心ください。借金もあるんで、どこか働き口を見つけなきゃとは思っているんですが……」

「退職金は？」

「笑っちゃうほどの金額でした。あそこで二十年働いたんですけど」

宇津木はその年齢から、再就職先が簡単に見つかるとも思えない。

「そうか。あまり頼りにされても困るが、俺も『クラウンホテル』に返り咲くことを狙っている。その時はお前も連れて戻ることにするよ」

「本当ですか？」

「宇津木は、それくらいの大きな仕事をやってくれたからな」

宇津木は初めて明るい顔になると、鞄の中からクリアファイルに入った用紙を上原に差し出した。

「これは最新のものです」

上原はさらっと目を通すと、上着のポケットから封筒を取り出した。

「少し役に立つといいんだが」

「報酬」を手渡すと、宇津木とはそこで別れた。

上原は、そのままロビー横にあるエレベーターに乗り込んだ。

「マリオットホテル」の十八階には、ジムやプール、テルマリウム（温浴ベッド）、ウォームルームなどが完備される会員制の「スカイリゾート」がある。

ここの会員になって半年。退職金暮らしの上原に、その高額な会費は身の程を超えるものがあった。しかし、これも大事な投資と思い会員であり続けている。

上原は水着に着替えると素肌の上にタオル地のガウンを羽織り、ロッカールームの時計に目をやった。時刻は午後二時。これくらいの時間、目当ての男はジムでのトレーニングを終えプールに姿を現しているはずだ。入っていったプールは天井も高く、大きなガラス窓から柔らかい自然光が差し込んでいる。上原はその男を見つけると声をかけた。

「オーナー、ご無沙汰しています」

「もうオーナーはよせ」

「横にお邪魔してもよろしいでしょうか？」

「どうぞ」

ジャグジーにゆったりと身体を横たえていたのは、「伊勢クラウンホテル」の前オーナー、塚原栄一だった。上原はガウンをそばの椅子に掛けると、塚原の横に静かに腰を下ろした。

「最近もよくいらっしゃるんですか？」

「暇だからね。ほぼ毎日横のジムに通っているよ」

確かに、塚原の身体は筋肉が付きよく絞られている。首から上と腕だけがゴルフでこんがりと焼けていた。横に並ぶと、真っ白い上原の身体は一層際立った。

「相変わらず、『クラウンホテル』は苦戦を続けているようですね」

「ふうん」

塚原は気のない返事をした。

「最新の情報では、稼働率は五十四パーセント。宴会場の営業にも回っているようですが、どこも塚原家に気を遣って応じていないようです。『パワーパートナーズ』から派遣されたGMのエリック・ロバートソン、副支配人の仲野裕の二人も、あのホテルにはほとほと手を焼いているようです」

今しがた宇津木から受け取ったデータだった。そして、宴会場の営業の邪魔に入ったのは、他ならぬ上原本人だった。副支配人と営業部長が回りそうな会社はどこも旧知の間柄で、あらかじめ連絡を入れ断ってもらうように頼み込んでいた。

しかし、塚原は上原の方には見向きもせず、ぼそりと言った。

「上原も好きだな。もうあんなホテルに未練がましくするのはやめて、次の人生に向き合った方がいいんじゃないのか」

きつい一言だったが、上原の想定内のものだった。

そもそも、上原と塚原とでは「クラウンホテル」への思い入れが違う。

上原は、三十年以上ほぼ毎日ホテルに通い詰めてきた。家で過ごす休みの日よりも、ホテルで働いている時間の方がずっと気が休まった。それに対し、塚原がホテルを訪れることはほとんどなかった。上原にとって「クラウンホテル」は第二の「家」を意味したが、塚原にとっては「不動産」としての価値しかない。それでも自分たちには共通する感情が存在すると上原は思っている。それは、外資の連中に自分の大切な財産を奪われたという憤りだ。

プールには、ほとんど人影が見られない。中年の女性が一人、水音もほとんど立てずにゆっくりと泳いでいるだけだった。二人の間には、ジャグジーのブクブクという音だけが聞こえている。

「そうだった、先日伊勢の街で不思議な女性と会いましてね」

塚原は相変わらず無関心を装っていた。

「誰だと思います？　細川幹生の娘だったんです。話してみると、いま『クラウンホテル』で働いているというんです」

その話に塚原の身体が反応したように、上原は感じた。

「働き始めたのはこの十月から。今は十八歳で客室係をやっているようです」

塚原の顔の骨格はえらが張り、切れ長の目をしている。その細い目を初めて上原の方に向けた。

「なぜなんだ？」

その反応に、上原は心の中でにやりと笑った。釣糸の先にある浮きがぴくんと動いた感覚がした。

上原にとって、塚原は自分の目的のために必要不可欠な男だ。上原は自分のことを、人間の身体にたとえるなら所詮手足だと思っている。足で情報を稼いだり手で実行したりは出来るが、頭と心臓がないと何も始まらない。塚原は頭と心臓、つまり知恵と金。そういう意味では、自分たちはいいコンビだと上原は思っていた。

上原は釣竿を引くことはせず、塚原を焦らすような返答をした。

「まだ誰も気づいていないようです。私もことさら、その情報をホテルの中の人間には伝えていません」

「だから、なぜ舞い戻ってきた？」

「真意はわかっていません。ただ創業者の一族は、『クラウンホテル』の運命に影響を与えてくれる。そうですよね？」

上原がにやりと笑うと、塚原が返した。

「ふふ。そんなこともあったな。本当ならもう少し早く、細川幹生には登場してほしかったがね」

塚原栄一は、創業者・小宮幹二郎から「クラウンホテル」の経営を引き継いだ塚原威一朗の長男として生まれた。大学を卒業すると都内の有名ホテルに勤め、三十三歳の時、「クラウンホテル」の親会社「クラウン事業」の専務になって伊勢に戻ってきた。高卒で客室係から叩き上げた上原とは、正反対のエリートホテルマンだ。

早く自分に経営を任せてほしかった栄一の思いとは裏腹に、威一朗は社長の座に居座り続けた。ホテルの命運を決することになった会員制ゴルフ場の建設にも、栄一の反対に威一朗は一切耳を貸さなかった。

そこに創業者の息子、細川幹生が現れた。間もなくして起きた火災の時、客室のスプリンクラーは利かず火の手は六室を焼き尽くした。そして、それが威一朗引退への引き金になる。

ようやく栄一がホテルの主導権を握ったわけだが、その才能を生かす時間はあまり残っていなかった。父の負の遺産、ゴルフ場の負債は膨れ上がり、結局ハゲタカファンド「ロックキャピトル」に足元を見られ、安く買い叩かれて自分の城を明け渡した。

それでも多額の売却益を手にした栄一は、名古屋からあまり動くこともなく、ゴルフ三昧の生活を送っている。

二人は、五十二階のスカイラウンジに所を変えた。ビールを傾けながら、塚原が言った。

「八月の銃の事件、新聞で目にしたぞ」

それはお盆休みの頃、「伊勢パワークラウンホテル」の客室で見つかった小型の銃のことだった。

「上原の仕業だろ、あれは」

「やはり栄一さんの眼はごまかせませんね」

塚原がうっすらと笑った。

「栄一さんの記憶にもあると思いますが、うちのホテルで何年か前に似たようなことがありましたよね。それを思い出しまして、知り合いのヤクザに頼んでみたんです」

似たようなこととは上原がGMをしていた当時、地元のヤクザが故意にではなくうっかり銃を客室に忘れていったことがあった。その時、ヤクザがどの組の者か上原にはおおよそ見当がついた。そこで裏のルートを駆使し、その銃を誰にも知られることなく元のさやに戻すことに上原は成功していた。

「ホテルという場所は招かざる客も利用します。裏社会の人間とも付き合っていかなくてはいけません。そこでは銃の落とし物のような、表に出したくない出来事も頻繁に起きるものです。日本のベテランの支配人なら、私のように知恵を回す者も決して少なくはないと思いますが、外資のGMさんには表沙汰にするより方法はなかったようです。思惑通り、お盆休みで家族連れも多かったホテルの中は警察でごった返して、新聞沙汰にもなりました」

「また、評判を落とすことに一つ成功したというわけか」

塚原が新聞記事に気づき、評価してくれたことが上原は嬉しかった。評判を落とすことも大事な目的だったが、それ以上に塚原に奮起を促す狙いがあった。

塚原はつまみのカシューナッツを一つ口に放り込むと、プールでの続きに話を戻した。

「その娘は……まさか宝探しのために戻ってきたわけじゃないよな」

その言葉は、上原が望んだ通りのものだった。しかし、その喜びを表に出さず、わざと真剣な表情で上原は返した。

「可能性はあります。娘の名前は小麦。派遣してきたのは、『五間岩コーポレーション』という会社です。伊勢に来るまでは、その会社が持つ新宿のラブホテルで働いていました」

「相変わらず詳しいな」

「ええ、新宿のラブホ街でも探偵ごっこを続けていましたから。実は、その社長は五間岩薫といって、小麦の義理の父親に当たります。細川幹生の友人だったのかもしれません」

上原は自分の鞄の中から、一枚の紙を取り出した。

「娘の履歴書です」

それは「クラウンホテル」に提出されたもののコピーだった。塚原は受け取りながら笑った。

「本当に怖いな。仕事を変えた方がいいかもしれない」

「探偵にですか？　勘弁してください」

塚原は、小麦の顔をじっと見た。

「なかなかの美人だな」

「細川幹生も端整な顔立ちでしたからね」

上原も、最初に新宿のラブホ街で小麦を見た時、美しい女性だと思った。しかも、彼女は自分を幸福に連れて行ってくれる女神かもしれない。そう思うと、余計に心が惹かれた。妻子に捨てられた自分が、歌舞伎町で十八歳の女性をストーカーのように付け狙う。みじめなはずが、心の中に快感が走った。

履歴書を見つめ続ける塚原を見て、上原はにやりと笑った。ようやく頭と心臓が、手足と一体となった手ごたえを感じた。上原は、右手の親指と人差し指で鼻の頭をいじりながら続けた。

「今もまだ、従業員たちは『祟り』の噂を囁き合っているようですし、地域の人々も『クラウンホテル』に近寄ろうともしない。

誰の仕業か知りませんが、細川幹生の自殺現場には、ペットボトルに挿した花が頻繁に置かれているようです。そこに『放火魔の娘』が登場でもしたら、これは大騒ぎになりますよね」

「上原は、悪いことばかり思いつくな」

塚原はにやにや笑いながら、残ったビールを飲み干した。

『悪いことを思いつくようになったのは、あなたのせいですよ』と、上原は心で思ったが、口には出さなかった。

これで塚原は重い腰を上げる可能性が出てきた。「伊勢パワークラウンホテル」が順調に降下を続ければ、塚原は様々な策を弄して買い戻しを成功させるだろう。

しかし上原は、塚原も知らないもう一つの策を隠し持っている。

それは半世紀以上、人の目に触れることのなかった財宝。細川幹生もついに開けることの叶わなかった金庫室の存在。

もしそれを手に入れたならば、塚原を頼りにせずとも、自分がホテルを買いに行くことも可能になる。競馬なら、塚原を利用することは大本命、財宝探しは大穴狙いといったところだ。塚原の揺さぶりによって死に体となったホテルを、塚原の手中に収まる直前に奪い去る。そして最後には自分が笑う。これは「ロックキャピトル」に乗っ取られて以来、上原が練ってきたシナリオだった。

塚原さえ動けば、残された仕事は、金庫室を開けるための真鍮で出来た鍵を手に入れることだけになる。

その金庫室を作り上げたのは「クラウンホテル」の創業者、小宮幹二郎だ。

一時期、上原は、小宮幹二郎について調べ続けたことがある。その祖先は、伊勢神宮の傍で長きにわたって御師を務めていた。広大な屋敷を構え、伊勢詣でにやってくる多くの檀家をもてなしていたようだが、上原が注目したのは専《もっぱ》らその資産についてだった。

江戸時代まで、有力な御師の暮らしぶりは小大名をしのぐものだったという。しかし、明治に入り御師の制度が廃止されると伊勢詣での熱も冷め、その数は徐々に減っていった。新時代の到来で、小宮家もそれまでのような隆盛は保てなかっただろうが、意外なものが新たな財産を生むことになる。

小宮家の檀家の中には、江戸時代一世を風靡した浮世絵の絵師たちも多く含まれていた。その繋がりもあって、小宮家は数十万点にも及ぶ大量の浮世絵を所蔵していた。そこには北斎、写楽、広重、歌麿、菱川師宣、鈴木春信、渓斎英泉などが残した指折りの名作が含まれていた。

明治に入り、西洋化の進む日本では浮世絵は紙屑同然と化したが、海外ではその絵画としての評価がうなぎ上りに上がっていく。そのタイミングで小宮家は多くの浮世絵を海外へと売りに出した。中でも繋がりが深かったのは、浮世絵に特に価値を見出していたユダヤ人の資産家たちだったという。ナチスドイツがヨーロッパ全土に侵攻した時、ゴッホやルノワール、モネなどの作品と共に浮世絵が押収の対象となったことからも、欧米での資産価値の高さがうかがえる。

いまも金庫室の中に眠るものは、運よく海の向こうへと渡らなかった浮世絵たちなのか。それともその売却によってもたらされた大きな財産なのか。いずれにしても小宮幹二郎は祖先の豊かな蓄えを引き継いだのは間違いない。

それが今もなお、金庫室の中に眠り続けている。そして、その金庫室は「クラウンホテル」の中に人知れず存在し、鍵の到来を、扉が開くその瞬間を待ち続けているのだ。

それでは、その肝心の鍵はいまどこにあるのか？

一週間前、五間岩小麦と会って上原は確信した。彼女は鍵を持っている。

伊勢の地に舞い戻ってきた理由はホテルの中で財宝の在りかを探すために違いない。祖父小宮幹二郎、父幹生と受け継がれた鍵を懐に隠し持ち、いつ「放火魔の娘」であることがバレないかおどおどと暮らしながら、それを探し続けているのだ。

あの夜、間近で見た五間岩小麦は、凜とした顔立ちに人を引き付ける眼差しを湛え、創業者の末裔であるという血脈が十分感じられた。そして、鍵を持つ資格がこの子にはあると直感した。上原は興奮のあまり、思わず鍵のことが口を衝きそうになったが、もちろん機はまだ十分に熟していない。上原は必死になって心の高まりを抑えた。

この日の塚原を見て、風は間違いなく自分に向かって吹いていると思った。このツキは、鍵を必ずや自分の元に引き寄せてくれるに違いない。いま少し辛抱を続ければ、五間岩小麦はその鍵を握りしめて、必ず自分の元にやってくる。

上原はそんな手ごたえを感じていた。

十一月

仲野裕は、疲れた表情で新幹線からの景色を眺めていた。視線の先で、初冬の雨が乾いた田畑を濡らし始めている。

豊橋を過ぎた頃、仲野は右のこめかみに酷い痛みを感じた。その痛みは、ここ二週間ほど断続的に続いている。常備薬を忘れてきたことに舌打ちしながら、仲野は右手で患部を摩《さす》った。こうした片頭痛は、アメリカにいた頃から始まっていた。初めは休日にだけ痛みを覚えたが、次第にストレスや疲労が重なると時をかまわずうずき始めるようになった。

今回の痛みの原因ははっきりしている。先月の一か月間明け暮れた、従業員のリストラと減給の交渉にある。

内示の際、仲野は全ての従業員を呼び出し、一対一で丁寧に説明を続けた。解雇の通知に時間を割くのはいつものことだ。ここで手を抜くと、後々訴訟沙汰に発展することもある。仲野は交渉相手の様々なデータを携え、強い姿勢でテーブルに臨んだが、そこに自分でも想定外の落とし穴があった。

首を宣告されたり、信じられないような安い給料を提示された相手は同様に、必死な表情で仲野に懇願してきた。その反応は、アメリカ、タイ、マカオなど世界のどのホテルでも似たようなものだった。それに対し、仲野は同情的な顔を作りながら、いつも冷静に解雇の正当性を説いてきた。今回も同じ段取りを踏むつもりだったが、従業員たちを前に仲野は言葉を詰まらせた。

同郷の者たちの暮らしぶりは手に取るようにわかる。住む町の情景が頭をよぎり、家の間取りさえも想像が出来た。そこで養われる子供たちが通う幼稚園や学校も知っている。仲野の中に、初めてあってはならない情が湧いた。ホームであるはずの日本の故郷での仕事は、かえって仲野の足を引っ張った。

中でもフロントチーフの荒瀬裕子の一言は、未だに心に刺さったままだ。リストラを通知すると、それまで大人しかった荒瀬は豹変し、仲野に食って掛かってきた。そして、大声でこう捲《まく》し立てた。

「私も、これまでそんなに多くのお給料をもらってきたとは思っていません。そのお金を剝ぎ取ってまで、ファンドのお金持ちの投資家に貢ぐ必要があるのですか？」

荒瀬の言葉はその通りだった。荒瀬の三十万にも満たない給料は、マネーゲームを繰り返す投資家たちにとっては米粒一つの価値もないだろう。しかし、荒瀬には、その給料に家族の生活や未来がかかっている。

荒瀬は、最後に泣きながらこう言い残した。

「きっと副支配人が理想とする仕事が、私には出来ていなかったんでしょう。『クラウンホテル』は、子供の頃から憧れていたホテルで、ここに入ってからずっと私は愛着を持って働き続けてきました。でも、もう二度とここに立ち寄ることはないと思います」

荒瀬が部屋から出ていっても、仲野の心の中に一日中苦いものが残ったままだった。リストラされる者の捨て台詞《ぜりふ》には慣れていたが、今回ばかりは交渉を繰り返す度に心の中に倦怠感が広がっていった。自分の中にこんな脆さがまだあったのかと驚きもした。

しかし、次第にそれに気づくことが必然だったようにも思えてくる。人生の今のタイミングで伊勢の地に舞い戻ったことに、仲野は薄々運命的なものを感じていた。

いま仲野が東京に向かっている理由は、「クラウンホテル」の歴史を調査することにある。しかし、正直それはいつでもいい仕事だった。ただ伊勢から少しの間離れて気持ちをリセットしたい。その思いが仲野を東京に向かわせていた。

仲野は傘を差したまま、四谷にある古ぼけたビルを見上げた。十一月の冷たい雨が、自分の革靴を濡らしている。

傘を畳み、エレベーターに乗ると三階のボタンを押す。降りてすぐのドアに「五間岩コーポレーション」という文字を見つけた。来る前にネットで調べてみると、小麦のような派遣社員も抱えていたが、収益のほとんどがラブホテルという会社だった。

中で迎え入れた五間岩は、黒い革のジャケットの下に、首からボタンを三つ外したブルーのシャツを着こんでいた。伊勢で会った時は地味なスーツ姿で、疲れた派遣会社の社長といったイメージだったが、これが本当の姿なのだろう。今日の五間岩は若々しく、男としての精力が漲って見えた。

「電話を頂いた時、てっきり娘が何かしでかしたのだなと思いました」

「とんでもない。お嬢さんはよく働いてくれています。評判もいいですよ」

ここは手狭なのでと言って、五間岩は仲野を近所の喫茶店に連れだした。

席に着くと、仲野は手土産の赤福を差し出しながら言った。

「父が大変お世話になっているようですね」

「昨日、お父様から電話を頂きました。世話になったのは、こちらの方です」

「五間岩さんは、あのホテルの先輩だったんですね。それを知らず先日は失礼しました」

仲野は丁寧に頭を下げた。

「ベルボーイをやっていました。ラブホテルを始めたのは、辞めて暫く経ってからです。私が『クラウンホテル』にいた頃は、進駐軍に接収されて不遇な時代でした。しかし……今も別な意味でなかなか大変でしょう」

「苦戦していますが、少しずつ手を打っているところです」

言いながら仲野は、目の前の派遣会社の社長は、「伊勢パワークラウンホテル」の現状を知りたがっているのかなと思った。五間岩は、運ばれた珈琲に大量のミルクを流し込むと、その話題を続けた。

「あなたには申し上げづらい話だが、『ロックキャピトル』は、なんであのホテルに手を出したのかなとずっと思っているんですよ」

仲野は、穏やかな口調で返した。

「私が言うのもなんですが、あの会社はハゲタカファンドです。新規の投資を促すためには、少しでも新しいニュースが必要なんです。それがたとえ蓋を開けたらとんでもない物件でも」

「ファンドはそれでいいかもしれないが、蓋の中身を掃除する身にもなってほしいところですよね」

「おっしゃる通りです。私の仕事はいつもその掃除係といったところですから」

少し五間岩に付き合ったが、仲野は話を戻した。

「今日は、五間岩さんがいらっしゃった頃の『クラウンホテル』の話を伺いに東京まで来ました。あのホテルの副支配人になってから、これまでのいきさつを調べていまして。ホテルを立て直すには過去を調べろと言いますから」

五間岩から聞き出したいのは、創業者・小宮幹二郎についての話だ。そして、なぜその創業者は、展望台から身を投じなくてはいけなかったのか。それが分かれば自ずと四年前の事件の真相も紐解かれるような気がしていた。

五間岩は珈琲カップに口を付けると、ようやく当時の話を始めた。

「私があそこに入ったのは、戦後間もなくのことです。その頃、私は十六歳だった。ずっとあそこのベルボーイの制服に憧れていましてね。人事部長が、そんな少年の夢を叶えてくださった」

「五間岩さんは、伊勢のご出身ですか？」

「はい、そうです」

「ホテルに入られたのは、まだ小宮幹二郎さんがオーナーだった時代ですね」

「その通りです。ちょっと長くなりますが、順を追ってご説明しましょう」

五間岩は高座に上がった落語家のように、革の上着を脱いで本題に入った。

「仲野さんは、御師というものをご存じですか？」

「ええ、簡単にですが。生まれが志摩なもので」

「そうですか、地元ならご存じのはずだ。『クラウンホテル』を造った小宮家の前身は、伊勢の御師です。内宮近くに千五百坪ほどの敷地を持ち、まるで大名屋敷のようだったとか。江戸時代はそこに『伊勢講』でお金を貯めた人々が大挙して訪れた。

小宮家は、明治四年に御師の制度が廃止されると旅館業で生計を立てるようになりました。しかし、昭和の頭、小宮幹二郎はその旅館と広大な敷地を売り払い、『伊勢クラウンホテル』を建てたのです。ちょっと失礼。最近物忘れがひどくなりましてね」

五間岩は、横に置いた上着のポケットから手帳を取り出した。ホテルの歴史をメモしたもののようで細かい字がぎっしりと書き込まれている。それで確認すると、話を続けた。

「幹二郎さんが建築を依頼したのは、ユダヤ系ドイツ人のファンケル・マイヤーという人でした。以前から、伊勢神宮や周囲の街並みが好きでよく訪れていた建築家です。マイヤーは、伊勢湾を地中海に見立て、ヨーロッパの城をイメージして『クラウンホテル』を建てました。

ここからは私の先輩から伝え聞いた話です。ホテルが完成した当時、幹二郎さんはまだ三十代半ばで、身の丈はそれほどありませんでしたが、ハイカラ好きの伊達男だったようです。

その頃の『クラウンホテル』は、宿泊客のほとんどが伊勢詣でに訪れた人たちで、今では想像も出来ないほどの賑わいを見せていた。客が到着すると、ホテルの前では江戸時代そのままに、大道芸人が『シマさん、コンさん、やてかんせ、放らんせ』と踊りながら声をかける。これは、客にチップを投げさせるために使った歌のようですけど。

そして、エントランスを入ると、歌舞伎役者のように幹二郎さんが客を迎え入れ、大きな声を張り上げる。

『精一杯おもてなしさせて頂きますので、どうぞごゆるりとお過ごしくださいませ』

それをきっかけに、幹二郎さんの桁外れのもてなしが始まったそうです。

今も芝生の中庭が残されていますが、あそこに東京から力士を呼んで余興に相撲を取らせたり、サーカスから借りた象を闊歩させたり、夏には毎年大きな花火も打ち上げていた。日が沈めば、ロビーの大広間で映画が上映され、弁士が大声で客を盛り上げる。

もちろん、ディナーも豪勢でした。レストランでは、客一人に鯛一尾ずつと立派な伊勢海老、コチ、鮑、ナマコ、山の物ならチシャに木耳《きくらげ》、松露《しょうろ》と食べきれないほどの料理が振舞われた。食事が終わると、鹿鳴館のような舞踏会が待っていた。そこにも生バンドがいたり、東京からダンサーなども招かれていたと言います。

幹二郎さんは、昔御師がやっていたもてなしを、ホテルという近代的な施設でやってのけた。江戸時代は『一生に一度はお伊勢詣で』という言葉が流行ったが、昭和の頭には『一生に一度はお伊勢詣でとクラウンホテル』と『伊勢講』の人々の間では言われるようになったそうです」

五間岩の話を聞きながら、仲野は当時の様子を想像してみた。

今は閑散としている「クラウンホテル」に観光客が溢れかえり、どの客にも笑顔がはじけ、人生で最高の贅沢を満喫していたのだろう。

今でもホテルは、どこも非日常的な空間を演出するよう工夫を続けている。仲野も各地のホテルで、手を替え品を替え様々なイベントを仕掛けてきたが、幹二郎の世界は、はるかにそれを凌駕している。一番近い存在がラスベガスのホテルかなと思ったが、それでも客たちの興奮具合は比べようもないはずだ。しかも、それが戦前の伊勢という田舎町で繰り広げられていたのだ。

小宮幹二郎は、江戸時代の御師を模してその世界を作り上げたというが、稀代のホテルマンだったのかもしれない。従業員たちにとっても、そこはやり甲斐のある職場だっただろう。昔話の中の登場人物だったが、幹二郎は仲野の乾いた心を潤してくれた。

「幹二郎さんは、いつも従業員たちにこんなことを言っていたそうです。

『ここは龍宮城で、客はみな浦島太郎なんだ。故郷に帰れば玉手箱を開けて、また辛い生活が戻ってくる。だから、私たちは夢の世界を演じ切らなきゃいけない』と。突き抜けすぎて、とてもホテルマンへの教育とは思えませんよね」

五間岩は穏やかな表情で笑った。

ホテルが龍宮城でゲストが浦島太郎というたとえ話。欧米風に言えば「ホスピタリティ」という言葉に置き換えられるのだろうが、今まで自分はそこまでの覚悟を持ってゲストと相対してきたことがあっただろうか。身体中が熱を帯び、幹二郎が語ったという言葉に、仲野はホテル業界に入った頃感じたような新鮮な感動を味わっていた。

「しかし、そんな楽しい時代はそうは長く続かなかったようです」

「戦争……でしょうか？」

「ええ。太平洋戦争に入ると日本人は伊勢詣でどころではなくなった。軍人たちは参拝に訪れていたようですが、幹二郎さんはそうした客は受け入れなかった。ですから、ホテルはすぐに閑古鳥が鳴き始めた。そしてその頃から、幹二郎さんは別人のように変わり果てる。そして戦争が終わっても、幹二郎さんの苦労は続きました。

日本中のホテルが米軍に接収され、『クラウンホテル』もその例外ではなかった。ホテルの中は進駐してきた米兵たちで溢れかえったのです。

私が『クラウンホテル』に入ったのは、ちょうどその頃でした。私が見た幹二郎さんはすっかりやつれ、顔色がいつも悪かった。こんな連中に部屋を貸すために、ホテルを造ったわけじゃないという思いが強かったんだと思います。

それでも入ったばかりの私に、こんな言葉をくださった。

『もてなしの心には経費は掛からない。それでいて客の記憶に一番刺さるんだ。それを忘れてはいけないよ』

今でも、その言葉は私の宝物です。

そんな幹二郎さんをさらに追い詰めたのが、GHQによる『伊勢講の解体命令』でした。『伊勢講』は毎年、お伊勢詣での代表者をくじ引きで決めていた。それを見て、GHQは賭博の組織と決めつけたんです。本音は、神道一色の日本を解体することにあったと思いますがね。

戦前の『クラウンホテル』は、『伊勢講』による宿泊客がほとんどでした。それが解体されたということは、たとえ接収が終わっても、元の『クラウンホテル』には戻らないことを意味していた。GHQの命令は、幹二郎さんにとって相当ショックなものだったと思います」

ここで、五間岩は表情を暗くさせた。仲野は、いよいよ幹二郎の自殺の瞬間が語られるのだなと思った。冷めた珈琲を口に流し込むと、五間岩は覚悟を決めたように続きを話し始めた。

「その頃、ベルボーイは私の他に五人いました。その連中が、つまらん小遣い稼ぎを始めたのです。それは米兵のために街の売春婦を紹介する、あっせん業のようなものでした。

そして、そのまとめ役が……当時の支配人の塚原威一朗だったんです」

「えっ、その塚原は、オーナーを引き継いだ塚原ですか？」

「そうです。塚原は以前近畿の地方銀行で働いていたようで、恐らくその銀行と『クラウンホテル』と関係があり、そこから幹二郎さんと塚原は親しくなったのだと思います。

ですから、塚原はホテルマンとしての経験などなかった。それでも幹二郎さんの信用はなぜか深かった。塚原は戦後すぐ支配人に納まり、ホテルの大株主『クラウン事業』の専務にまでなっていました。

ずんぐりした身体でエラの張った輪郭を持ち、切れ長の目が特徴的な男でした。幹二郎さんは、米兵と接したくなかったのでしょう。ホテルの全てを塚原に任せ切りにしていました。それが大きな間違いだったのです。

そして……ある日、問題が起きた。

私がホテルに入って一年ほど経った一月の末のことです。夜、私がエントランスに立っていると、米兵と塚原が酒を飲んで戻ってきた。その傍らには、まだ十歳前後の少女がいました」

「少女？」

「ええ、少女売春です。塚原は、私を見つけると呼び寄せてこう言ったのです。

『坊主、すぐにオーナーに伝えるんだ。兵隊が少女を部屋に連れ込もうとしていると』

私は言われたままに、オーナー室に走りました。ノックをし中に入ると、幹二郎さんは独りでウイスキーを飲んでいました。その時、少し酔われていたかもしれません。

支配人からの言葉をそのまま伝えると、幹二郎さんは血相を変えて部屋から飛び出しました。私も必死にその後を追った。幹二郎さんが着いた時には、エントランスからは塚原の姿は消え、その米兵と少女だけが残っていました。

そこで幹二郎さんは……『貴様！』と叫んで米兵に殴り掛かったのです。

米兵はずっと体格が大きかったんですが、その勢いに押されて床に飛ばされました。幹二郎さんは床に倒れた米兵に馬乗りになって『このホテルを汚すんじゃない』と叫びながら殴り続けました。私はそれを止めに入らなくてはいけなかったのに、恐ろしくて傍らで立ち尽くすしかなかった。相手がぐったりと動かなくなっても、幹二郎さんは恐ろしい形相で拳を振り下ろし続けて、このままだと米兵は殴り殺されてしまうと思いました。

そこに騒ぎを知ったほかの米兵が駆けつけて、幹二郎さんを羽交い絞めにしましたが、その頃には米兵の顔のほとんどが血で覆われ、何か所も骨折していたと言います。

幹二郎さんは、汗びっしょりの顔を真っ青にさせ、全身を震わせていました。冷静さを取り戻すと、自分がやってしまったことの重大さに気づいたんでしょう、その場にがっくりと膝を突いたんです。

その翌日のことでした。伊勢の辺りでは、滅多に雪など見ることがないのに、その日は夜半から降り続いていました。

そして、明け方近く……幹二郎さんは、展望台から飛び降りたのです。

私も現場にすぐに駆けつけました。幹二郎さんは、ホテルの玄関の脇に俯せに倒れていました。降り積もった雪には幹二郎さんの血がいっぱい流れていて……」

五間岩は目をつぶり、次の言葉が出せなくなった。仲野も、半世紀も昔の話だというのに、心臓が速まっているのが分かった。降りしきる雪の中、微動だにしない幹二郎の姿が想像できた。

「クラウンホテル」の展望台から身を投じた二人の男。その一人目の死の真相がいま明らかになった。

仲野は、五間岩の顔の前に水の入ったグラスを差し出した。それに気づくと、五間岩は無理に笑顔を作り、少しだけ水で口を潤した。

「そして……時間をおかず、オーナーの椅子に座ったのが塚原威一朗だったのです」

仲野は、五間岩のその言葉には、何か意味が含まれているような気がした。

「何をおっしゃりたいんですか？」

「あの頃の私はまだ若かった。何が起きたのか、自分が何をしでかしたのかわかっていなかった。それまでも幹二郎さんは、何度か粗暴な振舞いをする米兵と揉めたことがありました。あの場に幹二郎さんを連れていけば、騒動になるのはわかり切っていたはずなのに、私にはその判断が利かなかった。私は、幹二郎さんの死のきっかけを作ってしまったわけです。

しかし、随分後になって違う考えが湧いてきた。これは全て、塚原の仕組んだことだったんじゃないかと思い始めたんです。そうでも考えないと、その後の塚原の手回しの良さが、自分の中で説明がつかなかった」

幹二郎の死は、塚原がオーナーの地位をせしめるために講じた策略によるものだったというのか。しかし、証拠などはどこにも存在しないだろう。ひょっとすると、深い自責の念から逃がれるために、五間岩が思いついた妄想かもしれない。

五間岩は、仲野の表情を読み取ったのか、こう続けた。

「もちろん、証拠などは何もありません。私の憶測にすぎないかもしれない。いずれにせよ、私はここまでに大きな過ちを一つ犯したことになる」

「まだ十六、七の時に、支配人から指示を受けたのですから仕方のないことだったんじゃないでしょうか」

「そうかもしれない。しかし、私は先の読める年になっても、もう一つミスを犯してしまったのです」

五間岩は再び、表情を曇らせた。

「私は、それから暫くは『クラウンホテル』で働きました。あなたのお父さんと知り合ったのはその頃でしょう。その後、東京のホテルに職場を移し、四十を過ぎてラブホテル業を始めた。そして、今から五年前のことです。幹二郎さんの息子が、突然私の事務所に訪ねてきたんです」

「息子が……ですか？」

「ええ、息子の細川幹生が、です」

仲野は一瞬耳を疑った。創業者の小宮幹二郎と細川幹生を繋いでいたのは、同じ展望台から自殺したことだけのはずだった。その二人には親子の関係まであったのか。

「その頃は今よりも少し広いオフィスでしたが、そこに幹生さんはやってきた。自分もホテルマンだと言うが、ワイシャツは皺だらけ。幹二郎さんの面影を残す端整な顔立ちは、頰がこけ無精ひげを生やして黒縁の眼鏡の奥にある目だけをギラつかせていました。

その時、幹生さんは私にこう言いました。

『実は、私は父のことを何も知らずに今まで生きてきました。父に関して知っていることがあったらどんなことでも構いません。私に教えてくれませんでしょうか』と。

そこで私は、今日のように知っていることを幹生さんに全て話しました。そして、よせばいいのに……私は塚原に関する『憶測』まで伝えてしまったのです」

五間岩は、テーブルの上で拳をきつく握りしめていた。

「私は『憶測』を話した時、その場で失敗したと思いました。それは幹生さんに、親の仇《かたき》を伝えるようなものでしたから……」

五間岩の話を聞き、長く探し求めてきたものの正解が見えてきた。これまで摑み切れていなかったのは、細川幹生が放火した理由だ。彼は父親の無念を晴らすため、塚原威一朗がオーナーを続けるホテルに火を放ったのだ。

一つの結論にたどり着き、仲野は東京まで足を延ばした甲斐があったと思った。しかし、五間岩の話にはまだ続きがあった。

「そこで私は幹生さんに、過去は過去として諦めて、もうこれ以上の詮索は打ち切るように言いました。

しかし、幹生さんは暫く物思いにふけると、『そうもいかないんです』と言って、上着のポケットからあるものを取り出した。

古い茶封筒でした。それは母親が死ぬ直前、自分に託したものだと言いました。中から幹生さんは一枚の写真を取り出し、私に見せました。それは二歳の頃の幹生さんと幹二郎さんが一緒に写った写真でした。

縁側のような場所で撮影され、幹二郎さんは私の記憶のままに痩せ細っていましたが、和服を颯爽と着こなして、幹生さんも一人前のジャケットを羽織っていました。私がそれを懐かしそうに見つめていると、

『中に入っていたのは、写真だけじゃありません』

と言いながら、封筒を逆さにした。すると、幹生さんの左手に大きな鍵が落ちてきた。それは真鍮で出来ていて、柄の部分が十五センチほどもあった。複雑な形状をした鍵の本体とその柄の部分は分解できるという、見たこともないような作りの鍵でした。

そして、幹生さんはこう言ったのです。

『これの正体がわからないうちは、まだ過去のことにはならないんです』と」

「何だったんですか？　その鍵は」

「それは、私にもわかりませんでした。しかしその後、幹生さんは私の『憶測』とその鍵を持って、『クラウンホテル』で働くようになる。

働き始めた頃、幹生さんから電話を受けたことがあります。幹生さんの声は興奮していました。鍵の正体がわかったと言うんです。なんでも『クラウンホテル』の中に、幹二郎さんが残した財宝が今も隠されていて、それを収める金庫室の鍵だと」

「財宝ですか？　ホテルの中に隠された？」

「ええ。今の仲野さんのように私も聞き返しました。しかし、幹生さんは同じことを捲し立てるばかりで……私には幹生さんの言っていることがさっぱり理解できなかった。

さらに、それから一か月ほどしてまた電話がありました。その時幹生さんは、財宝がなんであるか、その詳細をほぼ摑んだと言いました。そして、不吉なことを言い始めたんです。

『もし、自分の身に何かあったら、娘を頼む』と。

奥さんはどうしたのか尋ねると、もう三年ほど前に離婚し、いまは中学三年になる娘と二人暮らしの状態だと幹生さんは言いました。胸騒ぎがした私は、幹生さんに軽率な行動を慎むように伝えました。しかし、幹生さんは娘の居場所だけ言うと、一方的に電話を切ったのです。

そして、一週間ほどして……不幸な出来事が繰り返された。

私は、ホテルが火災に見舞われたことと幹生さんの死を新聞で知りました。幹生さんとの約束を果たさねばと気が焦りましたが、その時私は新しいラブホテルのオープンを控えなかなか手が離せなかった。私が伊勢を訪れたのは、事件が起きて六日後のことでした。

教えられた住所を頼りに訪ねてみると、幹生さんの忘れ形見は、カーテンを閉め切ったアパートの中で学校にも行かず、じっと息を殺して暮らしていました。それは仕方のないことでした。既に周囲には、展望台から自殺した男がホテルに放火した犯人だという噂が広まっていましたから。彼女は、一人部屋の中で『放火魔の娘』という中傷から耳を塞ぎ続けていたんです。

娘の名前は、小麦といいます」

「えっ？　あの……」

「ええ、小麦は私の実の娘ではない。細川幹生の子です。そして、小宮幹二郎の孫です」

とんでもないドラマを聞かされたあと、身近なところにその末裔までいた。五間岩は、仲野の前で点在するキーワードを、見事に一つの物語に繋いでいった。

「小麦の母親とも連絡を取りましたが、幹生さんの元を去った後、新しい家庭を作り、引き取るつもりはないと言いました。

いま申し上げたように、私には小宮家に大きな負い目がある。小麦を育てる責任があった。私は小麦を自分の籍に入れ、東京で一緒に暮らし始めたのです。そして、高校の卒業と同時に、私のラブホテルで半年修業させ、『クラウンホテル』に連れて行ったというわけです」

五間岩はほぼ一通り話をし終えたのだろうが、仲野の中にはもやもやしたものがいくつも残った。

「五間岩さんは、どうして彼女を辛い思い出の残る場所に戻したのですか？」

「過去から逃げてはいけない。私は彼女にそう言いました。まだ私にもわからないことはいっぱい残っている。それが、小麦が『クラウンホテル』に居続けることで解決していくと思ったのです。既に、周囲では不思議な動きが起き始めているようですし」

「今もその財宝の収められた金庫室というのは、あのホテルの中に存在するのでしょうか？」

「金庫室はあるでしょう。しかし、中身はそのままかもしれないし、誰かが持ち去った後かもしれない。いずれにしても私はその中身に関しては興味がないんです。実際小麦もこの話を知りません」

五間岩の顔は、嘘をついていないように見えた。恐らく、五間岩と小麦にとって大事なことは、幹生の死の真相なのだろう。

「五間岩さんは、幹生さんが……本当に放火をしたと思ってらっしゃるんでしょうか？」

「彼は、恨みから放火するような男ではないと思っていますが、真実はわからない。それも、次第に解決していくことと思っています」

「一つ、伺ってもいいでしょうか」

仲野は、五間岩の目を覗き込んで言った。

「五間岩さんは、どうして副支配人である私に、小麦さんの素性を話されたんですか？」

「クラウンホテル」に放火したかもしれない父親を持つ娘を、そのホテルで働かせるということは、厄介な火種を一つ抱えることになる。バレでもしたら、従業員たちは動揺し、ホテルの印象も対外的に悪くなることは明らかだ。それをその中枢である自分に、なぜ五間岩は伝えたのか。

「それは私の勝手な思いからです。あなたに小麦を守って頂きたい」

返ってきた答えは、意外なものだった。そして、厚かましい願い事だった。仲野は「クラウンホテル」を立て直すために日本に戻ってきた。ただでさえ苦戦を続ける仕事に、これ以上騒動の種を背負い込む必要などない。この問題で従業員たちの間に動揺が広まったら、仲野は何かしらの理由をこじつけ小麦を解雇する立場にある。五間岩は大きな勘違いをしていると仲野は思った。

「小麦さんはこのまま仕事を続けられればいいと思います。しかし、いまの話は聞かなかったことにしましょう。その方がお互いのためだ。今日は貴重な時間を頂き感謝致します」

そう言うと、仲野は伝票を持って席を立とうとした。

「そうだ、仲野さん。あなたに一つだけ伝え忘れたことがあります」

既にコートを羽織りかけていた仲野だったが、仕方なく座りなおした。

「あなたのお父さんのことです。お父さんは、あなたに恨まれていることをとても気にされていましたよ」

五間岩は静かに話し続けた。

「真珠養殖の仕事をお母さんに押し付け、お父さんは遊び歩いていた。あなたはそう思ってらっしゃる。違いますか？」

「その通りです」

仲野はそっけなく答えた。

「だったら、あなたの想像とは違うお父さんを、私は知っているかもしれないですね」

「どういうことでしょう」

「お父さんはよく、米兵に真珠を売るために『クラウンホテル』を訪れていました」

「そのことは、父から聞かされて知っています」

「通い詰めたお父さんは、『クラウンホテル』に魅了された」

「魅了？」

「ええ、お父さんは幹二郎さんが作り上げた世界に恋をしたんです。その一端は私にあるかもしれない。お父さんに戦前の『クラウンホテル』の話をして差し上げたことがあったんです。すると、お父さんはすっかり虜《とりこ》となり、自分も同じようなホテルを造りたくなった」

確かに、それは仲野の認識とは違っていた。真珠養殖で作り上げた財産を膨らませるために、父はホテル業に手を出したと思っていた。

「あなたのお父さんは、よく私に頼み込んで、『クラウンホテル』の中で働きもした。自分でホテルを始める前に、実際に身体で経験しておきたかったようです。ベッドメイクからレストランのウエイターまで。働くうちに、本物の従業員よりもよく仕事が出来るまでになっていた。

お父さんのアルバイトは、私があのホテルを辞めてからも続きました。それで真珠の方は疎かになり、お母さんに任せきりになってしまったと思うんです。

そして、『クラウンホテル』よりはずっと小ぶりでしたが、ようやく自分のホテルを手にした。オープンのとき招待されましたが、私もその豪華さに驚きました。家具やベッド、壁に床の素材と、全てを海外まで買い付けに行き一流のものを取り寄せていた。失敗した理由は明らかです。設備投資に金をかけすぎたのです。

しかし、その思いは引き継がれた。あなたがホテルの勉強をしに海外に行くと言うと、お父さんは本当に喜んでいた」

仲野はうろたえて尋ねた。

「なぜ、父はそのことを私に話してくれなかったのでしょう？」

「もう少しホテルが軌道に乗ったら話していたと思いますよ。みな父親には、子供に話していない秘密がある。幹生さんも、小麦には何も伝えていなかった。

父親が持つちっさなプライドみたいなもので、きっと仕事を成し遂げた暁に語ろうと思っていたんでしょうね」


仲野は、帰りの新幹線の中で五間岩の話を反芻していた。

五間岩と父の間には取引があったのだろう。五間岩は父に、仲野を自分の元に導くことを頼み、その代わりに父の誤解を解くことを約束した。仲野は、その謀《はかりごと》にまんまとはまり、五間岩から父のことをひと通り聞かされる羽目になった。

新幹線の座席で暫くそんな考えを巡らせ悶々としていたが、熱海辺りのトンネルで、仲野は窓硝子に映った自分の顔を見てハッとした。東京に向かう車内では、あれほど片頭痛に悩まされたのに、いまはその顔が生気に包まれている。

「タヌキ親父にはめられたな」

五間岩の狙いは見事に的中していた。あの場で仲野は、今後小麦とは関わりを持たないと言い切ったが、その気持ちが既に揺らぎ、それどころか気分が高揚し始めている。その一番の理由は、父親がそうであったように、仲野は小宮幹二郎が作り上げた世界の虜になり、もう少しだけその世界の続きを覗き見たいと思い始めていたからだ。

五間岩は、自分が今抱える問題をわかった上で、今日の話を披露したのだろうか。出来すぎた段取りに、ついそう勘ぐってしまう。仲野はこれまで、欧米が作り上げたホテルのシステムを必死になって学び続けてきた。しかし、ホスピタリティや経営学は身に付けたものの、自分には理想とするホテルが見えていない。しかも、その外資のやり方に様々な局面で限界も感じている。五間岩が教えてくれた、幹二郎の「クラウンホテル」は、この世界に入って初めて仲野の心をときめかせるホテル像だった。

さらに、創業家の小宮家と塚原家の諍《いさか》い。ホテルに隠されているという財宝と真鍮で出来た鍵。いずれも仲野の中で、怪しい輝きを放っていた。それらの話の続きを知るためには、五間岩小麦と行動を共にする必要があった。

もう雨はやんでいた。新幹線の窓には眩しい夕日が差し込んでいる。眼を細めて外を見る仲野の手には、五間岩から手渡されたメモが握られていた。

二〇〇五年　一月

いつもは空室の目立つ「伊勢パワークラウンホテル」も、年末年始はさすがに満室が続いた。この二週間余り、小麦は休みも取らず働き通した。肉体的にはきついものだったが、それを乗り越えたことで、小麦の中にこの仕事を続けていけそうな自信が芽生えた。

その多忙な時期、小麦は休憩室で仮眠を取ることがよくあった。そこで一人の男性従業員と知り合った。調理部の亀山圭太、小麦と同い年の十八歳の若いコックだった。昨年「クラウン」に入社したばかりで、今はまだ厨房で一番下っ端なのだという。亀山は、進んで他の従業員とは接してこなかった小麦にとって、初めてホテルの中で気の置ける相手になった。

会うたびに亀山は二重の大きな目をキラキラさせて、料理に対する熱い思いを小麦に話し続けた。亀山の実家は英虞湾で牡蠣の養殖を営んでいる。「クラウンホテル」に入社した時、使っている牡蠣が韓国からの輸入ものと知りがっかりし、その他の料理にも不満があると言った。小麦は、まだ厨房に入りたてなのに、ずいぶんと上からものを言う男性なんだなと少し驚いて亀山の話を聞いていた。

そして、小麦にこんな夢を語った。

「まだこの仕事に就いたばかりだけど、将来は海外のホテルへ修業に出たいんだ」

調理場で上に立たないと食材選びも出来ない。この世界で偉くなりたいのなら、欧米のホテルで働いた経歴が必要だというのが亀山の考えだった。

「副支配人も、アメリカのホテルの学校を出ているみたいだし、五間岩さんも、海外のホテルの大学に留学すればいいのに」

従業員のほとんどが嫌う仲野を、亀山は尊敬していた。亀山は、真顔で小麦にもヨーロッパにあるというホテルの学校への留学を勧めた。行くのならば、特にスイスがいいと言う。

スイスには有名なホテルの大学がいくつもあり、世界中からホテルマンを目指す学生が集まってくる。元々多くの国境を接するスイスは、英語はもとよりフランス語、ドイツ語、イタリア語を話す国民が多く、そんな土壌が「ローザンヌ」「セザール・リッツ・カールトン」「レ・ロッシュ」などの、ホテル界のハーバード、オックスフォードといったホテル大学を作り出した。そこでは世界トップレベルのホスピタリティが学べるという。

小麦は、亀山の話を笑って聞き流したが、いつかはそんなところに行ってみたいという夢が出来た。そこに留学すれば、義父の言う「一流のホテルマン」への道が切り開かれるのかもしれない。


仕事への余裕が出てきた小麦は、暇な時間を見つけては客室の他に廊下やエレベーターなどの汚れ落としも始めていた。もちろん施設の清掃担当はいるが、そうしていると不思議とこのホテルを作り上げた祖父に喜ばれているような気がした。

そして、日が沈むと芝生の敷かれた中庭に向かうようになった。季節が良ければ夜でも散歩を楽しむ宿泊客もいるが、冬場は人の姿を目にすることはない。そこはホテルの中で自分と父を繋ぐ場所だった。

小麦はダウンジャケットにマフラーを巻いて、ホテル全体が見渡せるところまで行って腰を下ろす。伊勢湾から届く冬の風が、小麦の頬に冷たく当たった。

父と来たのも一月の夜のことだった。酔って帰ってきた父が、初めて小麦を自分の職場に連れて行った。ホテルの建物には入らず、そのまま中庭に出ると二人は芝生の中にあるベンチに座った。真冬のベンチの冷たい感触は、いまも記憶に残っている。

元々父は子煩悩な男だった。しつけも厳しく、小麦にとっては怖い父親だった。それでも小麦は父のことが大好きで、休みの日などは父の傍から離れようとはしなかった。

しかし、東京のホテルを辞めた頃から、小麦のことを全く叱らなくなった。好き勝手なことを続ける自分が後ろめたかったのだろうが、小学生の小麦には、そんな父の心を察することは出来ない。小麦はずっと父から無視されているような気がしていた。中学生になると反抗期も手伝って、父と娘の距離はますます広がっていった。

あの夜も、冬の冷たい海風が身体に吹き付けていた。小麦は身体を丸めながら何か特別な話でもあるのかと待ったが、父は何も言わずにホテルの窓の灯りを見つめ続けるばかりだった。

あの時、父は自分に何かを伝えたかったのだろうか。

今になって思えば、その日を境に父の目つきは一層おかしくなっていった。躁鬱が激しくなり、家の中で怖い顔をしたり突然大笑いしたりする。その様子に、小麦は不吉な前兆を感じ取っていた。そして四か月後、父はこのホテルを死に場所に選んだ。

父が死んだ理由も、四十代の後半突如生き方を百八十度変えた訳も、今も小麦にはわからない。いずれにしても仕事もろくにせず家庭を壊し、自分を残し勝手に死んでいったという事実は曲げられない。独りぼっちになった中学三年から、小麦は父を人間失格だと思い続けている。

それでも、この中庭に足が向く。そして、あの日父が語ろうとした言葉を探し続けている。

小麦は、メイク道具などの入ったポシェットから、一枚の紙切れを取り出してみた。それはここの元支配人、上原潤一の名刺。小麦はそこに書かれた携帯の番号をじっと見つめた。

二月の頭。夜十一時過ぎのことだった。

小麦が、廊下に出されたルームサービスを片付けようとしていると、遠くの方から声がかかった。

「あのー、すみません」

その方向に目を細めて焦点を合わせると、二十代後半くらいと思われる女性が客室のドアから顔を出していた。小麦が近寄ると、女性は興奮気味に話し始めた。

「薬を分けて頂きたいのです」

連れてきた子供が熱を出し、フロントに薬を頼んだが無下に断られたという。しかし、小麦も同じ返答をするしかなかった。

「お気持ちはお察し致しますが、ホテルでは薬をお出し出来ないことになっているんですよ」

どのホテルでも、薬事法で宿泊客に薬を出してはいけないことになっている。「クラウンホテル」には昔は医務室もあったようだが、いまは経費削減で閉じた状態が続いていた。

しかし、女性は引き下がらなかった。

「風邪だと思うんですが、娘の熱がひどくて」

さらに女性は、この日夫にDVを受け、たまらず家を飛び出してきたこと、頼れる人が自分の周囲にいないことなどを、小麦に訴え続けた。その言葉を物語るように、額にはあざが出来ている。

女性を気の毒に思ってしまった小麦は、ホテルの規則を破る決意をした。

「わかりました。ちょっと街の薬局を回ってみます」

そう言い残すと、小麦はダウンジャケットを着込んで自転車で街に出た。しかし時刻は夜十一時過ぎ、ラブホテルのあった歌舞伎町と違い、伊勢のような田舎ではどの店もシャッターが閉まっている。見つけた薬局でインターフォンを押しても、救急の病院を勧められただけで薬を売ってはくれない。何軒か回ったが同じことの繰り返しだった。

小麦は途方に暮れ、安請け合いした自分を後悔した。とその時、あの名刺のことが思い出された。元支配人の上原なら地元に明るく顔が利くはずだと思った。名刺をポシェットから取り出し、携帯の番号に電話を掛けると、上原はすぐに出た。そして小麦の相談に喜んで乗ってくれた。

風邪薬と熱さましのシート、スポーツドリンクなどを、上原の知り合いの薬局から購入すると、それを客室に届けた。母親は何度も頭を下げ、感謝の言葉を口にした。

「あと、これも買ってきたので、よかったら」

差し出したのは湿布薬だった。それは母親のための薬だ。熱を出した子供より母親の精神状態の方が小麦は気がかりだった。

「私で良かったら、お話を聞きますよ」

母親の眼から、突然涙があふれ出した。結局小麦は、子供の看病に付き合い、明け方まで母親の話を聞き続けた。

その一週間後。

小麦は上原から食事に誘われ、伊勢神宮の外宮前にある「ボン・ヴィヴァン」というフランス料理店へ向かった。

小麦にとって、高級なレストランは、「クラウンホテル」に初めて泊まった夜、メインダイニングで食事をしたことくらいしか経験がない。何を着ていくか迷ったが、結局いつものリクルートスーツを引っ張り出した。

緊張した表情で店の中に入った小麦を、上原は笑顔で出迎えた。

大正時代に出来た郵便局を改装したというレストランは、アンティークの家具に囲まれ落ち着いた雰囲気を醸し出している。その窓際の席に、上原は小麦をエスコートした。

「あれはルール違反だったんじゃないですか？　でも、それを迷わずやってしまう小麦さんは凄い。僕はすっかりファンになっちゃいましたよ」

その言葉に小麦は顔を赤くした。つい最近までホテルのGMをしていた人から褒められたことは素直に嬉しかった。

小麦は、鳥羽の駅前にある紳士服店で購入したハンカチの入った包みを上原に差し出した。中にはお礼の言葉を綴ったメッセージが添えられている。上原はそれを見て顔をほころばせた。

「実は僕も、小麦さんのファンの一人として、今日はプレゼントを持ってきたんですよ」

そう言うと、上原もリボンで結ばれた細長い箱を小麦の前に置いた。

「えっ、困ります。今回お世話を掛けたのは私の方です」

「まあそう言わず、開けてみてください」

小麦は申し訳なさそうに箱を開けた。中にはシンプルなデザインのシルバーのボールペンが入っていた。

「ボールペンはホテルマンの必需品です。これはウォーターマンのボールペンでとても書きやすく、お客様に見られてもお洒落に映る。私も『クラウン』時代はこれと同じものを使っていました」

それは、まるで日々の小麦の仕事ぶりを見ているかのような、有難い一品だった。いまも小麦は宿泊客の名前をメモ帳に書いては覚え続けているが、そこで使うのは安物のボールペンだった。

「ありがとうございます。先日は本当に助かりました。薬を届けたお客様もとても喜んでくださいました」

この日、小麦が上原の誘いに乗ったのは、薬局の件で礼を伝えるということだけではなかった。目的の一つは、小麦の素性を「クラウンホテル」の誰かに伝えてしまったかどうか、それを確かめるため。そしてもう一つは、父の真実に少しでも近付くため。薬局を開けてほしいという電話は、上原と会う口実を小麦に作る形になった。

上原と直に会うのはこれで二度目になる。前回は駐輪場の暗がりだったため、どんな人なのか摑み切れていなかったが、明るいところで見ると全く印象が違う。思っていた以上に細身で神経質そうな男性だった。職業柄なのだろう、笑顔を絶やすことはないのだが、その眼の奥は絶えず自分の細かな動きを観察しているように感じられる。その体型と隙のない様子から、猛禽類と爬虫類を足して二で割ったような男というのが、この日小麦の目に映った印象だった。

上原は、大きなメニューを手にしながら言った。

「今の『クラウンホテル』のメインダイニングは偽物の食材ばかりだ。ここの店は、本当に伊勢で捕れた伊勢海老や鮑しか使っていない。小麦さんにも気に入ってもらえると思いますよ」

立派な皿で運ばれてくる豪華な料理に、小麦は目を見張った。そして、高級食材など口にしたことのない小麦にも、「クラウンホテル」との味の差は歴然だった。コックの亀山がこぼしていた愚痴にも納得がいく。自分が働いているホテルの料理のレベルを知り、小麦は少し寂しい思いがした。

上原は優雅にナイフとフォークを使いながら、小麦に話しかけた。

「お父さんが亡くなった時、小麦さんはまだ中学生だったんですよね。その時は大変だったでしょう。こんな田舎街では、噂は悪いものほどよく伝わる。ですから今回、小麦さんとお会いして一番思ったことは、よく勇気を振り絞って、ここにもう一度戻ってこられたということだったんです」

上原は、小麦の心を見透かすように続けた。

「もちろん小麦さんのお父さんのことは、まだ誰にも言っていません。いや、今後も言うつもりはない。小麦さんはあそこで働く権利がありますからね」

その言葉に、小麦は胸をなでおろした。そして、小麦のもう一つの目的へと自然と話は流れていった。

「実は幹生さんと初めてお会いしたのも、この『ボン・ヴィヴァン』だったんですよ。そして、いま小麦さんが座っている席に幹生さんも腰かけた」

小麦は奇妙な感覚に捉われた。それは、きっと五、六年前のことだ。その時、父もここから同じ風景を眺めていたのだろうか。上原が今日このレストランを選んだわけが理解できた。

上原はニコリと笑って話を続けた。

「ここには私が招待したんですが、その時、幹生さんはとても疲れ切った顔をされていました。しかし、私が『クラウン』の支配人だったということもあるでしょうが、幹生さんはすぐに心を開いてくれた。そして食事をしながら、自分の生い立ちを話してくださったんです。

とても不思議な話ですが、幹生さんは四十五歳になるまで、自分の父親のことを全く知らなかったそうですね。

それまで、母親のハルさんから父親について聞かされていたのは、幹生さんが二歳の時に亡くなったことくらいで、全てが伝えられたのはハルさんの今際《いまわ》の際《きわ》のことだったと言っていました。

小麦さんは、どうしてお父さんがホテルマンになったかご存じですか？」

小麦は首を横に振った。それ以前に、父は自分の過去の一切を小麦に語ったことはない。

「ハルさんは、元々東京でダンサーをやられていたようです。そして、巡業のような形で伊勢を訪れ、お祖父様の幹二郎さんに見初められた。当時、幹二郎さんには奥様がいたようですが、周囲の反対を押し切ってハルさんと再婚した。

ですから幹二郎さんを失うと、伊勢にはハルさんの居場所がなくなった。仕方なく古巣の東京に戻り、まだ幼かった幹生さんとの二人だけの生活を始める。ハルさんは、ショーなどのあるパブで働いていたようですが、その暮らしはとても貧しかったようです。

それでもハルさんは、幹生さんの誕生日祝いに一度だけホテルに連れて行ったことがある。小学生の頃だったと言っていました。

そこで目にしたホテルは、床に絨毯が敷き詰められ、高い天井からはシャンデリアが吊り下がっていた。幹生さんは宮殿にでも足を踏み入れたような気がしたそうです。貧しい暮らしから抜け出し、こんな王宮のような所で働いてみたい。幹生さんは子供ながらにそう思った。

この時、幹生さんは父親がホテルの創業者だとはまだ知らなかったわけで、血筋というのは本当に不思議なものですね。そして、高校を卒業すると都内のホテルに迷わず就職した」

小麦は、その頃の父親と自分を重ね合わせた。ホテルで働き始めたばかりの自分と同じような時代が父にもあったわけだ。

「幹生さんは、そこでの仕事は性に合い、働いていて楽しくて仕方なかったと言っていました。それから十年ほど経ち、幹生さんは小麦さんのお母さんと出会う。お母さんは、そのホテルによく宴会の仕出しとして出入りしていたコンパニオンだったようですね。幹生さんはその女性と結ばれ、新宿近くの下井草というところに新居を構え、小麦さんも授かった。ホテルでの地位もフロントのチーフになり、全てが順風満帆だった」

小麦は話を聞きながら、寂しい思いをし始めていた。それは義父から自分のルーツを聞かされた時と同じ気分だ。今日も小麦は、他人から聞かされる話で、父の実像をパズルのように繋ぎあわせるしかない。

「しかし、ハルさんの死が幹生さんの人生をがらりと変えることになる。ハルさんは死の間際、全ての真実を幹生さんに伝えたんです」

小麦も、母に連れられ何度かその病室に見舞いに行ったことがある。そこで今も使っているつげの櫛を、小麦は祖母から授かった。きっとその同じ病室で、父は自分が何者であるかを祖母から知らされたのだろう。

「そしてハルさんは全てを伝え終わった後、一通の茶封筒を幹生さんに手渡したんです」

「茶封筒、ですか?」

「ええ。幹生さんは、このテーブルの上にその茶封筒を出し、私に見せてくださった。中には……大きな鍵が入っていました」

その瞬間、小麦は手にするナイフとフォークの動きをピタリと停めた。上原がその反応に気づき、小麦の顔を覗き込んだ。

「かぎ……」

「ええ、真鍮で出来た大きな鍵です。ハルさんは、それを戦後間もなく幹二郎さんから受け取った。その時幹二郎さんは、絶対に人の手に渡ってはいけない大切なものだと強調したそうです」

あの不思議な形状をした「鍵」は、元々祖父の物だったのだ。上原は「鍵」の話を続けた。

「幹生さんは、ハルさんの葬儀が済むと、すぐに『伊勢クラウンホテル』を見に行ったと言っていました。父親が建てたホテルは威風堂々とし、これまで目にしてきたどのホテルよりも美しいものだった。見ているうちに、幹生さんはもっと幹二郎さんのことを知りたい、鍵の正体も見極めたいと思ったそうです。

そして、東京に戻るとハルさんの遺品を調べ、そこから幹二郎さんの手帳を見つけ出す。そこには『伊勢クラウンホテル』の関係者の名前が並んでいた。

幹生さんは、その手帳に書かれた人々に、手当たり次第に会いに行くことにした。長く働いたホテルを辞めたのは、その頃のようです。

小麦さんはあまり知らないでしょうが、ホテルマンは色々なホテルを渡り歩くことが多い。幹生さんが向かったのは、全国に散った『クラウンホテル』のＯＢの元でした」

小麦は話を聞いていて、初めて父が豹変した理由が分かった。全ては祖母の死の間際に語られた話と、やはりあの鍵のせいだった。中学生だった自分が抱いた勘は見事に当たっていた。

そして、父は全国を回って祖父の残像を追い続けるようになる。それが家庭崩壊の始まりだった。

父が家に帰ってくるのは、月に三、四日。その間家に残された母は、次第に父の悪口を小麦にこぼすようになっていく。それは無理もない話だ。父は、退職金からわずかを母に渡しただけで、その後は収入もなく、家にお金を入れることがなくなっていたのだから。

寂しさと憂さを晴らすように、母は夜ごと飲み歩くようになった。一晩中戻らない日もあった。家に取り残された小麦は、コンビニで弁当を買ってきたり、お金がない時は空腹を我慢して床に就くこともあった。そして、小学校六年の時、母はついに家を出ていった。

上原は、既にメインディッシュまで食べ終わり、ナプキンで口元を拭きながら続けた。

「当初、幹生さんは退職金などの蓄えを切り崩して旅を続けていたようです。しかし、それも底を突き、調べに行ったホテルでパート従業員として働くこともあった。

そして、私のもとに幹生さんの情報が入ってきたのは、そんな生活を始めて二年ほど経った頃だったんじゃないでしょうか。たまたま幹生さんが、私の知り合いのところを訪ねていったことがきっかけです。

先ほどもお話ししたように、私が会った時幹生さんは憔悴しきっていた。しかし、その鍵を茶封筒から取り出し、目の前に置くと突然目を輝かせて言ったんです。

『どうにかして、この鍵の秘密を探り当てたいんです』と」

小麦はテーブルに視線を落とした。父は、ここにあの鍵を置いたのか。

「そこで私が世話を焼くことにしたんです。私は幹生さんに、『クラウンホテル』で働きながら、その秘密を解明したらいいんじゃないですかって言いました。

当時、私は支配人の立場にありましたから、お父さんを働かせることは簡単でした。もちろん、創業者の息子とバレたら大変なことになりますが、苗字はハルさんの姓『細川』でしたので、それも問題ないと判断しました。

しかし……今となっては本当に余計なことをしてしまったと思っているんです。私があんな提案をしなければ、お父さんは死ぬことはなかったのに」

「その……父が探していたという鍵の秘密って一体何だったんですか？」

小麦は恐る恐る尋ねた。

「亡くなる半年ほど前のことだったと思います、突然幹生さんから時間がほしいと言ってきたんです。ホテルの中ではまずいと思ったので、鳥羽駅近くのバーで待ち合わせることにしました。会ってみると、幹生さんは興奮気味にこう言いました。

『上原さん、ついに天の岩戸が開きますよ』って。小麦さんは、天の岩戸の話を知っていますか？」

「天照大神が隠れたという？」

「そう。伊勢神宮は天照大神を祭った神社です。それに引っ掛けて言ったのでしょうが、幹生さんは鍵の正体を突き止めていた。

小麦さんのお祖父様、小宮幹二郎さんは……ホテルのどこかに『宝物』を隠していたんです」

「『宝物』をですか？」

少し大きな声を上げた小麦に、トーンを下げるように上原は目で指示をした。

「はい。幹二郎さんは『クラウンホテル』の中にこっそりと財宝を隠していた。鍵は、その『宝物』を仕舞っていた金庫を開けるためのもの。それを幹生さんは突き止めたと言うのです」

「財宝って、一体どんなものだったのですか？」

「それがどんなものかは、幹生さんもわかってはいませんでした。幹生さんは真剣でしたが、私は聞きながら、全てが都市伝説のような話だなと思っていました」

そこまで聞くと、小麦の中で様々な思いが一気に溢れかえった。そのほとんどは怒りを帯びたものだ。

今の時代に、「宝物」だの「財宝」だのといった話を真に受けた父が信じられない。全ての場所が細かく管理される近代的なホテルの中に、そんなエジプトの秘宝のようなものが存在するわけがない。父はそんな眉唾な話に踊らされ、夢物語のような宝探しのために自分の命を捧げたということなのか。そして、その世界に小麦まで巻き込んだというのか？

父の真実を知れば知るほど情けない気分が湧き上がる。行き場を失った感情が身体の中に籠り全身が熱くなる。小麦の眼から突然涙が流れ出した。

「大丈夫ですか？」

「すみません」

とっさに膝の上にあったナプキンで涙をぬぐった。上原は、小麦の様子を気遣いながら話を続けた。

「しかし、幹生さんには確たる証拠があったのです。幹生さんはそれをホテルの地下にある資料室で見つけたと言いました。

資料室には、ホテルの歴史を代弁するような古いアルバムが数多く残されています。その中でも一番古いアルバムには、建設予定地の写真や建造中のホテルの写真が貼られていて、そこからその証拠となる一枚を見つけたと言うのです。

幹生さんは、それを上着の内ポケットから引き抜くと、私の目の前に置きました。写真を見ると、そこには一人の紳士が縞の入った三つ揃えという出で立ちで白い壁に覆われた部屋に立っていました。

『ひょっとして、これはお父様ですか？』と尋ねると、幹生さんは頷きました。そして、黙ったまま写真に写る幹二郎さんの脇を指差したんです。

目を凝らすと、幹二郎さんの左奥あたりに……壁に埋め込まれるようにして大きな金庫の扉が写っていました」

「その……写真にですか……？」

「その扉の奥にどれほどの空間が広がっているかはわかりませんが、それは金庫室と言った方がいい大きさでした」

小麦は混乱し始めていた。逃げ道を全て塞がれた場所でおろおろしているような気分だった。全ては父の妄想と思っていたのだが、小麦を現実の世界へと強引に引き寄せていく。

「その日からです。いよいよ幹生さんの様子がおかしくなっていったのは。まるで何かに取り憑かれたようだった。会うたびに酒を呷《あお》りながら、私に向かって自分の夢物語を話し続けていました」

小麦は震えた声で上原に尋ねた。

「結局……父は、その『宝物』を手にしたのですか？」

「それはどうでしょう……」

「金庫室があったとしても、父は中身がどうして財宝と決めつけたんでしょう」

上原は腕組みをしたまま押し黙った。小麦の声は、再び涙交じりなものに変わり始めていた。

「じゃあ……父はなぜ、死ななくてはいけなかったんですか？」

矢継ぎ早な問いかけに、上原は一呼吸おいて返答した。

「それもわかりません。ただわかっていることは……事件の直前には、その金庫のある場所も、幹生さんはホテルの中で特定していたんです。

そして全ての情報が出揃うと、あの日、『クラウンホテル』の創業記念の日に計画を実行に移した。自分の門出にふさわしい日として、わざわざその日を選んだと幹生さんは私に言っていました。

幹生さんの計画は、まずホテルの部屋に火を放ち、人々の眼が火災に向けられたその隙に、金庫のある場所に向かうというものでした。

しかし、そこで邪魔が入ったのか、その心理に何か変化が起きたのか、幹生さんは突如自殺の道を選んだんです。

これは私の想像ですが、恐らく『宝物』にまで手は届かなかったのでしょう。自殺した時、幹生さんは何も持っていませんでしたから。それだけではありません。警察が遺留品を詳しく調べると、そこには鍵らしきものも存在しなかった」

小麦は肩を落として項垂《うなだ》れた。上原の言葉を信じるならば、父はやはりホテルに放火した。塚原家への逆恨みではなかったにせよ、父は金庫室へと忍び寄る過程で放火という大罪を犯したのだ。

そして、その父のくだらない宝探しのために、取り残された娘は「放火魔の娘」というレッテルを貼られた。上原の話は、ただそれだけのことを今さら裏付けてみせるものだった。

「一つ伺ってもいいですか？」

今度は、上原が真剣な顔で尋ねてきた。

「先ほどの感じだと、小麦さんは鍵のことも知らなかったし、見たこともない、ということですか？」

「一度……見たことがあります」

上原の表情が変わり、生唾を飲み込んだのか上原の尖った喉仏がぐっと上がった。

「えっ？」

「伊勢に来てすぐのことだったと思うんですが、夜居間で父が見ているところを……」

「一回だけですか？」

小麦は頷いた。異様な様子で父が手の中の鍵を眺めていたあの晩以来、家で鍵を目にしたことはない。

伊勢を離れる間際、小麦は父の私物にひと通り目を通した。探したのは父の遺書、そして鍵。まだ中学三年だったが、小麦は父の真実を追い求めた。しかし、結局そこからは何一つ手掛かりになりそうなものは出てこなかった。

上原は小麦を見つめながらじっと考え込んでいる。「一回だけですか？」と尋ねた時の目つきも気になった。それこそ猛禽類が獲物を目の前にした時のような目つきだった。そして、ある想いが小麦の中に浮かんできた。

『ひょっとして、この人も鍵の在りかが気になっているのか？』

「この人も」とは、自分に電話をかけてきた母に続いてという意味だった。小麦の予感通り、上原は次の質問を投げかけてきた。

「しつこいことを許してください。あなたの義理の父親、五間岩薫さんが持っている可能性はありますか？」

「それはわかりません」

「そうですか」

上原は暫く黙り込んだ。イライラしているのか親指と人差し指で何度も鼻の頭を摘んでいる。そして居住まいを正してから、こう小麦に語り掛けた。

「私はいまも、幹生さんの遺志を継ぎたいと思っているんです。幹生さんが何を探し求めていたのか、そしてどうして死ななくてはいけなかったのか。それは金庫室の中のものを見ればはっきりする。その義務は、小麦さん、あなたにもあると思っていますよ。もし、鍵に関する情報を耳にしたら、是非私に知らせてください。本当に『宝物』があれば、それは幹二郎さんの孫のあなたのものになる。実は……」

テーブル越しに小麦の方に身体を寄せ、上原は小声で続けた。

「幹生さんとのやり取りで、私にはその『宝物』の隠し場所について少し心当たりがある。小麦さんと私にとって、あと必要なものはその鍵だけなんです。是非私に、力にならせてください」

小麦にとって、「宝物」など全く興味がなかった。しかしそうも言えず、上原に向かって小さく頷いた。

最後に、小麦は尋ねた。

「母は元気なんでしょうか？」

初めて会った日、上原は母から自分の居場所を聞いたと言っていた。

「ええ。たまたま私の知り合いが、昔小麦さんの面倒を見たという民生委員の女性だったので、そこからお母さんの連絡先を知り得ました。その民生委員が告げたのでしょう、お母さんは、小麦さんが『クラウン』で働いていることも把握していて、私に教えてくれたのです」

上原は、初めて会った時小麦が抱いた疑問に答えた。

「小麦さんには少し話しづらいことですが、お母さんには新しい家族も存在しました」

母がどう生きていようが気にしないつもりだったが、上原の言葉は小麦の気分をより暗くさせた。

母のとった行動には同情の余地はあったが、それでも幼い自分を置き去りにしたことに違いはない。

そして今、母はのびのびと自分の人生を楽しんでいる。

その母が、半年以上前に小麦の元にかけてきた一本の電話。

「母も、その鍵を必要としているのでしょうか？」

「それはどうでしょう。お母様も存在はご存じでしたし、その行方を気にはされていましたけど……」

小麦は大きくため息をついた。

きっと母も父と同類だったのだ。突然母が電話を入れてきた、その理由が今はっきりとした。母は娘の現状が気になったのではなく、鍵の在りかを知りたかっただけなのだ。

上原は、小麦の様子を気にしながら言葉を続けた。

「お母さんは、とても後悔されていましたよ。泣きながら小麦さんの身を案じておられた」

上原の言葉は、今の小麦の心には何も響かない。

上原に会えば、何かが分かると思ってここに来たが、聞かされたものは厳しい現実ばかりだった。

激しい動揺が続き、もうこの店で何を食べたかの記憶すらない。

父の過去を掘り起こした自分の行動に、小麦は少し後悔していた。

二月

仲野裕は、急きょGM室に呼び出されていた。

会う前から、エリック・ロバートソンの話の内容は見当がついた。部屋に入ると、エリックは革張りのチェアに腰を下ろしたまま、左手の人差し指の爪を速いテンポでデスクにコツコツと打ち続けていた。

「本部はカンカンだ。昨夜のメールは見たか？」

エリックの苛立ちに合わせるように、仲野は早口で返した。

「ええ。相当結果を急いでいますね」

それは昨夜遅くに届いた、去年の四月から年末年始までの収支報告に対する、ロス本部からの怒気をはらんだ返答メールのことだった。

「すぐ電話を入れたんだが、こう言われたよ。君は観光で日本を訪れているのか？　とね」

エリックは自虐的な笑みを浮かべた。

本部が焦っているのも理解できる。九か月間の結果は惨憺たるものだ。リストラの効果も霞むほど稼働率は落ち込み、収支は前オーナー時代の数字にも見劣りするものだ。親会社の「ロックキャピトル」からも相当なプレッシャーを受けているのだろう、本部は具体的な打開策を要求してきた。

「大阪の『パワーホテル』のGMが、嬉しいことに色々と本部に告げ口をしてくれているらしい。私が日本のマーケットを理解していないから、伊勢はうまくいかないのだとかね。

あそこのGMは、私がサンフランシスコのホテルにいた時代、同じフロントで働いていたことがある。仕事も見た目もさえない男で、常に私が優位を保っていた。その恨みをここぞとばかりに晴らしたいらしい。敵はいろんなところにいるものだよ」

大阪は、「パワーホテル」の日本第一号で、その成功例だった。エリックはそのGMによる讒言《ざんげん》のせいにしようとしていたが、本部が大阪と同じような結果を、この伊勢にもイメージしていたのは明白だった。

仲野もここに来た一年前、甘い期待を抱いていた。「クラウンホテル」という老舗ホテルと外資のメジャーブランド「パワーホテル」が合わされば、それなりの相乗効果があるのではないかと。しかし、東京や大阪といった都市部とは違い、伊勢などという地方都市では、外資のブランドは価値を持たなかった。しかも、頼りにしていた「パワーホテル」が抱える一千万以上の会員たちも、東京から伊勢を素通りして、京都、大阪へと流れていく。仲野は、伊勢ならではのビジネスモデルを開発しないと今の状態は打開できないと思い始めていた。

エリックは立ち上がり、仲野の目の前まで近づいて言った。

「年度末までに、可能な限り数字を立て直す必要がある。もっとディスカウントを進めた方がいい。とにかく客室稼働率を上げることに集中するんだ。

そして、そのディスカウントのタイミングは君が決めろ。販売部長任せにするな。仲野、君が全てジャッジするんだ」

いつになくエリックの口調は厳しかった。

ここ最近、ホテルの宿泊予約はネットによるものが増え始め、宿泊料金のディスカウントを加速させている。それは世界中のホテルで起きている現象でもある。

ネット予約の場合、競合ホテルとの心理戦が重要になる。宿泊当日の値引き合戦は、朝の九時辺りからその戦いが始まり、相手の出方を見ながらより魅力的な金額を提示していかなくてはいけない。もちろん値引きはなるべく抑えられるに越したことはない。どのタイミングでインパクトのある金額を提示し、一気に予約を集中させるか、それが勝負の分かれ目になっている。

しかし、そもそも仲野はディスカウントにそれほど興味を持っていなかった。料金を下げれば部屋が埋まることくらいわかっているが、それによってホテルのブランド価値は下がり、希望していないような客層までホテルの中に引き込んでくることになる。エリックの注文は、そんな仲野の心の内を見透かして言ったようなものだった。

「了解しました。今月は勝負を賭けます」

仲野はひとまず従うことにした。実はこの日、仲野にはエリックに通さなくてはいけない企画があった。ディスカウント程度の話で、エリックの機嫌を損なうことは避けたいというのが本音だった。

「GMに、一つ提案があります」

「何かな？」

「日本のホテルは、収益の六割をFB（FOOD：料理とBEVERAGE：飲料の略）の収入が占めています。宿泊料金中心の欧米が三割程度なのに対し、これは異常な数字です。そして、その飲食の大部分がウェディングによる利益です」

「ちょっと待ってくれ。日本のマーケットに疎い私でもそれくらいは知っているぞ」

言いながらエリックは、すねた表情をした。

「まさか、そのウェディングをやろうと言うんじゃないだろうね」

「その通りです」

仲野はニコリと笑った。

「新人のホテルマンじゃあるまいし、君がそんなことを言い出すとは思わなかった。このホテルにはチャペルがない。そんなものを造るために本部が金を出すはずがないじゃないか」

鼻で笑うエリックに、仲野は穏やかに話し続けた。

「GMのおっしゃっていることは、私も理解しています。もちろん何の投資もなく始められるわけではありませんが、GMに出資して頂きたいのは、十字架一つの料金だけです」

「十字架一つ？」

「はい。挙式会場に使うのは、二階のカフェテリアです。戦後間もなく、このホテルは米軍に接収されたことがあります。その時、米兵たちは夜な夜な、あのカフェテリアでダンスパーティを開いていたといいます。

つまり、あのカフェテリアには色々な使い道がある。私はアメリカ人の自由な発想を拝借しました」

それは仲野が父親から聞いた話だった。エリックは、仲野の話を心地よさそうに聞き始めた。

「十字架をカフェテリアの大きな窓辺に吊るすだけで、あの空間は挙式会場に一変します。参列者の眼には、十字架が伊勢湾に浮かんでいるように見えることでしょう。そんな眺望のいいチャペルは三重県には存在しません。ネットにそのイメージ画像を上げれば、瞬く間に評判は広がることでしょう。また、あそこには中二階にバルコニーがあり、オルガンやバイオリン奏者を置くにはうってつけです」

突然、エリックが仲野の肩に手を置いた。

「素晴らしい！　いつから始める？」

「五月に販売を始めて、九月スタートくらいかと」

「いや、もっと早い方がいい」

「了解しました。作業を急ぎます」

合意の握手を求めてきたエリックは、強い力で仲野の右手を摑んだ。


仲野が自室に戻ると、コンコンとドアをノックする音がした。

「どうぞ」

仲野の声を聞いて、ドアから背を丸めて入ってきたのは、五間岩小麦だった。

「今回は、本当に申し訳ありませんでした」

仲野が何か言う前に、小麦は消え入りそうな声で謝罪した。

「規則と分かっていてやったのかい？」

「はい」

呼び出した理由は、フロントのチーフから小麦が宿泊客に薬を渡したという情報が入ったからだった。薬を受け取った母親がチェックアウトの際、フロントで礼を述べ、小麦を褒め称えたことから問題は発覚した。

「実はね、私もアメリカにいた時に、同じようなことをした記憶がある」

「ほ、本当ですか？」

小麦は初めて顔を上げた。

「アメリカはそうしたことに特に厳しい。処方を間違え、訴えられて裁判沙汰にでもなったらどうするんだと、上司から厳しく叱られたよ」

「そうでしたか……」

「今回の問題で、君は客室係には置いておけなくなった。レストランに異動してもらおうと思っているよ」

「は、はい」

首にでもなるかと覚悟していたのだろう、異動命令に、小麦は表情を明るくした。その顔を見て、仲野も内心ほっとしていた。

「最近、私には変な趣味があるんだよ。暇さえあれば、ホテルの中をうろうろと歩き回って創業当時の姿を思い描いているんだ。注意深く観察すると、色々なところに創業者のこだわりも見えてくる。

そこでよく君を見かけた。君はいつも廊下の壁を掃除していた。なんであんなことをするのかな？」

小麦は、不思議なことを言い始めた。

「アンティークなものは、その状態を保つのにとても手間がかかります。それで……」

「君は、このホテルをアンティークだと思っているのかい？」

「は、はい」

言った後、小麦は少し恥ずかしそうな顔をした。

「となると、このホテルの売りとして、アンティークということをもっとアピールした方がいいのかな」

「こういう雰囲気がお好きなお客様に、もっと泊まって頂ければ嬉しいなとは……」

最後は聞き取れないほどの声だったが、その言葉に仲野は大きく心を動かされた。

ついさっき、エリックから宿泊料金をディスカウントして、客室稼働率を上げるように言われたばかりだった。ディスカウントはネット上で行われる。当日予約ならば、正規料金の半分にも満たない金額で宿泊することも可能だ。そして、その恩恵にあずかるのは、パソコンや携帯を使いこなせる若者に限られる。

一方、小麦の言う「アンティークを好む」年配の客は、電話を使ってほぼ正規の料金で予約を入れてくる。そうした客から見れば、どうしてこんな若い人々が高額の宿泊料金を払えるのだろうと思っているに違いない。

客層はホテルのイメージを作る。ひょっとすると、安くすればするほど、このホテルを愛するリピーターたちの足を遠ざけている可能性もある。仲野は、背筋に寒いものを感じた。

「君は凄いものの見方をするね。感動したよ」

大きな声を上げた仲野に小麦は驚いている。見開かれた小麦の眼を、仲野はじっと見つめた。

『そうか。この子は我々とは全く違った眼差しで「クラウンホテル」を見ているのかもしれない。それはきっと小宮幹二郎と同じ眼差しなんだ』

小麦の背後に、祖父の存在を強く感じた。

五間岩から話を聞いたその日、小宮幹二郎は偉大なホテルマンとして仲野の心の中に刻まれた。今では閑散とするこのホテルを見ながら、つい幹二郎の時代の「龍宮城」のような世界を夢見てしまうこともある。

自分は五間岩から、細川幹生の死の真相を小麦と共に探るように託されている。それは小麦の道先案内人のような立場だったが、逆に小麦が幹二郎の新たな世界に自分を連れて行ってくれるかもしれない、そんな期待が仲野の心を支配した。

「私のところに上がっている情報では、君は客の名前を全てメモって暗記しているらしいね。それはどこで学んだんだい？」

「社長から、そうしろと」

「なるほど、五間岩さんの指示だったんだね」

仲野は二人の距離を詰めて、小麦にこんな質問をしてみた。

「五間岩さんは、どうして君をここに送り込んだんだろう」

「えっ？」

小麦は息を呑んで仲野の顔を見上げた。その眼は激しく動揺している。

仲野は笑って続けた。

「意地悪なことを言ってすまなかった。実は東京で五間岩さんに会って、そこですべての話を伺っていたんだよ」

「全てを？」

小麦の表情がさらに怯えたものに変わった。

「君は、創業者である小宮幹二郎さんの孫で、五年前ここで自殺した細川幹生さんのお嬢さん。そうだよね」

小麦は目を潤ませている。

「辛い場所に、君はよく戻ってきたね」

小麦は観念したように言った。

「義父から、自分で全てを解決してくるように言われました」

「なるほど。これから、その解決に少し繋がるかもしれない人と会うんだが、一緒に行ってみる気はあるかい？」

小麦には、状況が見えていないようだった。戸惑った顔で尋ねてきた。

「あの……私は、ここでまだ働いていてもいいんでしょうか？」

それは、「放火魔の娘」がこのホテルに居続けてもいいのかという意味で言ったのだろう。仲野は笑顔で返した。

「私はここに来て、全ての従業員の仕事ぶりを見てきているけれど、君はこのホテルを一番愛しているし、働きも群を抜いている。首にする理由が全く見つからないよね」


ベージュ色のキャデラックが志摩半島を南下していく。

その車は、仲野が二、三年持てばということで格安で購入した中古車だった。小麦は制服のままその助手席に座っている。

「志摩は、僕の生まれ育った場所なんだよ」

それに対し、小麦は伊勢より南に行ったことはないと言った。リアス式海岸の入り組んだ地形の向こうに、時折木で組んだ筏の浮かぶ海が広がって見える。太陽に照らされてキラキラと光る海面は、春の訪れを知らせているようだった。

「あの筏はみんな、真珠の養殖をしているんだよ。僕の両親も真珠を育てている。昔はぼろ儲けしていたんだけど、いまは真珠の人気がすっかり落ちて細々とやっているようだけどね」

小麦は、仲野の顔を不思議そうに見つめていた。

「僕がこんなキャラだと思わなかったたって感じかい?」

小麦は無邪気に笑った。

「いつも怖い顔ばかりしているから仕方ないか」

仲野は、ダッシュボードからサングラスを取り出すと続けた。

「僕の親父が五間岩さんと長い付き合いで、今回引き合わせてくれたんだよ」

仲野は、五間岩から聞いた話を小麦に伝えようと思っていた。自分が持っている情報を全て明かすことで、小麦とフェアな関係になりたかった。

祖父、小宮幹二郎がどんなホテルを作り上げていたのか。そして、戦後幹二郎に訪れた悲劇。今から五年前、小麦の父親が五間岩の元に姿を現し、見せたという大きな鍵……。

仲野を驚かせたのは、そのほとんどが小麦にとって初めて聞く話だったということだった。

「五間岩さんは、何も伝えてこなかったんだね」

小麦はこくりと頷いた。

小麦は、義父が「クラウンホテル」で働いていたことすら知らされていなかった。なぜ五間岩はこれほど大事な話を、自分からではなく仲野から回りくどく小麦に伝えさせたのか、それがいぶかしく思えた。

「私の祖父は、とても素敵な人だったんですね」

「正義感や人柄もそうだけど、何よりホテルマンとして尊敬できる。五間岩さんの話を聞いて、僕もあっという間にファンになってしまった。あの当時の『伊勢クラウンホテル』は、恐らく世界中のホテルマンが憧れるようなホテルだったんじゃないかな。そして……君も、君のお父さんも、その血を受け継いでいる」

ちらりと助手席の小麦の方を見ると、険しい表情に変わっていた。

小麦にとって父親は、依然憎むべき対象なのかもしれない。五間岩は、前オーナーの塚原家への逆恨みから幹生がホテルに放火するはずがないと言っていたが、小麦はそうは思っていないのだろう。

「父は、祖父とは違うと思います」

小麦がぽつりと言った。


二人は「豊泉水産」の建物の前で車を降りた。

ここはかつて「クラウンホテル」の海産物の納入を一手に引き受けていた会社だ。東京や大阪の一流レストランなどとも伊勢海老や鮑の取引があるということだが、仲野のコストカットの指示を受け、食材の調達部長がもっと安い会社に切り替えていた。

蔵造の建物には、「海鮮専門・豊泉水産」と書かれた看板が掲げられている。その前で、仲野は五間岩の言葉を思い返していた。

細川幹生は、死の一か月ほど前に五間岩に電話をかけてきた。そこで、重要な情報を手にしたこと、そしてもし自分の身に何かあったら娘を頼むと言い残した。

その情報の出所が、この「豊泉水産」だったらしい。五間岩は、帰り際に豊泉の電話番号の書かれたメモを仲野に手渡していた。

「初めてお目にかかります。副支配人の仲野です。これは近々レストラン担当になる五間岩です」

「これは、これは、副支配人さんが直々にお見えになるとは光栄なことですな」

五十半ばといったところだろうか、社長の豊泉信夫は恰幅が良く、会社名の入ったジャンパーを着込んでいた。

二人を応接室のソファに案内すると、温かいほうじ茶と羊羹を振舞い、豊泉は関西弁交じりの早口でしゃべり始めた。

「うちは『クラウンホテル』には、創業当時から海産物を納めていたそうです。

先代が言うには、小宮幹二郎さんが海鮮は『豊泉』じゃなきゃダメだとおっしゃってくれたそうで、一時期を除いてずっと納品させてもろうてました」

言い終わると、豊泉はわざとらしく寂しそうな表情を浮かべた。

「調達部長から話は聞いています。去年の三月、海産物の納入業者を切り替えたと」

仲野は少し身体を乗り出して、続けた。

「実はこの四月から、うちのホテルは料理に力を入れようと思っています。まだ内緒にして頂きたいのですが、『東京パワーホテル』の副料理長を呼び寄せて料理長に就けるつもりです。

それに合わせて、豊泉さんにもう一度海産物を納品して頂けないかと思っているんです」

「ホンマですか？　それは有難い話です」

豊泉は顔をほころばせた。

それは豊泉への手土産だった。もちろん、料理に力を入れていくことは嘘ではない。しかし一番の目的は、ここからの話で豊泉に気持ちよく情報提供をさせるためだった。

仲野は、早速本題に入った。

「ひとつ伺いたいことがあります。創業者のご子息細川幹生さんが、あの事件の直前にここを訪れたと聞きました。それは本当でしょうか？」

豊泉の顔からピタリと笑顔が消え、用心深い目つきになった。

「それは、どちらから？」

「幹生さんとよく連絡を取り合っていた、東京の方から聞きました」

仲野はちらりと小麦の方を見た。豊泉と幹生の関係は、小麦にはまだ話していないことだった。

小麦は眉間に皺を寄せて、何かに耐えているような表情をしていた。

「そうですか。確かにいらっしゃいました。その頃、細川さんは『クラウンホテル』でパートの仕事をされとりました。なんでも、お父さんに関する話を聞きたいとかで。

幹二郎さんのことやったら、本当なら先代でないとあかんのですが、もう他界しておりましたから、私が代わりに話をさせてもらいました。

戦前の『クラウンホテル』は、全国からお伊勢詣でにやってきたお客さんが押しかけ、それは大変な賑わいやったそうです。幹二郎さんは、その宿泊客に伊勢の海産物を存分に振舞った。使う量も半端やなくて、漁師たちから伊勢海老やら鮑をかき集めるのが大変だったと先代が言うとりました。幹二郎さんの誕生日には、大きな鯛を献上したこともあったとか。そんなことを話して差し上げると、細川さんは嬉しそうに聞いていましたわ。

でも私の話の中で、細川さんが一番食いついたのは、幹二郎さんがもう一つホテルを造りたいと思っていたということでした」

「もう一つ、ホテルをですか」

それは五間岩の話の中にも出てこなかったものだ。小麦をちらりと見ると、背筋を伸ばし聞く態勢を整えていた。父の話には眼をそむけるが、祖父のことには関心があるらしい。

「ええ、戦後米軍に接収されている時分のことやそうです。幹二郎さんは米兵たちに自分のホテルを荒らされているのが相当嫌やったらしく、この志摩周辺で適当な場所を探していたようです。私の親父も相談に乗ったと言うとりました。この辺りは戦後すぐに国立公園になったんで、そんなことも幹二郎さんが目を付けた要因になったんちゃいますか」

「細川幹生さんは、どうしてその話に食いついたのでしょうか？」

「少し話が長くなりますが、ご容赦くださいね。副支配人は、秘密結社のフリーメイソンをご存じですか？」

「ええ」

小麦には初めての単語だったのだろう、「フリーメイソン」という言葉にぽかんとしていた。仲野にしても、豊泉がどうしてそんな話題をし始めたのか、全く見当がつかなかった。

フリーメイソンのことを、日本では豊泉がそうであるように「秘密結社」などと謎めいて呼ぶことが多い。しかし、アメリカには四百万人以上の会員がいて、三億の人口から計算すると大体七十人に一人はフリーメイソンに属することになる。

特にホテル業界の成功者には、フリーメイソンに入っている人間が多く、一時期仲野も知り合いを通じて入会しようと思ったこともあった。フリーメイソンの会員になれば、人脈が出来ると考えたからだ。結局、ホテルの実務が忙しくなり、そのまま話は立ち消えになったが。

「怪しい話をし始めたなと思ってらっしゃるでしょうが、それも親父からの受け売りですから、ご理解くださいね。

『クラウンホテル』の建設に携わったドイツ人建築家のファンケル・マイヤーも、フリーメイソンの会員やったそうです。親父の話では、既にその頃から幹二郎さんは、フリーメイソンと繋がりがあったんじゃないかということでした。元々、この伊勢という土地は、ユダヤ人たちに注目されとった場所ですし」

話についてこられない小麦のために、仲野が少し解説した。

「フリーメイソンは、ユダヤ教徒でなくとも仏教でもイスラム教でも入会することは出来るんだけど、会員にはユダヤ人が多いし、その神聖な儀式で使われるのは、旧約聖書（ユダヤ教）なんだよ」

「すみません。フリーメイソンてなんですか？」

小麦が小声で尋ねた。

「そうか、そうだよね」

仲野は、さらに嚙み砕いて説明した。

「ヨーロッパの昔の建物は、木造の日本と違ってみんな石で出来ているだろ。フリーメイソンの始まりは、その石の大工が作った組合だと言われている。

その後、友愛を目的にした結社になっていったんだけど、ヨーロッパなどでは会員に有力者や金持ちが多かったから、その人たちと仲良くなりたかったり、持っている情報が欲しいと思う人たちが次々に入会していった。フリーメイソンで一番有名なのが、ロスチャイルド家だよ」

それでも小麦は首を傾げた。

「ドイツにいたユダヤ人で、近世で最も力のあった金融一家なんだけど。じゃあ、ペリーだったらわかるよね」

「黒船の？」

「そうそう、そのペリー提督もそうだし、初代大統領のジョージ・ワシントンなど合衆国で権力を持っている人たちには目立って多いかな。君の一番身近なところだと、ケンタッキーフライドチキンのカーネル・サンダースとかもフリーメイソンだね」

仲野の解説が終わると、豊泉が続けた。

「なんでユダヤ人が、伊勢に注目したかというと、伊勢神宮の造りがユダヤ教の神殿とそっくりだったためらしいですわ。そこから自分たちの祖先が、日本に渡ってきたという説をひねり出したというわけです」

この話は、伊勢志摩に住む人々にとっては手垢の付いたものだった。仲野も小さい頃から聞かされている。

それは「日ユ同祖論」というもので、紀元前、自分たちの土地を奪われたユダヤ人の中に「失われた十支族」と言われる人々が存在し、世界中に散った十のうち一つの支族が日本にやってきて、大和の民族と一体化したとされる。

その説の中では、ユダヤの神殿の造りが伊勢神宮などの神社とそっくりなことや秘宝の聖櫃《アーク》と日本のお神輿、ヘブライ文字とカタカナが酷似していることなども指摘されている。

その他にも、アナタという文字はヘブライ語では「ANT」となり、やはり「貴方」を表し、アリガトウは「ALI・GD」で「私にとって幸運です」、コラ「KRA」は自制せよ、ダマレ「DM・ALI」は沈黙せよ、など共通点は枚挙にいとまがない。

また伊勢神宮の周囲に立ち並ぶ灯籠に、ユダヤの紋章「ダビデの星」が刻み込まれていることも、そうした説に現実味を与えることに一役買っていた。

いずれにしても、仲野にとっては伝説の域を出るものではなかったが、豊泉は真顔で話を続けた。

「フリーメイソンに話を戻しますが、日本で注目を集めるようになったんは戦後になってからです。それに一番影響を与えたのが、ダグラス・マッカーサーですわ。フリーメイソンだったマッカーサーは、厚木飛行場に降り立つとすぐに旧海軍水交社だったビルを接収して、そこに東京支部を作らはった。場所はいまの東京タワーの目の前で、森ビルに変わってからも日本のグランドロッジとして残っているようです。

当時は、マッカーサーに加え進駐軍の上層部もフリーメイソンだったため、周囲の人間は次々と傾倒していった。のちに総理大臣になった鳩山一郎さんもそん中におったようです。

そして、GHQは日本軍が隠し持っていた貴金属を次々と見つけ出し、その多くがフリーメイソンにも流れて行った。そうした資金や権力に、先を読める日本人だけが取り入っていったというわけです。

　そこに新しいホテルを建てたかった幹二郎さんも加わった。幹二郎さんは、祖先から受け継いだ資産をまだ残していたようですが、ホテルをもう一つ建てるまでには足りなかった。そこでフリーメイソンの資金を頼りにしはったわけです。なんでも戦後、幹二郎さんは伊勢を離れることが多くて、その目的は東京辺りにいる同志たちとの交渉だったらしいんですわ」

「で、資金は調達できたんでしょうか？」

「出来たようです。幹二郎さんは親父に、それは既に『クラウンホテル』の秘密の場所に仕舞ってあると言ったそうです」

　仲野は、豊泉の話を半信半疑で聞いていた。

　聞く前は、幹生の自殺の理由が、ここではっきりするものとばかり思っていた。それ故、小麦まで同伴させたのだ。しかし、豊泉の口からフリーメイソンという言葉が出てきた辺りから、怪しい空気に包まれていった。

　本当に細川幹生はこの話に乗ったのだろうか。そもそも話を作り上げた豊泉の先代は、一体何が目的だったんだろうとも訝ってしまう。

「副支配人、これはあくまで私の親父が晩年語っていた話で、私もそれほど真に受けていたわけじゃないんですよ」

　豊泉は先代との距離を置いてから話を続けた。

「しかしですよ、細川さんがこの話に食いついたのは事実です。実は……それには理由があったんです。

私の話が終わると、細川さんはある物を目の前に置きました。それを見た瞬間、私は本当に驚きました」

「それは、何だったんですか？」

仲野は、あの鍵ではないかと思ったのだが、

「細川さんは『クラウンホテル』の資料室の中で見つけたものだと言っていました。それは一枚の古い写真です」

「何か重要な写真だったのですか？」

「白壁の部屋に、小宮幹二郎さんが一人で写っている写真でした。しかし、問題は幹二郎さんと一緒に写り込んでいたものなんです。

幹二郎さんの立っているところの左奥のあたりに、壁に埋め込まれるように大きな金庫室がありましてね、そこにでっせ……」

豊泉は、一度つばを飲み込んだ。

「なんと、ユダヤ教の紋章『ダビデの星』が描かれとったんです」

「えっ？」

「ダビデの星」とは、三角形と逆三角形が重なり合う、イスラエルの国旗にも描かれている紋章のことだ。幹生がたまたま見つけてきた写真が、豊泉の父親の話を一気に裏付けてしまったということなのか。

「細川さんも、私の話を聞きながら驚いていたというんです。ずっとその紋章の意味が心に引っかかっていたらしくて、親父の話が深い霧を晴らしてくれたと言うとりました。

同時に私も確信しました。幹二郎さんは新しいホテルの建設費用をフリーメイソンに融通してもらい、『クラウンホテル』の中の隠し金庫に仕舞い込んだのだなと。

私は、幹生さんに『写真に写っているこの部屋はホテルの中に存在するのか』と尋ねました。すると、こう答えたんです。

『探しましたが、ホテルの中にこのような白壁の部屋は一つもありません。今探しているところです』と」

仲野は小麦の様子が気になった。視線を豊泉から移すと、小麦は一層表情を険しくしていた。いじめられっ子が周囲からの嫌がらせに耐え続けている顔のように見える。

ここに来たのは、小麦の父親の無実を晴らすためだった。しかし、豊泉の話は、父親は「絵空事のような宝物」のためにホテルに放火したという小麦の予想を実証するようなものばかりだった。

小麦の心を気遣う仲野をよそに、豊泉は話を続けた。

「そして、ひと月半ほど後……あの事件は起きたんです」

「父はあの日、その部屋に行ったんでしょうか？」

それまで一言も発しなかった小麦が、突然口を開いた。

「えっ？　父？」

豊泉は、不思議そうな顔で小麦の方を見た。

「いや、あの……」

仲野も、小麦が口を滑らせたことに戸惑った。

「豊泉さん、正直にお伝えします。彼女は細川幹生さんのお嬢さんなんです」

「へえ?……はあ……」

「しかし、このことはくれぐれもご内密に」

豊泉は察したかのように笑い始めた。

「もちろんですわ。どんなご事情があるかは詮索しません。質問はなんでしたっけ? 細川さんがあの日、金庫の部屋を訪れたかどうかでしたな。私は行ったと思います」

「部屋に行く前に、ホテルに火をつけたんですか?」

小麦の真剣な顔と強い口調に、豊泉も少したじろいでいる。

「お嬢さんの前では言いにくいことですけど……まあ、そういうことになりますかなあ」

小麦は悔しそうに目をつぶった。それを見て仲野はため息を漏らした。

「そやけど、金庫室が開かなかったんちゃいますか。それで落胆して自殺に至った。または……誰かに邪魔され、お宝を奪われた挙句、展望台から突き落とされた。私の見立てはそんなところです」

豊泉の話は、小麦には刺激が強すぎた。小麦の胸の内を想像すると、仲野はいてもたってもいられなくなった。一刻も早く、この場から立ち去った方がいいと仲野は思った。しかし、小麦は質問を続けた。

「父はその財宝を……何のために必要としたんでしょうか?」

豊泉に届くか届かないかという、か細い声だった。

「そうですなあ。人には誰にだって欲がある。私だって棚からぼた餅みたいな大金が転がり込んで来たら、そら嬉しいに違いない。しかし、放火までする勇気は私にはありませんけど」

その豊泉の答えを聞いた瞬間、仲野は小麦の腕を引いて立ち上がった。

「今日は、貴重なお話ありがとうございました」

突然ソファから立った仲野を見て、豊泉は慌てて事務の女性を呼び寄せた。その手には小ぶりの発泡スチロールがあった。

「今日捕れたばかりの黒鮑です。お土産にどうぞ。副支配人、今後も『豊泉水産』を宜しくたのんます」

豊泉は、大きな貸しを作ったかのように、仲野に握手を求めてきた。


伊勢に戻るキャデラックの車内は、重い空気が立ち込めていた。

リアス式海岸の向こうに沈み行く夕日が、二人の顔を赤く染めた。仲野はサングラスの脇から、小麦の様子を探り続けた。小麦は眩しそうな顔を背けもせずに太陽のある方向を目を細めて見つめ続けていた。

「何を考えているの?」

仲野の問いかけに、小麦はぽつりと言った。

「六年前に、父と伊勢に引っ越してきた時のことを……」

仲野は続きを待った。

「軽トラックに家財道具を積み込んで、東京を出たのは夜中の零時頃だったんです。まるで夜逃げみたいだなって思いました。父は夜通し運転して、私はその横で脚をシートの上に畳んで、父の上着から顔だけを出して寝ていました。そして、愛知を過ぎた頃、朝日が眩しくて目を覚ましたんです。

もちろんこんな大きな座席じゃなかったんですけど、その時、父も副支配人みたいにサングラスをかけてハンドルを握っていました」

眩しい夕日とサングラスの男が運転する姿を見て、小麦はその時の父のことを思い出していた。行きの車の中で父をあれほど拒絶していたのに、いまの小麦は、豊泉の言葉に抵抗するかのように幹生への思いに溢れている。恐らく、外部から集まる情報と自分の中に住み続ける父をどうやって結びつけたらいいのか混乱しているのだろう。

「どこの家も同じようなものだと思うけど、自分の親がどんな人間かなんて、ちゃんとわかっている子供は殆どいないんじゃないかな」

「そうなんですか……」

「僕だって、親父のことをまあまあわかったのは最近のことだからね。それまではずっと誤解していた。小麦さんの場合、お父さんが謎を残しすぎたのは事実だけどね」

小麦はため息を一つついた後、仲野の方を見て言った。

「今日はありがとうございました」

父の真相を確かめるため、仲野が時間を作ったことに対する言葉だった。

「社長の話、どう思った？」

仲野の問いかけに、小麦は、「よくわかりません」と答えた。

「そうだろうね。よくわからないことだらけだ」

「父は本当に、あの話を信じたんでしょうか？」

「幹二郎さんの写真が、決め手になってしまったんだろうね」

「本当に『宝物』なんてあるんでしょうか？」

「どうだろう……」

「以前、私のアパートに『クラウンホテル』の元支配人という人が訪ねてきたことがあって……」

「上原潤一だったかな」

「その上原さんと、先日もう一度会ったんです」

仲野はなるほどと思った。小麦に父親の新しい情報を与えたのは、上原だったに違いない。

「上原が何か言っていたの？」

「ホテルの中には、今も祖父の隠した『宝物』が眠っているって言っていました」

「なるほど。言っていたのはそれだけかい？」

「『宝物』を隠したのは幹二郎さんなのだから、それは塚原家の物では決してなくて、小宮家、あなたの物だって……」

「それは興味深い話だね」

「上原さんは、父とも仲が良かったと言っていました」

「そして、その娘が伊勢にやってくると姿を現した。鍵のことも何か言っていたのかな？」

「見つかったら、すぐに教えるようにって。あと、『宝物』を仕舞う金庫の場所も知っているって言っていました」

「なるほどね……今度は、僕がその元支配人と会わなきゃいけなさそうだね。上原とアポを取ってもらってもいいかな。僕も同席するけど、それは伏せてね」

ホテルに戻る前、仲野は車を伊勢神宮の方向に向けた。

内宮を過ぎると、仲野がスピードを緩めながら指差して言った。

「灯籠を見てごらん」

「これがダビデの星……」

内宮から外宮に抜ける道沿いには、大きな灯籠が立ち並ぶ。小麦は、その柱の部分に描かれた「ダビデの星」の紋章を見つけた。

「ほとんど全てに、この紋章が入っているんじゃないかな」

それは、この伊勢の地がユダヤと何らかの関係があり、ひいてはフリーメイソンからも興味を持って見られてきたことを表している。

二人がホテルに戻ったのは、日没からだいぶ経ってのことだった。

三月

名古屋市中区。

上原潤一は、そこにある鶏鍋の専門店の暖簾をくぐった。

「遅くなりました」

入っていった個室の座敷では、既に塚原栄一がビールグラスを傾けていた。塚原と会うのは、今年になって初めてのことだった。テーブルを挟んで正面に正座すると、塚原は上原のグラスにゆっくりとビールを注いだ。

「いつかは上原を、この店に招待しなくちゃと思っていたんだ」

「ここは噂には聞いていました。光栄でございます」

この日、塚原は上機嫌だった。それは酒が入っているせいではない。ひょっとすると、スイッチが完全に入ったのかもしれないと上原は思った。

その塚原に、今日の土産として持ってきた最新の情報を伝えることにした。

「十日ほど前のことなんですが、細川の娘が豊泉水産を訪ねたようです」

「ほお」

「しかし、一人だけではなかったようで」

「付き添いがいた、ということかい?」

「ええ。『パワー』の副支配人が一緒にやってきたというんです」

塚原は、暫く上原の目を見たまま黙った。

「どうして副支配人が首を突っ込んできたのか、その理由まではわかっていませんが」

するとと塚原は思いを巡らせるような顔をした後、突然にやにやと笑い始めた。

その表情を見て、上原は確信した。所詮自分は手足に過ぎない。頭脳と金、つまり脳と心臓が備わって初めて全ては動き始める。いま、その脳が速いスピードで情報の分析を開始し、心臓が力強く鼓動し始めたのを上原は感じた。

「それは面白いことになったな。上原が言うように小宮の一族は不思議な力を持っている。ただそこにいるだけで、周囲の人間が右往左往させられるんだからな。まあ、我々もそれに含まれてしまうんだが」

大皿を持って入ってきた仲居が、ぐつぐつと沸騰する鍋に食材を入れ始める。

「ここの名古屋コーチンは最高だ。それを使った水炊きだからね。日本一の味だと思う」

よくしゃべる塚原に、上原も気を許した。

「オーナーの笑顔を久しぶりに見るような気がします」

「オーナーはよせ。しかし、そうかもしれない……」

何かを言いかけた塚原だったが、それ以降は水炊きを楽しみながら、世間話をし続けた。

そして締めの麺類を食べ終わった頃、酒が回ったせいもあるだろう、こんなことを言い始めた。

「本音を言おうか。実はね、ずっと親父の死が堪えていたんだ」

その言葉に上原は驚いていた。内容もだが、それ以前に塚原がプライベートについて口にすることなど滅多にない。

「火災があった日、俺は親父に会って、ホテルに火を放ち展望台から身を投じた男の正体を明かしたんだ。その時、親父は恐怖で顔を歪ませ、何度も『本当に小宮のせがれがやったのか？』と問い質した。恐らく親父は、小宮幹二郎を陥れたことをずっと心の重荷にしてきたんだと思う。その後、親父はオーナーの職を退き、翌年死んだ。世間では、それは辞任が引き金になったと思っている」

「私もそう思っていました。緊張の糸が切れたというか……」

「それはたぶん違う。親父は小宮幹二郎の残像に殺されたんだ。その証拠に、宇治山田に小宮幹二郎の墓があるんだが、火災の後、親父はこそこそと墓に通い続けていた。そういう意味では、細川幹生も親の仇を討てて本望だろうけどね」

上原にとって、もちろん初めての話だった。以前栄一から、塚原威一朗が小宮幹二郎に罠を仕掛け、ホテルを乗っ取った舞台裏を聞かされたことがあった。確かに「クラウンホテル」を巡り、小宮家と塚原家は、まるでコインの裏と表のような関係にある。

「あの時、親父にオーナーの椅子から早く降りてもらうことが、『クラウンホテル』の命運を握っていると思っていたから、火災は有難い転機になった。

しかし、それをきっかけにまさか親父が死ぬとは予想もしなかったんだ。経営の能力もなく、古臭い発想しかできない親父を心から邪魔臭く思っていたが、その寿命を縮めたいとまでは願っていなかった。俺にもこんな感情があったんだなと、その時初めて思ったよ」

それが、塚原の顔から長く笑顔と生気が消えた理由だった。

実は上原も、当時の栄一の行動に首を傾げていた。先代を引き継ぎ、満を持してオーナーの座に就いたはずなのに、栄一はすっかり精彩を欠いていた。ゴルフ場建設で作った大きな負債が一番の要因だったが、栄一は買収攻撃を仕掛けてきた「ロックキャピトル」に応戦の一つもせず、「クラウンホテル」をあっさり譲り渡した。その原因が父親の死にあったとは思ってもみなかった。

「それ以来、どうも身体が動かなかった。上原がいろいろとお膳立てをしてくれてもね」

そう言いながら塚原は笑った。

「しかし、人間は不思議なものだ。何がきっかけで気分が変わるかなんて予測もつかない。ここにきてライバルの登場で突如やる気が出てきた」

「細川の娘のことですね」

「そう。いま私は売却益もあり、何不自由なく暮らしている。しかも、その小娘が何か出来るわけでもないだろう。しかし、小宮家の末裔が『クラウンホテル』の中でうろうろしているだけで心が騒ぐ」

「ホテルを取り戻しますか？」

上原は身体を乗り出して言った。

「そうだな……敗者復活戦に参戦してみるのも面白い。それが遅ればせながら、親父への手向けにもなるかもしれない」

塚原は遠い眼をしながら、亡き父を思っていた。

それをよそに、上原はグラスのビールをあおりながら喉を鳴らした。気分がこれほど高揚するのは、ホテルを首になって初めてのことだった。

「今後、細川の娘と会う予定はあるのか？」

「既にアポイントが入っています。会うのは、来週の水曜の夜七時です」

それは「豊泉水産」に行った直後のことだったのだろう。小麦の方から上原に会いたいと電話があった。

「なるほど。そこにはその副支配人とやらも現れるのだろうね。少しアイディアを捻ってみるか。やるからには手段を選ぶつもりはないからな」

塚原の眼は、以前のような鋭さを取り戻していた。


店を出た上原の足取りは軽やかだった。

上原が蒔いた種は、十分な成長を見せてくれている。これで最悪の場合も、支配人復活の道は保証されたことになる。「伊勢パワークラウンホテル」が今の経営状態を続けていれば、「ロックキャピトル」の忍耐の限界も遠からずやってくる。そのタイミングで塚原はホテルを買い戻し、上原を支配人に指名するに違いない。

途端、上原の中に余裕が生まれた。であれば、もう一つのギャンブルに精を出すのも悪くない。塚原には、財力でも知力でも叶うはずがない。頼れるものは運だけだ。五年前、細川幹生はその運を自分に運んできてくれた。

塚原が把握しているのは「鍵」の存在だけで、本当に「宝物」が実在するとは思っていない。残る問題は、あの鍵がどこにあるかだけだ。小麦はレストランで食事した時、一度だけ幹生が手にしているところを目撃したが、それ以降の行方は知らないと言った。はたして、その言葉は本当だったのか。

今の時点で、上原は二つの可能性に絞っている。一つは小麦がいまも所持し、義父の五間岩から口止めされている形。もう一つは、五間岩が幹生から託され、小麦の知らぬところに隠し持っている形。

しかし、鍵を持っていたとしても、その金庫室の場所を知らなければ何も前には進まない。その二つが合わさって初めて金庫の扉は開く。幹生がいない今、隠し場所を知っているのは、この世の中で自分ただ一人なのだ。

しかし上原は、心の中に不思議な感情が育っていることにも気づいている。

それは小麦への思いだ。小麦は当初、鍵と自分を繋ぐだけの道具だったのだが、ラブホテルで健気に働いている姿を目にした時から、別の感情が芽生えた。彼女は、父の自殺という苦悩を押し殺し、懸命に生きようとしていた。「ボン・ヴィヴァン」でテーブルを挟んだ時、上原の中にあった小麦への慈愛はさらに膨らんでいった。

鍵の持ち主の小麦と金庫室の場所を知る自分は、運命の糸で結ばれている。父の叶わぬ夢だった財宝を、不憫な少女の前で披露してあげるのも悪くない。その時、小麦は自分の前で、綺麗な感謝の涙を浮かべることだろう。

しかし、地下鉄「矢場町」駅の入口でふと足を止める。

「失敗したな」

思わずその言葉が口を衝いた理由は、小麦との約束を塚原に伝えてしまったことだった。

小麦が上原に電話をかけてきたタイミングは、豊泉と会った直後のことだ。小麦には自分に何か尋ねたいことがある。これまでの小麦とは全く違う積極性が感じ取れた。次に会った時、事態は間違いなく新しい局面に進むはずだ。

調子に乗って口を滑らせた自分のミスが心底悔やまれる。

「俺はなんてドジなんだ」

そして鼻がもげるかというくらい、人差し指と親指で鼻がしらを摘み続けた。

塚原の『そこにはその副支配人とやらも現れるのだろうね。少しアイディアを捻ってみるか』という言葉が引っ掛かる。塚原は、いつも上原の予想もしないことを思いつく。上原の手の届かないところで、次の一手を打つことも考えられる。

小麦には、先日高価なボールペンをプレゼントし、豪勢な夕食もご馳走し、それなりの関係を築き上げてきた。それをいよいよこの土壇場で、塚原の行動によってかき回されるようなことはあってはならない。

上原は苦々しい表情で、地下鉄の階段を下りていった。

四月

「クラウンホテル」の中庭には、四季折々の花が配置されている。

春先なら、二月の終わりから梅が開花し続いてカワヅザクラ、いまはソメイヨシノが三分咲き程度にまでなっている。桜が満開になれば、それは小麦がラブホテルでホテルマンの第一歩を踏み出して一年、そしてここで働き始めて、半年が経つことを表している。

この日、小麦はホテルの中のある場所に初めて向かった。

それは、この半年決して近寄ろうとしなかった場所だ。まだ階段を上る足取りは重い。どうにか長い階段を上り切ると、視界が一気に広がった。小麦が立っていたのは、ホテルの展望台だった。

時刻は午後三時過ぎ。海側を見れば、手前に答志島、その向こうに太陽の光を受け帯状に輝く波間を大型船が行き来する伊勢湾。さらにその奥に知多半島や渥美半島まで目に入る。陸側を見れば、丘陵の向こうを伊勢湾へと流れ込む五十鈴川が横切り、その上流を目で追うと伊勢神宮の森が緑豊かに広がっている。

小麦は深呼吸を一つすると、勇気を出して眼下を見下ろした。地上七階ほどはある展望台から、エントランス脇の地面はとても遠く見える。

ここから祖父は雪の降る早朝、父は晴れ渡る五月のちょうど今くらいの時刻に身を投じた。気を許すと吸い寄せられるような恐怖を小麦は感じた。

あの日、父はここに立った時どんな心境だったのだろう。周囲は火災による喧騒に包まれていたはずだ。消防車のサイレンの音、逃げ惑う人々の叫び声。

小麦は「豊泉水産」の社長の話を思い返した。豊泉は、父は財宝の眠る部屋まで行ったものの金庫室が開かず、その失望のあまり展望台に上ったと言った。

はたして、そうだったのだろうか。

小麦は違うと思った。いよいよ決行という日、父は躊躇したのだ。そして、これまでの自分の行動を顧みる。祖父が隠した財宝を手に入れるというつまらない欲望のため、母を苦しめ、娘に孤独を味わわせ、幸せな家庭を粉砕してしまった自分を見つめ直した。その時、間違いを続けてきた自分を初めて呪った。

そして、その苦しみから逃れるために展望台へと上がった。全ては懺悔のための行動だったのだ。その時ホテルに放火はしなかったのだろうか。そうか、消防署が発表したように、本当にプラグから発火し、父が展望台へと上り詰める最中、その火は次々と部屋に燃え広がっていったんだ。たまたまその火災が起きた日に、父は自殺しただけだったのだ。

小麦が父の死の理由を考えたのは、これが初めてのことだった。

考えをまとめると不思議な気分がした。今まで小麦は、父の死を庇ったことはない。呪い続けるだけの存在だった。しかし、父のよからぬ話を聞けば聞くほど、なぜかその父を庇う気持ちが湧き上がってくる。

どちらにしても、その真相になど辿り着くことは出来ないのだろう。

ただ、一つだけはっきりしていることがあると思った。ここに父を呼び寄せたのは、祖父の魂だ。展望台へと上がる階段を、まるで処刑台に案内する執行人のように、祖父は父に寄り添い続けたのだろう。

以前、ラブホテルの支配人の榊原加代子が、人にはそれぞれ避けることのできない「定め」があると言っていた。そして、その「定め」の前後で、どの人も必死に生き続けていると。

父にとって、鍵を手にしたこともこの展望台に上がることも、全てが「定め」だったのだろう。

そして、決められた流れの中で、父もきっと懸命に生き続けていたに違いない。

伊勢神宮の森を見つめながら、小麦はふと思った。

父は、最期の瞬間、私の顔を思い出してくれたのだろうか……。

展望台から降りると、小麦は地下一階にある資料室に向かった。

その周辺に一般の客が立ち入ることはない。ボイラー室やリネン室と並んで、うす暗い廊下の一番奥にその部屋はあった。

重い扉を開けると黴《かび》臭い匂いが鼻を突く。入口付近の照明のスイッチを押す。施設係なども気にしないこの部屋の蛍光灯は、消えたままの物やパチパチと点灯を繰り返す物もあった。十二畳ほどのスペースには本棚が立ち並び、古い資料がぎっしりと詰まっていた。

上原の話では、この部屋で父は、祖父が写る写真を見つけた。

小麦は眼鏡をかけると資料の背表紙の文字を追った。パソコンなどがなかった時代の経理簿や名簿といった類のファイルがほとんどだった。

そして、本棚の中からようやくアルバムのコーナーを見つけると、そこから一冊を手に取った。

小麦の心臓は、その鼓動を速めていた。もしかすると、この中に祖父の写る写真があるかもしれない。しかし、思わず笑ってしまった。

「私は祖父の顔を知らないんだ。写っていてもわかるはずがない」

アルバムを開くと、ホテルがオープンして間もない頃に撮ったものだろう、黄ばんだ白黒写真がずらりと並んでいる。女性は着物姿にエプロンを着け、男性も揃いの制服を着てみな晴れやかな表情をしている。そこから創業当時の匂いが感じ取れた。

さらに、一番古そうなアルバムを開いてみた。そこには建設予定地と思われる広大な敷地や、地鎮祭の様子、左官が作業する建築途中のホテルの建物や造成中の中庭などの写真が貼られていた。

そしてページを捲ると、小麦は所々写真が剝がされた跡を見つけた。

「ここにお祖父ちゃんの写真があったのかもしれない」

剝ぎ取ったのは父だ。父も六年前にここに来て、自分と同じようにアルバムを開いていたのだ。

とその時、入口のドアが開いたような気がした。

身構えて入口の方向を見つめていると、姿を現したのは仲野裕だった。小麦は慌てて眼鏡を取ってポケットに仕舞った。

「灯りがついていたから、誰だろうと思って入ってみたんだ」

近付いてきた仲野に、いま見ていたページを目の前で開いて見せる。

「なるほど、ここに貼ってあったんだね」

仲野は、剝ぎ取られた場所を指先でなぞった。

「この部屋に入るのは初めて？」

小麦は頷いた。

「僕はね、最近入り浸っているんだよ、ここに」

「どうしてですか？」

「ここにはね、財務の資料から歴代の従業員名簿まで様々な記録が残されているんだ。その収支報告の数字を見るだけで、当時のオーナーがどんな経営方針を立てていたか手に取るようにわかる。でね、その中に面白いものを見つけたんだよ」

仲野はアルバムとは別の棚に小麦を案内し、そこから黒い紐で綴じられた分厚い一冊の帳簿のようなものを取り出した。開くと毛筆で書かれた古い漢字が並んでいる。

「これは開業当初の宿泊料金表なんだけど、ここを見て。『続き部屋』と書かれているのはスイートルームのことでね、その料金が六十円とある。これがどの程度の価値だったのか調べてみると、当時帝国ホテルでさえ一泊二十円だった。『クラウンホテル』は、この田舎町でその三倍もの料金を取っていたことになるんだよ。これって凄いことだと思わないかい」

続いて仲野は、手慣れた手つきで別の冊子を引き抜くと、小麦の前で広げた。

「お次は当時の宿帳だ。見て欲しいのは宿泊客の職業のところね。ほら、この人などは東京・檜原村百姓と書かれている。その他にも桐生の工員とか、銚子の漁師まで、到底あの高額な宿泊費を払えそうにない人々がここに押し寄せている。もちろん金持ちもいただろうけど、大半は暮らしの貧しい人たちがこのホテルに泊まっていたんだよ」

さらに、創業当時の収支表を小麦に見せた。

「そして出費が笑える。象や力士、ダンサー、楽師、映画技師、加えて高額の食材費だ。五間岩さんの話では、ここは当時『一生に一度はお伊勢参りと伊勢クラウンホテル詣で』と言われていたそうだ。

貧しい人々が日々の生活費を節約してコツコツ貯めたお金を、一生の思い出として伊勢参りとこのホテルで使い尽くした。『クラウンホテル』は、いまの我々ホテルマンからは想像もつかない夢のような場所だったんだよ」

仲野は目を輝かせ興奮気味に語っている。四十歳をとっくに過ぎている仲野の顔が、小麦には初めて人生の目標を見つけた高校生みたいに初々しく映った。

仲野は熱く話し続けた。

「現代のホテルの歴史は、フランスの『オテル・リッツ・パリ』から始まったと言われている。宮殿を改装したホテルで、経営者のセザール・リッツと料理人オーギュスト・エスコフィエがタッグを組んで造ったものなんだ。もちろんそれは金持ちたちだけが利用する社交場だった。

今でこそ、リーズナブルな料金設定のホテルも出来て、庶民も泊まるものにはなったけど、以前のホテルは金持ちだけが楽しむ場所だったんだよ。

しかし、幹二郎さんの考えた『伊勢クラウンホテル』は、そのどちらにも当てはまらない。まるで貴族をもてなすように、出し物や料理で贅を尽くす一方で、宿泊していたのはお百姓さんなど庶民ばかり。

幹二郎さんは、このホテルを『龍宮城』にたとえていたという。ここは日々の辛い生活を忘れさせてくれる、非日常的な世界を見事に演出していたんだ。それは幹二郎さんの祖先が御師だったという、特別な生い立ちが作り出したものなんだろうけどね」

小麦は人生の中で、それほど多くのホテルを目にしてきたわけではない。父に連れられて覗き見る程度で、宿泊となるとその回数は知れている。それに対し仲野は、世界中のホテルを見てきたはずだ。その仲野が祖父のホテルに憧れてくれている。小麦はそれだけで嬉しくなった。

「今このホテルは、稼働率を上げるためにディスカウントに明け暮れている。幹二郎さんが見たら、怒り狂うかもしれないね。まあ、その時代時代の経済状況もあるから簡単には言えないけど。ただホテルに一生を捧げようと思っている者は、どんなホテルを目指したいのか、その志はしっかり持ち続けなきゃいけないんだと思う。目先の儲けに左右されることなくね」

そう誓った後、仲野は少し寂しそうに笑った。仲野は自分が直面する現実を思い出したのだろう。苦悩するその表情も、小麦の眼には愛おしく映った。

「副支配人はいつかそういうホテル、やってみたいんですか？」

「そうだね、それは夢だね」

「すぐにやればいいじゃないですか」

「えっ」

「私の祖父も出来たんですから、副支配人にも絶対出来ますよ。一生に一度は行ってみたいホテル。他では経験出来ない幸福が味わえるホテル」

小麦のエールに仲野は嬉しそうに微笑んだ。

すると、仲野の顔が真面目なものに変わった。腕組みをしたまま、暫く黙り込むとぽつりと言った。

「どうしたんですか？」

「いや……ひょっとすると今の僕みたいに、君のお父さんも同じような幻想に囚われたのかもしれない」

小麦には、その言葉の意味が理解できなかった。

「幹生さんは、僕たち以上にこのホテルのこと、創業者である父親のことを調べ尽くしたはずなんだ。そこで、今の僕のように幹二郎さんの世界の虜になってもおかしくない。

自分も世界に二つとないホテルを、父親の遺志を継いでやってみたい。そう思い始めたんじゃないだろうか」

「父は、ホテルのオーナーになりたかったんですか?」

「普通ならとんでもない資産がなきゃ、そんなことは思いつきもしない。

でも、その時に財宝の話を聞き付けたらどうだろう。しかも幹生さんは母親から譲り受けた、あの鍵を持っていた。そして、金庫室の中には父親の遺産があり、自分が譲り受けてもおかしくない。

それが莫大な金額なら、『クラウンホテル』を買い戻すこともできる。その話に、いまの僕ならすぐに飛びついてしまう……」

仲野は頭の中で、懸命に幹生の気持ちを手繰り寄せようとしている。

小麦も、どうして父がそれほどまでに金庫室に眠る財宝に執着したのか、その理由がずっと分からなかった。仲野の想像は的を射ているのかもしれない。

しかし、小麦が嬉しかったのは、仲野が二人三脚で行動を共にしてくれ、自分の家族に思いを寄せてくれていることだった。真剣な顔で父の心の中を想像する仲野の横顔を、小麦はただ見つめ続けた。

その日の夜、小麦は上原と会う約束を取り付けていた。

夕方、仲野のキャデラックでホテルからその場所へと向かうことになった。上原には、仲野が同席することは伝えていない。

まだ約束の時間まで余裕があるということで、仲野は小麦をドライブに誘った。ホテルを出てしばらく走ると、志摩市の磯部町辺りで車を止めた。

「ここは伊雑宮《いぞうぐう》という所で、ある謂《いわ》れがあるんだよ」

運転席から仲野が指差す方向には、小さめの山門が見えた。

「伊勢神宮からはちょっと離れているけど、ここも内宮の別宮の一つで由緒のある神社なんだ。でね、その謂れなんだけど、この地の海女さんが龍宮城に行って、そこから玉手箱を持ち帰り、それがここに納められていると言うんだ」

「可愛らしい伝説ですね」

小麦は言いながら微笑んだ。

「幹二郎さんがここのことを知っていたかはわからないけど、この地は龍宮城の似合う場所なんだよ」

そう言うと仲野は再びアクセルを踏み、次の場所に向かった。

「ここに来たことはある？」

続いて訪れたのは、伊勢神宮内宮からほど近くにある「月讀宮《つきよみのみや》」という神社だった。両脇にうっそうと樹木が生い茂る参道には、夕刻ということもあるだろうが、参拝客の姿は全く見受けられない。ここは小麦にとって初めての場所だった。二人はそこで車から降りた。

「伊勢神宮まで参拝に来ても、ここまで足を延ばす人は少ないんだけど、ここは知る人ぞ知るパワースポットなんだよ。僕は伊勢神宮よりもここの方が気に入っているんだ」

暗い参道を進みながら、仲野はぽつりとそれだけを言うと口を閉じた。辺りは静まり返り、二人の玉砂利を踏みしめる音だけが響いた。

小麦は大きく深呼吸してみた。長い樹齢の大木たちの吐き出した空気は、街中よりもずっと重く感じられ、肺に溜めこむと気持ちがすっと落ち着いていく。

神殿の場所に出て、小麦は目を見張った。仲野もそれを見ながら言った。

「社がこんな風に並んでいるのは珍しいだろ」

確かに少し小ぶりではあるが、同じ大きさの社が横に四つ、整然と並んでいる。ここは天照大神を祭る内宮の別宮の一つで、天照大神の弟神の月讀命《つきよみのみこと》を祭る神社だと仲野は説明した。

小麦は仲野に倣って参拝した。まず右から二番目の月讀宮、続いて一番右の月讀命の荒魂を鎮める社、そして三番目が月讀命の父親である伊邪那岐宮《いざなぎのみや》、最後に母親の伊邪那美宮《いざなみのみや》。一つずつ賽銭を投げては手を二度打った。

「イザナギとイザナミは、日本のアダムとイブみたいなものなんだよ。そのイザナギが禊の時に左目を洗うと天照大神が生まれ、右目を洗うと月讀命が、鼻を洗うと須佐之男命《すさのおのみこと》が生まれた。天照大神は太陽の象徴で、月讀は月と夜を司り、神様はこの地上にまず昼と夜を作ったことになるんだ」

月讀宮の社の裏手でばさばさと羽音がした。小麦はその方向に目を凝らしたが、羽音の正体はわからなかった。

「たぶんカラスかな。夜の神様にふさわしいよね。僕はね、君と一緒にいると、なぜかいつもこの社のことを思い出していたんだよ」

ニコリと笑う仲野の顔を、小麦は不思議そうに見つめた。

「神様はどうして昼だけじゃなく、夜もセットで作ったと思う?」

小麦はその答えよりも、仲野の考えていることを思い続けた。

「本来は動物や植物が昼に働いた身体を、夜休めるためなんだろうけど、僕は別のことを思ったんだ。昼に辛いことや嫌なことがあっても、一度夜を通すことで、それを浄化することが出来る……月讀命はそのために誕生したんじゃないかなってね。

そして、君はなんとなくなんだけど……その月讀命と似ている気がする」

「私が……?」

「その生い立ちのせいだと思うんだけど、君は傍にいるだけで周囲の荒ぶる魂を鎮めてくれる。憎しみを許そうという心に変えてくれる。だから君の元にはそんな心に陰のある人たちが自然と集まってくる」

「私にそんな力はないです」

「そうかな? 実は僕もね、その中の一人みたいなんだけど……」

仲野の言っていることは納得できなかったが、自分をそんな風に思っていてくれたことが小麦は嬉しかった。

「でも、そんな君なのに、自分の中に一人だけ許せないでいる人がいる」

「父の……ことですか?」

仲野はゆっくりと頷いた。

小麦は仲野がここに連れてきてくれた意味がやっとわかった。父との関係を少しでも「許す」方向に向けようとの配慮がそこにはあった。

小麦は四つ並ぶ社の右から二番目、月讀宮を改めて見つめた。月を讀む神様……その名前も美しい。辺りは夕闇に覆われようとしていた。今日も癒しと許しの時間が始まるんだなと、小麦は心の中で呟いた。


上原と約束した場所は、前回夕食を共にしたフレンチレストランの向かいにある喫茶店だった。この日、仲野が上原に一番に尋ねたいことは、金庫室の場所についてだろうと小麦は思っていた。上原は前回会った時に、その在りかを知っていると語っていた。

小麦もいまはそれに興味がそそられている。知ろうとする行為自体が浅ましいことだとわかりつつ、その衝動が抑えきれない。金庫室と中に隠された財宝に取り憑かれてしまえば、自分は父と同じ道に迷い込んでしまうかもしれない。しかし、それを知ることは、自殺した当日の父の行動を明らかにしてくれるのも事実だった。

上原との待ち合わせの時刻は夜七時。二人は、その五分前に喫茶店に入っていった。中には数名の客はいたが、その姿は見えない。店の一番奥のテーブルに座り上原を待つことにした。

運ばれてきたお冷に口を付けると、仲野が「月讀宮」の話の続きをした。

「いまは、お父さんのことをどう思っているの？」

小麦は少し考えて、

「中学、高校の時は本当に恨んでいました。でも、段々わからなくなってきました。父についての証拠が揃えば揃うほど……」

「今日、上原がここで何を言うかだね。お父さんの一番近くにいた人物なのは間違いないし、財宝の在りかも知っているって言っていたんだろう？

実はね、豊泉と会ってから、僕は何回もホテルの中を見て回ったんだ。あの金庫室はどこにあるんだろうかと思ってね」

小麦はそれを聞いて少し驚いた。自分が思い描き、しかし躊躇していた行動を既に仲野は起こしていた。

「隠し部屋のようなものがあるのか、地下に存在するのか、施設課から館内図や電気系統の配線図なども取り寄せてチェックもしたんだ。庭も歩き回って、防空壕のようなものが造られていないかも探してみたのだけど……」

仲野は、結局出会えなかったという表情を浮かべた。

「ひょっとするとホテルの敷地内ではなく、伊勢のどこか別の場所なのかと思ってみたりしてね」

仲野の話を聞いていると、本当にそんなものがこの世に存在するのかという気になってくる。仲野ならホテルの敷地内ならどこでも調べに行けるし、必要な資料も手に入れることが出来る。小麦が探すよりもずっと効率よく調査が出来たはずだ。しかし、その仲野でさえも金庫室にはたどり着けなかった。ひょっとすると全ては父がでっちあげた作り話だったのかと思えてしまう。

いずれにしても、いまそこに突破口を開けてくれるものは、今日ここで語られるかもしれない上原の言葉しかない。前回会った時は、小麦は感情的になり、金庫室の場所も含め肝心なことはほとんど尋ねていなかった。今日も上原から両親の話を聞けば、冷静さを保てないだろう自分が予想できる。横に座る仲野が心強く思えた。

小麦は、気になっていたことを仲野に尋ねた。

「一つ聞いてもいいですか？」

仲野はまっすぐ小麦の方を見た。

「副支配人は、どうして父のことを……私に付き合って調べてくれているんですか？」

「迷惑だったかな？」

「とんでもない。凄く嬉しいです。でも、ホテルも大変な時期だと思うし」

仲野はニコリと笑った。

「初めは、五間岩さんに頼まれてやっていたんだよ」

「義父が？　そんなことを？」

「そう。でもね、いまは……」

するとその時、カランコロンというチャイムの音と同時に、入口のドアが開く音がした。小麦は仲野の言葉の続きが気になったが、そちらの方に視線を送った。そこに立っていたのは上原ではないほかの男性だった。

しかしその男は、入口から二人の方に近づいて来て、小麦の間近に立つとこう言った。

「五間岩小麦さんですか？」

「は、はい。そうですが」

「上原がここに来られなくなり、私が代理として参りました」

男は四十代半ばくらいだろうか、顔が日に焼けて白い歯が目立った。

「私は、塚原栄一と申します」

「以前のオーナーの……塚原さんですか？」

仲野が言葉を挟んだ。

「はい、そうです」

仲野は立ち上がり、名刺を差し出した。

「失礼致しました。私はいま『クラウンホテル』で副支配人をしている、仲野裕です。まさか塚原さんがお見えになるとは思ってもみませんでした」

「副支配人の方ですか。上原からは、小麦さんお一人と聞いていたので……」

仲野は、ホテルマンらしく塚原の椅子を引いて誘った。そして塚原が腰かけると、自分がここにいるわけを説明した。

「上原さんから伝わっていると思いますが、彼女はうちの従業員なのですが、創業者のお孫さんに当たります。私は、個人的にいろいろと相談に乗っているんです」

「そうでしたか。実は上原とはついさっきまで一緒にいたのですが、急に熱っぽいとか言い出しましてね。それで私が代打として送り込まれたというわけです。私でお答えできる範囲なら、何なりとご質問ください」

小麦は、二代目のオーナー塚原栄一についての知識をほとんど持っていなかった。先代に関しては祖父を死に追いやった男として記憶に深く刻まれているのだが。

その日の塚原は、ネイビーブルーの仕立てのいいスーツの下に、上品な発色の白のシャツをノーネクタイで着込み、袖口から覗くカフスボタンは宝石をあしらっているのかチラチラと光って見える。理髪店に行きたてなのか髪が綺麗に整い、どこを見ても育ちの良さが窺える。

塚原は炭酸水を注文すると、小麦を見て言った。

「お父さんは気の毒な最期でしたね。うちで働いてもらっていたのに、突然なことで、私にとってもとてもショッキングな出来事でした」

その口調は、丁寧で優しいものだった。

「それにしても小麦さんはお綺麗だ。お父さんも目鼻立ちのいい男性だったので、喫茶店に入ってすぐにわかりましたよ」

小麦は頬を赤らめた。

「上原に聞いたところによると、小麦さんは『宝物』を探してらっしゃるんですよね。私も先代から『宝物』については聞いたことがあります。創業者である、小麦さんのお祖父様がホテルのどこかに隠したとね」

小麦は「宝物」など探し回ったことはない。上原が話を膨らませて塚原に伝えたのだろう。仲野が塚原に尋ねた。

「塚原さんも、ご存じだったんですね」

「ええ。お祖父様の小宮幹二郎さんは戦後間もなく、もう一つホテルを造ろうと考えておられた。父もその候補地探しに付き合ったと言っていました。そして、金策にも走った。うちの父は元々銀行屋なんです。しかし、その頃は銀行も金を貸す余裕などどこもなかった。

そこで仕方なく幹二郎さんは、別の方策を考えたんだと思います」

「志摩の『豊泉水産』でも話を伺ったんですが、豊泉社長はフリーメイソンから借り入れたものではとおっしゃっていました」

塚原は大きく頷いた。

「幹二郎さんは以前からフリーメイソンとは親交があったと、父は言っていました。戦前は、ホテルにユダヤ系の人々も度々宿泊していたそうです。この伊勢神宮が、ユダヤと大和の二つの民族を繋ぐ象徴だったということもあるのでしょうけど」

塚原は外宮の方向を指さしながら語った。

「『クラウンホテル』を造ったドイツ人建築家のファンケル・マイヤーもその一人でした。幹二郎さんはマイヤーを通じて、多くのフリーメイソンと知り合っていたはずなんです。彼自身、フリーメイソンだったという可能性もある。

そして、戦後それが役立つ日がやってきた。マッカーサーがフリーメイソンの会員であると知るや否や、日本の中枢の人々は我先にと入会していった。彼らは金も権力も握っている。そこに幹二郎さんは目を付けた。

フリーメイソンの絆は固い。幹二郎さんは戦後しばしばホテルを空けて、上京していたようです。フリーメイソンの仲間の元を回り資金繰りをしていたのでしょう。そして、もう一つのホテルの建設費用をどうにか手に入れ、進駐軍に気づかれぬよう、隠し金庫の中に仕舞い込んだ。

しかし、建設する場所も大方固まり、いざ着工というときに……幹二郎さんは命を落とした」

質問したのは仲野だったが、塚原はずっと小麦に向かって語り続けている。あくまで仲野は付き添いと見なしている、そんな態度だった。それでも仲野は小麦に代わって質問を続けた。

「塚原さんはその……建設のための費用が、いまも金庫室の中に残されているとお考えですか？」

「さあ、どうでしょう。父から話を聞いたのは事実ですが、それを自分の目で確かめた者は誰もいないと思います。都市伝説と言われれば納得してしまうし、私もこれまで実際にそれを探そうと思ったことはありません。

しかしです。しかしもし見つかったら、それは塚原家のものでも『ロックキャピトル』のものでもない。小宮家、小麦さんのものだ。好きに使われればいいと思う。

そうだ、その価値にもよりますが、『クラウンホテル』を買い戻せる可能性だってある」

塚原は、仲野の方に顔を向けた。

「その時は仲野さん、あなたも『パワーパートナーズ』など辞めて、小麦さんと手を組めばいい。売買の費用が足りなかったら、私も喜んで融資させてもらいますよ」

仲野の方を見ると、苦笑いを浮かべていた。

「エリックさんは、なかなか厄介なGMと聞いています。その下に仕える仲野さんのご苦労をお察ししますよ。いっそのことホテルのオーナーになるという楽しい夢を見るのもいいと思います」

塚原は腕時計に目をやった。

「おっと、もうこんな時間だ。まだ名古屋にひと仕事残してきていましてね。他に何かご質問は？」

小麦は、仲野をちらっと見た後、首を横に振った。

「それではこれで。ご健闘をお祈りしています」

塚原は、小麦、そして仲野と握手を交わすと店を出ていった。

小麦は、簡単に塚原を帰した仲野の態度が不思議でならなかった。そもそも上原にアポイントを取るように言ったのは仲野だった。相手が塚原に代わっても、もう少し詮索してもいいような気がした。ほとんど豊泉と同じ内容の話をし、塚原は早々に立ち去ってしまった。

仲野の顔を覗き込むと、扉の方をじっと見つめ難しい顔をしている。

「どうかしましたか？」

小麦の問いかけに、

「どうして上原ではなく、塚原がここに来たんだろう……」

「熱が出たと言っていましたけど」

「熱が出たのなら、リスケをすればいいだけのことじゃないかな。わざわざ塚原がここに来る必要はない。何なんだ。一体、何のためにここに来た？」

仲野は腕組みを崩さず、塚原の行動を思い返している。

「塚原は、『小麦さんお一人と聞いていた』と言っていたけど、あれも嘘だ。君の顔も知らないのに、男と二人で座るテーブルに躊躇なく近づいてきたのはどう考えてもおかしい。塚原は、僕がいることも織り込み済みで、この店に来たんだ」

仲野は、眉間の皺を一層深くした。

「塚原には、ここに来る理由があった……でも、それがどうしてもわからない」

そう言いながら、仲野は深いため息をついた。

五月

小麦は、四月一日付でレストランへ異動していた。

ホテルの一階にあるレストラン「コートダジュール」は、客席数八十席。大きな窓から明るい日の光が差し込む空間で、伊勢湾を百八十度見渡すことが出来る。

そこに、小麦の異動とタイミングを合わせるように、この四月から「東京パワーホテル」の副料理長とソムリエが赴任してきた。仲野が何度か上京し目を付けた二人で、東京のGMをどうにか説得し、伊勢への異動が認められたのだという。以前の料理長は三月いっぱいで解雇され、その副料理長が厨房を任されることになった。

赴任してきてすぐ、仲野は伊勢志摩の農家と水産業者の元に副料理長を連れ回し、地元の名産品と出会わせたらしい。メニューの中に地元の特色を生かすことが目的だったが、特に注文したのが東京、大阪では決して目にすることのない伊勢海老と松阪牛のスペシャリテを作り上げることだったという。小麦には仲野の気持ちを想像することが出来た。このホテルで一生の思い出となるような料理を振舞いたい、仲野はそう願っているのだろうと思った。

既に朝食は様変わりしていた。これまでとは違い、的矢牡蠣のチャウダースープや三重県の「平飼い有精卵」を使ったエッグベネディクトなど、地元食材を際立たせた料理が目立つようになった。

以前、小麦は義父から、三つの要素を見ればそのホテルのレベルが量れると教わったことがある。それはベッド、バス、ブレックファストの3Bだ。しかし、「クラウンホテル」の朝食は小麦の眼にはずっと冴えないものに映っていた。それを新しい料理長は、真っ先に手を加え魅力的なものに変えた。

ディナーもメニュー名こそ変わっていないが、全ての料理の内容が見直されつつある。食材も一新され、特に魚介類は海外からの冷凍物が一掃され、「豊泉水産」などからの地元で捕れた活きのいい物へと変わっている。そのせいで厨房スタッフはてんやわんやの日々を続け、小麦たちサービスの人間もリニューアルを繰り返すレシピを覚えることに神経をすり減らした。

小麦のレストランへの異動を喜んでくれる者もいた。同い年のコック亀山圭太だ。亀山は、進んで更新されるレシピや材料をメモし、小麦に手渡してくれた。

休憩室で知り合ってから、小麦は何度か亀山に夕食に誘われたことがある。

場所は、決まってホテルから自転車で十五分くらいのところにあるファミリーレストランだったが、この日もどうしても伝えたいことがあるということで、仕事の明けた深夜の十二時にそこで待ち合わせた。

亀山は顔を見せるなり興奮気味にこう言った。

「この夏から一年くらい、フランスの一流ホテルに研修に行かせてくれるみたいなんだよ」

それは小麦と会うたびに口にしていた亀山の夢だった。どうやら、その働きぶりが新しい料理長に認められたらしい。既に副支配人の仲野の許可も下りたということで、そこには厨房スタッフのやる気を喚起する、仲野と料理長の狙いもあるというのが亀山の分析だった。

「小麦ちゃんも、スイスのホテルの学校に行けるといいのにね」

亀山は以前から、日本のホテルで偉くなりたいのなら、一流のホスピタリティを学べるスイスの大学に行くのがその近道だと小麦にアドバイスし続けていた。そんな可能性はこれっぽっちもないと思う小麦だったが、同世代の亀山の海外行きは、小麦の心をほんの少し熱くした。

料理を食べ終わっても、二人は珈琲だけで二時くらいまで話し続けた。そして、その最後に亀山はぽつりとこんなことを言った。

「スイスとフランスは隣同士だから、小麦ちゃんが留学できたら向こうでもずっと会うことが出来るのに……」

言いながら亀山は顔を真っ赤にした。亀山が自分に好意を寄せていることを小麦もうっすらと感じていたが、告白めいたものはこれが初めてのことだった。

それを聞いた後、小麦はハッとした。

『この人は、自分の秘密を何も知らないのだ』

これほど親しくしている亀山でさえ、自分には大きな隠し事がある。

小麦の過去を知っている人は限られている。それ以外の人は、小麦の表面とだけ接し、一定の領域の中に入ることは許されない。小麦は亀山に対し、申し訳ない気持ちでいっぱいになった。いっそ全てを亀山に打ち明けようかとも思ったが、それも躊躇われる。その理由は、小麦の中に芽生え始めていた、ある感情によるものだった。


小麦が新しい職場にようやく慣れてきた、五月二十一日。

夕方の五時半頃、一組の老夫婦がレストランの扉を開けた。小麦は二人を窓際の席に案内した。ちょうど日没の時間で、夫婦は窓の外に見える美しい夕景を楽しんだ。

「山岸和夫さま、文子さま、ようこそお越しくださいました」

メニューを差し出しながら、小麦は軽く会釈をした。六十半ばくらいだろうか、夫婦は揃って身なりのいい服装をしている。

「名前を憶えてくれているのかい？　嬉しいね」

男性の表情が崩れる。

「まだ、お若いのに立派ね」

微笑んだ夫人に、小麦は尋ねた。

「今日は、どちらからお見えになられたんですか？」

「大阪からよ。毎年結婚記念日にはこのホテルに泊まって、『コートダジュール』で食事をすると決めているの」

「まあ、おめでとうございます」

小麦はすぐに頭の中で、厨房に戻ったらパティシエに頼み込んで、お祝いのケーキを用意しようと思った。

「毎年と言っても、五年前に一度途切れてしまったんだ」

「そう、あの時も宿泊の手はずを整えて、ここにも予約を入れていたの。でも、前の日にあんなことが起きてしまったでしょ」

小麦には、夫人の言葉の意味がすぐに理解できた。五年前の昨日は、このホテルで火災が起こり、父が自殺した日だった。

「それで全てをキャンセルしたんだ。結婚記念をここでするのはそれ以来のことでね」

もちろん、この老夫婦は自殺した男が目の前にいるウェイトレスの父親だと知るはずもないが、小麦は心の内が顔に出ないように努めた。

「一つお願いしてもいいかな」

「あなた、お止めなさいって」

「調べてもらうだけ調べてもらおうよ」

二人のやり取りに、小麦が加わった。

「何かご希望の物がございますか？」

「実は五年前、ここのソムリエが我々のために特別なワインを用意しますと言っていたんだ。電話でそう言っていたんだよな」

切り出した夫の言葉に、妻は諦めた表情をして続けた。

「私が電話でここの予約をしたときに、ソムリエの方が代わっておっしゃったんです。『今年は銀婚式ですよね。それにふさわしいワインを準備してお待ちしています』って」

「それでは、今日は銀婚式のやり直しですね。そのワインを是非探させてください。ちなみに、そのソムリエの名前はご存じでしょうか？」

先月からソムリエは、「東京パワーホテル」の人間に代わっている。既に前任者は解雇され、ここにはいない。

「ごめんなさい、名前までは」

「随分ベテランの男性だったよな。白髪の老紳士。彼は最初の記念日から、私たちのためにずっとワインを選んでいてくれたんだよ。いずれも素晴らしいワインだった」

小麦の記憶では、三月までいた前任者は白髪の男性などではない。もっと若い男だった。

「そうですか。どうにか探してみます」

小麦は料理の注文を聞くと、厨房でケーキの発注を済ませ、サービスの先輩にその話を聞いて回った。すると、ウェイターのチーフの西脇が、

「それは石田さんのことだな。もう辞めて三、四年経つんじゃないかな」

と教えてくれた。しかし、西脇も五年前に用意されていたというワインのことは初耳で、石田の連絡先も知らないという。厨房で年配の料理人に聞いても、それは同じことだった。

仕方なく、小麦はある場所に向かった。廊下を走り、エレベーターに乗るとＢ１のボタンを押す。先月訪れた地下の資料室には、過去の従業員名簿も残っていると思った。

資料室に飛び込むと、片端から名簿を引っ張り出した。二十五年以上は勤続し、二〇〇〇年のその時もレストランにいたソムリエ。

「石田……石田……」

ページを捲り続けると、それらしき名前を探り当てた。

「きっとこの人だ……石田幸雄」

そこには自宅の住所と電話番号も記載されている。メモを取ると、電波の通じる地上に駆け上がり携帯でかけてみた。

出たのは、運よく石田幸雄本人だった。息の上がる小麦に対し、石田は穏やかな口調で応じた。言葉遣いからも、「老紳士」の印象がぴったりくる。小麦は事の次第を手短に説明した。

「あのご夫婦のことはよく覚えていますよ。ご主人が大阪の大きな会社の社長をやられていた。そう、五年前はちょうど銀婚式のタイミングでした。

私がお二人のために用意したのは、一九七五年の『シャトー・ムートン・ロートシルト』。名古屋まで出かけて手に入れたものです。ちょうど二十五年経ったワインで、一九七五年の『ボルドー・ベストワイン』にも選ばれた名品です」

小麦にはワインの知識などない。携帯を耳と肩の間に挟んで、石田の言葉を一字一句もらさずに書き取った。

「そのワインは、まだ飲まれずに残っているのでしょうか？」

「それは何とも言えませんね。しかし、とても高価なものなのでそうそう出るワインではないことは確かです。そのラベルは、アンディ・ウォーホルがデザインしたものですから、まだワインセラーに生き残ってくれていれば、すぐに見つけることが出来ると思いますよ」

「ありがとうございます。感謝いたします」

「私の代わりに、しっかりサーブしてあげてください」

「はい。頑張ります」

と、電話を切ろうとした小麦を石田が呼び止めた。

「あなた、お名前は？」

「五間岩小麦です」

通話を終えると、小麦はワインセラーに走った。

ワインセラーは、厨房から続く地下に造られている。レストランから誰もいなくなる時間は、鍵もかけられる場所だ。それほど厳重に扱われる理由が今日初めて分かった。そこは高価なワインが並ぶ宝の山だった。

小麦は新しいソムリエに付き添ってもらい、ワインセラーへと続くらせん階段を下りて行った。そこに入るのは初めてのことだ。

壁は煉瓦で出来、地面には石畳が広がる。地下だというのに十分な広さがあり、木で造られた棚には、整然とワインが並べられていた。ひんやりとした空気が、小麦の額や首筋に付いた汗を冷たくしていく。

「きっと、これのことですね」

ソムリエがワインセラーの一番奥を指さした。

「よかった、まだ残っていてくれた」

そこに、一九七五年の「シャトー・ムートン・ロートシルト」は眠っていた。ラベルを見ると、石田の言葉通り、ウォーホルによる貴族（バロン・フィリップ）のイラストが描かれている。

それをテーブルに持ち帰ると、山岸夫妻は興奮ぎみにワインを手に取った。四半世紀の封印を解き、ゆっくりデキャンタした後、夫妻はその味を楽しみながら改めて銀婚式を祝っていた。

五年前に行われるはずだった二人の宴。それを延期させたのは、父による火災と自殺のせいに違いない。「不思議な縁だな」と思った小麦は、二人の笑顔を見ながら胸を熱くした。


それから一週間が経った、夜十一時過ぎ。

アパートに戻ったばかりの小麦の携帯が鳴った。それは仲野からのメールだった。開くと思いがけない文章が目に入ってきた。

『シャトー・ムートンに乾杯！　君の接客が話題になっています。日々の努力が素敵な未来を手繰り寄せたかも』

一週間前の出来事について、小麦は仲野には話していない。どうして知り得たのだろうと思ったが、今の小麦にとってそれは些細なことだった。小麦は仲野の文字が映し出された液晶画面を胸に押し当て目をつぶった。

これまでも仲野とはメールのやり取りはしてきた。しかし、それは約束の時間など事務的な内容ばかりだった。それが今日初めて、感情を持った文章が送られてきた。

小麦は薄手のコートを脱ぐことも忘れ、六畳の部屋をうろうろと歩き回った。そして、携帯のボタンを押した。通話の相手はすぐに出た。

「もしもし、小麦？」

「遅い時間にすみません」

「大丈夫よ。パックしながらビール飲んでいただけだから」

明るく話す相手は、東京にいる山本理だった。理は、小麦がラブホテルで働いている時に、不倫相手に取り残された女性だ。それ以来、義父には話しづらいことも聞いてくれる、小麦の唯一の相談相手になっている。

理が電話の向こうから尋ねてきた。

「言っていた恋が進展したの？」

「なんでかけたか、わかったんですか？」

「声でわかるよ。凄く弾んでいるもん」

実は、小麦は仲野と志摩を訪れた日も、理にメールしていた。そこに打った文字は、

『好きな人が出来たかもしれません』

メールを見た理はすぐに電話をかけてきた。小麦はその時初めて、理に仲野のことを説明した。

「へえー、四十代半ばの男を好きになったんだ」

理は仲野の年齢に食いついた。確かに小麦と仲野は、二十五以上の歳の開きがある。

「やっぱり私も、ファザコンなんでしょうか？」

「私も」と口を滑らせたのは、以前ラブホテルの支配人・榊原加代子の言った言葉がずっと頭に残っていたからだ。小麦の話を聞いた加代子は、理が屈折した恋愛を続けるわけを、父親がいない生い立ちのせいだと分析した。そして、理はファザコンなのではないかと言っていた。

小麦の問いかけに、理は笑った。

「関係ないよ。それくらいの年齢差の人と付き合ったことある子、私の周りにはいっぱいいるよ。まあ、私の場合は重すぎちゃうから、うまくいかなかったけどね」

仲野とは、それまでもホテルの中で顔を合わすことはあったが、まともに会話するのは志摩を訪ねた、その日が初めてのことだった。

豊泉の前で小麦の心が締め付けられそうになったその時、傍らには仲野がいた。その日家に戻ってから、仲野を頭に浮かべると胸が苦しくなり、一方で顔はほころんだ。

理に打ち明けた時、仲野のことを話しているだけで小麦の気持ちは高鳴った。恋愛とは無関係だった高校の頃、小麦の眼には恋バナに盛り上がる同級生たちの姿は不思議に映った。しかし、今はその気持ちがよくわかる。他の人に伝えることで幸せな気持ちは倍増するものなのだ。

「仲野さんて人、その歳でそんなに恰好いいならバツイチかもしれないわね」

理がぽつりと言った。恋愛には疎い小麦には思いつかないことを、理は口にする。

「でも、それも気にする必要ないよ。小麦は真っ直ぐに好きでいればいいんだから」

それからの日々、小麦は仲野を意識し続けた。しかし、その気持ちを確かめたいとは思わなかった。二人は、年齢差もだが副支配人と派遣従業員というかけ離れた関係だ。父の調査で、たまたま一緒にいる時間が長くなっただけのことで、雲の上の遠い存在であることに変わりはない。小麦は恋が成就しなくたってよかった。ただ今の幸せな気持ちを出来るだけ長く持続させたい、ただそれだけだった。

しかし、この日の理はこんなことを言った。

「なんだか待っていれば、そのうちいい展開があるかもしれないね」

「いい展開？」

「私の予感って結構当たるんだよ。でも、焦っちゃダメ。大切なことは、小麦は小麦のままでいること。それが相手の眼には一番魅力的に映るような気がする」

電話を切った後も、小麦は仲野のことを思い続けた。


その翌日。

小麦はホテルに向かう道端で、花弁を開きつつある紫陽花《あじさい》を目にした。少しだけ自転車を止めて、そこに視線を落とす。紫陽花は、小麦が昔から一番気に入っている花だった。

好きな理由は梅雨時を選んで咲くところだ。春先なら梅、チューリップ、桜、藤、初夏は薔薇、つつじ、菖蒲。そして夏になれば朝顔、向日葵《ひまわり》。秋は秋桜《コスモス》、金木犀……どの花も日光がたっぷり降り注ぐ季節を選んで咲くのに、なぜか紫陽花は雨雲に覆われた季節に咲く。

小麦はきっと紫陽花が他の花に遠慮して、この喜ばれない季節を選んだのだろうと思っていた。自分がもし花だったら同じことをしそうだ。他に迷惑をかけることなくひっそりと生きていく。

しかし、それでも花を咲かすことは出来る。どんよりとした空の下、花弁を開こうとする紫陽花を見つめながら、なんだか今の自分にぴったりな気分がした。


夜の九時ちょうどに、小麦はGM室のドアをノックした。

ランチタイムが終わった頃、エリック・ロバートソンの秘書から、GM室を訪ねるように言付かっていた。突然のGMからの呼び出し。小麦にはその用件が想像できなかった。

GM室は、事務方のデスクの一つ奥まった場所にある。夜九時ということで、事務の人々は既に誰も残っていなかった。

部屋にいたエリックは「こんばんは」という片言の日本語で、小麦を出迎えた。

GM室に入ること自体初めてな上に、エリックとの会話は英語になる。高校時代英語は得意教科で、ラブホテルで働いていた頃も義父の勧めで英会話教室に通っていた。しかし、難しい会話にはついていけない。小麦は緊張しながら、エリックに勧められるまま応接セットのソファに腰かけた。

エリックは小麦の向かいに座ると、気を遣うようにゆっくりとした英語で話しかけてきた。

「あなたの仕事ぶりは噂に聞いています。本当によく働いてくれているようですね」

エリックは度々小麦の働くレストランに顔を出していた。三月までは「コートダジュール」に姿を現すことはなかったが、料理長が代わると頻繁に訪れるようになったという。入りたての小麦がエリックの接客にあたることはなかったので、その姿は遠目からしか見たことはない。

いま小麦の前で穏やかな表情を浮かべるエリックの眼は、青く透き通っていた。

「先日、レストランを訪れたご夫婦に、特別なサービスでもてなしたようですね。そのご主人は、大阪で繊維会社を経営されている社長で、商工会議所のトップだったようです。『大阪パワーホテル』をよく利用され、大きなパーティも頻繁に開かれていた。そんな彼が、伊勢には優秀なホテルマンがいると、噂を広めてくれました。今日は、あなたに感謝の言葉を伝えたくて、ここに来てもらったというわけです」

そう言うと、エリックは両方の手で握手を求めてきた。GM自らかけてくれた労いの言葉が小麦は嬉しかった。差し出した右手を包んだエリックの掌はとても大きかった。

「今日は、もう仕事の方はいいんでしょ。シャンパンでも一緒にどうですか?」

エリックは、応接セットの片隅にある銀のワインクーラーに浸かるシャンパンボトルを指さした。

小麦は慌てて英語で返した。

「私は、まだ未成年なんです」

「ああ、そうでしたね。勧めたら私が捕まってしまう」

エリックは大げさな身振りを交えて、無邪気に笑った。小麦はエリックのことをずっと気難しい男性と思っていたので、その人懐こい素振りはとても意外だった。

エリックは、小麦には備え付けの冷蔵庫からオレンジジュースを、自分のグラスにはシャンパンを注ぎ込み、乾杯のグラスを合わせた。

「実は、今日はもう一つあなたに伝えたいニュースがあるんです」

エリックはグラスを持ったまま、小麦の横に席を移した。

「このホテルには『パワーパートナーズ』の社員は、私と副支配人の仲野の二人しかいません。そこに、あなたも加わったらどうかなと思っているんです」

「えっ？」思わず聞き返した。

「まだあなたが所属する会社には伝えていませんが、これはヘッドハンティングというやつです。なかなかサプライズなニュースでしょ」

エリックはにこにこと笑い続けている。「パワーパートナーズ」は世界でも有数のホテルチェーンで、その社員になることは誰にとっても憧れなはずだ。

呼び出しの理由が「ヘッドハンティング」だったことで、夜の九時という時間が納得できた。と同時に、昨日の仲野のメールの意味もようやくわかった。仲野が言う「素敵な未来」とは、自分と同じ正社員に小麦がなるということだった。

「私は、あなたを立派なホテルマンに育てようと考えています。うちの会社には、これはと見込んだ社員を、研修の一環としてスイス、ローザンヌにあるホテルの学校に留学させるシステムもある」

エリックは自分のプランを語り始めた。義父に相談しなくては何も前には進まないことが分かっていたが、その内容に小麦は興奮が抑えられない。「ローザンヌ」と言えば、以前亀山が語っていた世界トップのホテルの学校だった。夢のような話がいま手の届くところまで近づいてきている。

「パワーパートナーズ」に入社するということは、義父の会社を辞めることを意味していたが、義父はそれを間違いなく祝福してくれると思った。

エリックは話し続けた。

「あなたは一流のホテルマンには、一流の客が付くということを知っていますか？　ローザンヌで学ぶことも大事ですが、あなたはプライベートも改める必要があります」

小麦は首を傾げた。

「あなたはいま狭いアパートメントに住んでいるのですよね。あっ、勝手に調べたことはお詫びします。しかし、良いサービスをするためには、それ相応の住まいに暮らす必要がある。さらに、あなたは今のままでも十分に美しいが、メイクや服装にも、もっとお金をかけなくてはいけない。高い教養や知識、そしてサービスは、ある程度以上の生活水準の中からしか生まれてこないのです」

シャンパンのせいもあるだろうが、エリックの声は次第に大きくなりテンポも速くなっていった。小麦はヒアリングだけで精一杯になり、エリックの真意を測ることまで気が回らなくなっていた。

「あなたは『プリティ・ウーマン』という映画を知っていますか？　リチャード・ギアが扮するお金持ちがジュリア・ロバーツをセレブの女性に成長させる映画です。私はそれと同じように、あなたという原石に投資をしようと思っています」

「投資（ｉｎｖｅｓｔ）……ですか？」

エリックは大きく頷きながら、小麦の膝に自分の手を置いた。

「あなたがセレブに変身するためのお金は全て私が出す。そういう意味です」

「なぜ、私のことをそこまで評価してくれるのですか？」

エリックは顔をさらに近づけた。もう話す息が小麦の頬に触れるほどの近さだった。

「君はこのホテルで一番輝いている。女性としてもとても魅力的です」

エリックの青い目が、小麦の瞳の奥を覗き込んだ。

「君は、私のことをどう思っていますか？」

その瞬間、小麦の本能はエリックの本音を感じ取った。恐怖のあまり、小麦は思わず身をすくめた。

「少し急ぎすぎたかな？」

苦笑いしながら、エリックは距離を取った。

「東洋の女性は本当に素晴らしいと思っています。控えめなところが特にいい。これはホテルマンにとっても適している。しかし、あなたは他の東洋の女性とは比べ物にならないほど美しい。

私は頻繁に『コートダジュール』を訪れていたでしょ。それは君に会うためだったんですよ」

思わぬ告白に、小麦は驚いた。エリックはレストランに来た時に、自分を観察していたのだ。

「どうです？　私は君のことをこんなに思っているんですよ」

「いえ……ただ……」

少しずつ身体の距離を取ろうとする小麦を見て、エリックの表情が曇った。そして声のトーンも微妙に変わる。

「ひょっとして、噂通り……仲野と付き合っているんですか？」

どんな噂を耳にしたのか知らないが、もちろん付き合ってなどいない。しかし、小麦の心は正直に反応し、それが顔に出た。

「やはり、そうですか。何度もデートを重ねているようですからね。仲野は仕事も出来るし、君が気に入るのも理解できる」

エリックはすねたような顔をし暫く黙り込んだ。小麦はどのタイミングでこの部屋を去るべきか、そればかりを考えていた。

すると、エリックが小麦の横から立ち上がり、不思議なことを言い始めた。

「だったら取引をしましょう。いいものがある。それを君に見せましょう」

エリックはデスクの上にあるリモコンを手に取った。そして大きな壁掛けテレビの電源を入れると、DVDの再生ボタンを押した。

「どうして……？」

画面に映った映像を観て、小麦は日本語で呟いた。

小麦が目にしたのは、先月伊勢神宮の前の喫茶店で、塚原栄一と仲野と三人でテーブルを囲んでいる映像だった。隣のテーブルから隠し撮りをされたもののように見えるが、音声はクリアーだった。

『なぜ、こんなものがここに？』小麦はその言葉を心の中で繰り返した。

その中で、塚原は仲野の方に親しげに顔を向けて言った。

『その時は仲野さん、あなたも「パワーパートナーズ」など辞めて、小麦さんと手を組めばいい。売買の費用が足りなかったら、私も喜んで融資させてもらいますよ。

エリックさんは、なかなか厄介なGMと聞いています。その下に仕える仲野さんのご苦労をお察ししますよ。いっそのことホテルのオーナーになるという楽しい夢を見るのもいいと思います』

塚原は仲野と握手を交わし店を後にした。映像はそこまでだった。

エリックがフリーズボタンを押すと、再び小麦の横に座り話し始めた。その声は紳士的だった先ほどまでとは別人のように、重く低い音で小麦の耳に届いた。

「仲野と握手をしている男は、以前の『クラウンホテル』のオーナーだそうだね。あの場で、私の悪口も出ていた。

まあそれはいいとして、話の内容からすると、どうやら仲野はこのホテルを買収しようとしているようだね。このホテルのオーナーは『パワーパートナーズ』の親会社『ロックキャピトル』だ。これを私に送ってくれた親切な方は、仲野が背任行為を企んでいると教えてくれたよ」

小麦はすっかり混乱していた。エリックの勘違いを正さなくてはいけないのに、どこから説明したらいいのかわからない。焦れば焦るほど英単語も浮かんでこなくなった。

唯一出てきた「ｗｒｏｎｇ　ｉｄｅａ（誤解）」という言葉を発してみたが、エリックはその続きを待とうとはしなかった。

「この話をロスの本部に伝えれば、仲野は間違いなく首になるだろうね」

エリックは「ｆｉｒｅ（首）」という言葉を特に強く発音した。

「君は、大好きな仲野を守りたいだろ？　今日だけ、私の言うことを聞いてみてはどうだろう。そうすれば、この映像はＧＭ室から外に出ることはなく、君も正社員として『パワーパートナーズ』に迎え入れられることになるのだがね」

エリックはにやにやと笑っている。深手を負った獲物にとどめを刺す寸前の、猟師のような笑顔だった。小麦はどくりと心臓が動くのがわかった。それから激しく鼓動を打ち始め、エリックに悟られてはいけないと思えば思うほど心臓は小麦の身体の中心で暴れ続けた。

「どうだい？　取引に応じるかい？」

「ｄｅａｌ（取引）」という単語が、小麦の頭の中を駆け巡った。ここで自分がエリックの言うことを聞けば、仲野の背任行為という濡れ衣は消される。息を止め、目をつぶり、ここで行われたことを記憶から抹消すれば、全てが丸く収まる。呼吸は乱れ、全身に鳥肌が立っているのが分かる。固く握った両方の手は汗ばみ、爪が掌に食い込んだ。

『副支配人のために、私は辛抱するんだ』

小麦は腹をくくった。

エリックは小麦の心を完全に掌握したものと思い、躊躇なく身体を小麦の方に寄せてきた。息を荒くさせ青い眼はぎらついていた。

その時、小麦の脳裏にある記憶が浮かんできた。

それは仲野から伝え聞いた祖父の話だった。祖父は自殺する前日、このホテルのロビーで買ってきた少女を連れている米兵に殴り掛かった。祖父は鬼の形相で、抵抗しなくなった相手に拳を下ろし続けたという。見たこともないその様子が、いま鮮明な映像として脳裏をかすめた。

そして今、米兵とエリック、その少女と自分が重なり合った。

『犯される』

その言葉が頭の中を支配した。決意が揺らぐ。とはいえ、エリックの領域から逃げ延びる自信はない。仲野に助けを求めようにも、携帯を探る余裕もなかった。

エリックの巨大な身体が、小麦の上を覆い尽くした。まるで獣に襲われているような錯覚に囚われる。そして、エリックの右手がスカートの中に、左手が小麦の右の胸を摑んだ。

と次の瞬間、エリックが「うう」という低いうめき声をあげた。

気付くと、小麦の左手には胸ポケットから取り出したシルバーのボールペンがあり、その先が血で赤く染まっていた。エリックは、刺された左手を右手で包み、顔を歪ませながら小麦を睨みつけている。

エリックの僅かな隙を見つけ、小麦はソファから立ち上がりドアの方に走った。部屋からどうにか逃げ延びた小麦の背中に、「仲野もお前も、今すぐ首だ」というエリックの叫び声が聞こえてきた。

小麦を救ったのは、以前上原にプレゼントされた「ウォーターマン」のボールペンだった。

その翌日。

上原潤一は、名古屋の「マリオットホテル」のエレベーターに乗り込むと、四十階のボタンを押した。

それは突然の呼び出しだった。塚原栄一から早朝電話があり、昼に「マリオット」まで来るように言われた。その電話は寝起きの上原をイラつかせたが、すぐに気持ちをリセットした。塚原には、よほど伝えたいことがあるに違いない。いつも以上に大きなリアクションを取って、気持ちよく話させる必要があると思った。

四十階にあるスイートルームのドアをノックすると、ワイシャツ姿の塚原が中からドアを開けた。

「突然呼び出してすまなかったね。ちょっといいことがあって、お祝いをしようと思ったんだ」

招き入れられた応接セットには、ルームサービスのシャンパンが銀のバケツに浸かっていた。音をさせずにコルクを開けると、塚原は二つのグラスに注ぎ入れた。

「乾杯」

「頂戴します」

塚原と会うのは鶏鍋屋以来だった。

その時上原は、小麦と次に会う約束の日を塚原に漏らしてしまった。そして当日、塚原から電話があり、その場所に来るなと言われた。塚原が何を考え、どんな行動を取るのか予想もつかなかった。

小麦と約束していた時間、上原は気を揉み続けた。塚原は、小麦と仲野に会った直後に上原に連絡を入れてきて、フリーメイソンの話を軽くしたとだけ伝えた。その話に上原は胸をなでおろしていた。

しかし、そのあと何かの進展があったことを、塚原が手に持つシャンパングラスは物語っている。上原は少し身構えた。

ソファに浅く腰掛けた塚原は、ゆっくりとシャンパンを喉に流し込むと、笑顔で話し始めた。

「ゆうべから、今日にかけて本当にいいことがあったんだよ」

「どんなことでしょう？」

「二か月くらいかかった計画で一つの成果を得られた。順を追って説明することにしよう」

塚原は飲み干した自分のグラスに、二杯目を注いだ。

「いまの『クラウンホテル』の屋台骨は、何といっても副支配人の仲野裕だ。エリック・ロバートソンはぼんくらだが、仲野は切れる。最初に二人のプロフィールを見た時から、仲野の存在がずっと気にはなっていたんだ。

そしてその懸念が、ここのところ徐々に形になり始めている。

仲野は、四月から『コートダジュール』に東京の『パワーホテル』から副料理長を呼び寄せたそうだ。その男は、東京では立場は下だが料理長よりも腕ははるかに上だったようで、女性好みの美しい料理を作るらしい」

その情報は上原の耳にも入っていたが、塚原に向かって何度も大きく頷いてみせた。

「しかし、副料理長のヘッドハンティングは序章にすぎなかった。仲野の作ったシナリオは実に見事なんだ。なぜ、仲野が副料理長に白羽の矢を立てたかわかるかい？」

「料理で客を呼びたい、だけではないんですか？」

塚原は鼻で笑った。実際、上原もそこまでは深読みしていなかった。

「仲野は婚礼ビジネスを始めたいらしい。オーナー時代、私も婚礼には手を出したかった。しかし、『クラウンホテル』にはチャペルがない。中庭にと思ったが、そんな金も残っていなかった。ところがだ、仲野は金をかけずにチャペルを作り出そうとしている。その場所が想像つくかな？」

「わかりません」

「それが二階のカフェテリアだというんだよ。中庭に突き出たカフェテリアは、ホテルの中でも一番日当たりがいい。窓際に神父でも立たせ、その頭上に十字架でも飾れば、美しい伊勢湾を背にしながらカップルは愛の誓いを立てることが出来る。どうだい、仲野はなかなかのアイディアマンだろ。そして、その婚礼料理を東京から来た副料理長に作らせる腹なんだよ」

話を聞きながら、上原はなるほどと思った。

五間岩小麦と会う約束をしていた場所に、塚原は独りで向かった。そこには仲野が来ることは十分予測できたので、本人の顔を見たいというのが塚原の狙いだったのだろう。

「私は、いまの『クラウンホテル』は持って来年三月と踏んでいた。細川の娘という飛び道具を使わずとも、『ロックキャピトル』は投資家へのリターンが間に合わず、手放すと思っていたんだ。既に私の持つ売却益に加え、名古屋の『Ｐスタジアム』からの出資も見込め、二十億は用意できる算段が出来ている」

「もう、そんな準備を……」

塚原がそこまで動いているとは思ってもみなかった。『Ｐスタジアム』は名古屋でも指折りのパチンコチェーン店だ。

様々な情報を与え、塚原をその気にさせたのは上原だ。塚原は、上原にはない財力やネットワークに加え、豊富なアイディアがある。そういう意味では上原の理想の形になりつつあったが、あまりに暴走されても上原の存在価値がなくなってしまう。

塚原は、三杯目のシャンパンも飲み干した。

「しかし、そこで仲野の存在が邪魔になってきた。やつの戦略は、いずれも的を射ている。仲野に好き勝手やらせれば、『伊勢パワークラウンホテル』がV字回復することだって考えられる。そこでいいことを思いついた」

塚原は上原ににやりと笑った。自分の秘策を誰かに話したくてしょうがないという顔だった。

「早く教えてください」

「離間の策だよ」

「離間の……策ですか？」

「エリックと仲野の間に亀裂を作る。先月、私と細川の娘、そして仲野の三人で伊勢の喫茶店で会ったのは覚えているだろう。その時の様子を、私はいつもの私立探偵に撮影させた」

「ほお、そんな狙いがあったんですね。気が付きませんでした」

私立探偵を使って、相手の弱みを握ることは塚原の常とう手段だった。しかし、そこまで用意周到にあの場に臨んでいたとは思ってもみなかった。自分の読みの範疇からすっかり外れている塚原の思考に、上原は動揺し始めていた。

「私が集めた情報では、エリック・ロバートソンはプライドが高く、その一方で神経が細い。オフエンスは強いが、ディフェンスに回ると脆い。そんな奴は揺さぶり甲斐がある。

そこで私と仲野が、仲良く談笑している映像をエリックに送り付けようと思った。そして、こんなメッセージも添える。

『副支配人の仲野裕が話している相手は、『クラウンホテル』を買い戻したがっている塚原栄一氏です。仲野は背任行為を犯している可能性がある』とね」

これには、相槌を入れることを忘れるほど上原は驚いていた。

塚原が仲野に会いに行った目的は、二人でいるところを撮影し、エリックにたれ込むネタを作ることにあった。

「それを観れば、エリックと仲野は決裂する。首にする可能性も高い。仲野さえいなければ、『伊勢パワークラウンホテル』は黙っていても沈んでいく」

細い目に凄味を湛えながら話す塚原に、上原は改めて恐怖を感じた。昔から目的のためには塚原は手段を選ばない。相手の弱みを見つけ出し、徹底的にそこを突く。

上原は、以前塚原がこんなことを言っていたのを思い出した。

『人は嘘をついたり騙したりすることに罪悪感を覚えるようだが、俺は違う。赤ん坊は一歳を過ぎれば、嘘泣きをして親の注意を引こうとする。人間という動物は、そんな頃から人を騙す訓練を始めるんだよ。つまり、嘘をついたり騙したりすることは、俺たち人間の中にある、ごく当たり前の習性なんだ』

上原の目の前にいる塚原という男は、人が元来有するその習性をいかんなく発揮させている。

塚原のプランはさらに続いた。

「エリックが映像を観た後の修羅場は楽しみだよな。実は、それをライブで聴く方法があった。あのホテルのGM室には、我々が退去するときに盗聴器を仕掛けてきたんだ。その時は、新しい主《あるじ》に軽い嫌がらせでもしてやるかという気持ちで仕掛けたんだが、何が役に立つかわからんもんだよな」

塚原はくすくす笑いながら話し続ける。

「そして……昨夜のことだ」

そこまでのプランを、上原はこれからのことだと思って聞いていた。しかし、それは全て既に実行済みだった。自分が何も関われなかったことに少し焦りも感じた。

「とんでもない裏ドラがついてきた。盗聴器から何が聞こえてきたと思う？」

「さあ……」

「エリック・ロバートソンがどうして日本に飛ばされてきたか知っているよな」

「はい。シンガポールにいた時に、地元の女性従業員に猥褻な行為をしたのが左遷の理由と聞いています」

「人間は、自分の性《さが》を修正できないもんだよね」

「また、やったんですか？」

「そう。エリックは元々東洋人の女が好きな上に、五間岩小麦は美人だったから仕方ないかもしれない。エリックはGM室にシャンパンまで用意して五間岩を待ち構えた。始めは正社員にすることを引き替えに身体を迫ったが、五間岩が言うことを聞かない。どうやら、仲野と五間岩は出来ていたんだろうな。エリックもそれに感づいていたようだ。

そこで私が送った映像をネタに、自分の言うことを聞けと詰め寄った。逆らえば仲野を首にするとね。そして私は、労せずにエリックの再犯の音声を手に入れることが出来た」

小麦がエリック・ロバートソンに襲われた……小麦から上原にかかってきた電話。そして取り付けた約束。その発端が、いまは独り歩きし小麦の身にとんでもない災いをもたらしている。

「五間岩は、ど、どうなったんですか？」

上原は思わず声を上ずらせた。その様子に塚原は目を細めニヤッと笑った。

「上原も、五間岩小麦のファンクラブの一員なのか？　あの娘はなかなかのオヤジ殺しだな。ふん、安心しろ。どんくさいエリックに応戦してちゃんと逃げ延びたよ。そんなわけで、エリックの代わりにいま俺がシャンパンで祝杯を挙げてやっているというわけだ。

彼女が去った後のＧＭ室で、ふられたエリックは、その腹いせのようにロスの本部に告げ口をした。仲野は背任行為を犯しているとね」

「では、仲野は首に？」

「昨夜のうちに本部は決定を出した」

「五間岩小麦も、首に？」

「小娘にはまだ未練があるようだな。それには触れなかった。どうやら、エリックは仲野に嫉妬していたんだろうな。仕事の上でも五間岩に関してもね。仲野は困った男を上司にしたわけだ。しかしどんな時代でも、嫉妬心は悲惨な末路しか生まないものなんだよ。

いずれにしても、上原が以前言っていたように小宮の一族は本当に役に立つ。今回の計画でも、五間岩小麦はＭＶＰに値する大活躍をしたわけだからな」

自分の言葉に酔いながら、塚原は再び気分良さそうにグラスを傾けた。

塚原の仕掛けは、見事にターゲットを動かし、予想以上の成果を上げている。これは血筋というものなのか、先代の威一朗も卑劣とも思える策を講じるのが大好きな男だったが、息子もいま「ホテル奪回」というゲームを心底楽しんでいる。いや、この男は「奪回」そのものにそれほど興味がないのかもしれない。「クラウンホテル」というおもちゃを与えられた子供のように、「奪回」までのプロセスを試行錯誤することだけに陶酔している。

「エリックは今、僅かに溜飲を下げているだろうが、それも長続きはしない。昨夜の猥褻行為は、本部に通報されると同時に、ネット上でも大きな話題になってしまうんだからね。

本部は、東京と大阪の『パワーホテル』に、悪い評判が飛び火することを避けたいと思うんじゃないかな。となると、意外に早く我々の出番がやってくるかもしれないよ」

「もはや『伊勢パワークラウンホテル』は投了したも同然ですね」

上原は動揺を隠しながらシャンパンのボトルを取ると、塚原のグラスに注いだ。

「俺は、またくだらないことに手を汚してしまったのかな？」

「いえ、大事なことです。向こうの城の中には、囚われた部下たちがいっぱい残っているのですから、それをいち早く救い出す必要があります。もう一度乾杯させて頂いてよろしいでしょうか？」

二人はグラスを合わせた。

「仲野は使い道がある。ホテルを取り戻したら、うちで拾ってやってもいい。そうだ、上原の下で働かせればいい。仲野が考えたウェディング構想は、実際に役に立つからな」

塚原の視線はすでに、買収後に向けられているようだった。エリックに襲われた小麦のことは気になったが、「上原の下で仲野を働かせる」という言葉は、心地いい響きとして上原の耳に残った。

しかし、塚原の話には続きがあった。

「そして、もう一つ手を打った」

「波状攻撃ですね。どんなことでしょう」

「これを見てごらん」

塚原は細い目をニヤつかせながら、携帯を差し出した。

その液晶画面に目を落とすと、「えっ？　えっ？」と上原は言葉を詰まらせた。

塚原に簡単にわかってしまうくらい心が乱れていた。それを可笑《おか》しそうに眺めながら、塚原が続けた。

「これでホテルの内外に少なからず影響は出るだろうな。これ自体は大した話ではないが、一気に畳みかけるにはいい材料だ」

シャンパンのせいもあったが、興奮から下腹が急に熱くなった。塚原に目線を合わせることが出来ない。上原は俯いたまま心の中で呟いた。

『こいつは何てことをしてくれたんだ』

それは塚原に向けて、上原が初めて抱いた憎悪だった。

同じ日の早朝、五時半。

小麦は、アパートの駐輪場から自転車を引っ張り出しペダルを踏んだ。しかし、脚に力が入らずいつものように自転車は前に進んでくれなかった。あの道端の紫陽花が虚しくこちらを見つめている。

『今日は、どんな一日になってしまうんだろう』

明るい予想は何一つない。伊勢に来て八か月余り、トラブルにも見舞われずここまで平穏に過ごすことが出来ていた。もし、自分の身に何か問題が起きても、それは父に関するものだろうとずっと思ってきた。

しかし、そのトラブルを引き起こしたのは自分自身だった。GMに逆らってしまった自分にどんな処分が下されるのか。いや、自分のことはまだしも、仲野はどうなってしまうのだろうか。

ゆうべはショックを引きずり、小麦はベッドの上に座り続けた。シャワーを浴びて、身体に残っているエリックの余韻を消し去りたかったが、その気力も出なかった。

話の始まりは、「パワーパートナーズ」の正社員になれるというものだった。

ずっと不幸な境遇と接し続けてきた小麦に、初めて訪れた幸運の知らせ。しかし、その気配に少し近づいただけで何十倍もの不幸が押し寄せてきた。端《はな》から幸運など自分には似合わない。これは案の定の結末なのだ。エリックから発せられた「ｄｅａｌ（取引）」という言葉が耳鳴りのように残り続けた。そして、『なぜ、あの時私は……』その言葉ばかりを繰り返した。

小麦は天井を見上げ、祖父のことを思い出した。祖父は自分の立場を捨ててまで買われてきた少女を救ったのに、自分は愛する人のために犠牲になることを避けた。あそこでエリックに従っておけば、仲野は今のままでいられたのに。後悔ばかりが心を占領し、自分の無力さに涙がぽろぽろとこぼれた。

今の状況を、すぐに仲野に報告した方がいいのはわかっていた。エリックが「背任行為」という罪で仲野を首にする可能性は高い。しかし、それを伝えるためには、自分がレイプされかけた話を打ち明けなければいけない。それがどうしても出来なかった。

小麦は、一晩中身勝手な自分を呪い続けた。


「クラウンホテル」の朝食は七時にスタートする。

小麦は更衣室で着替えを済ますと、六時半には「コートダジュール」に入った。すると、厨房から亀山が駆け寄ってきた。いつもは朗らかな亀山の顔が引きつっている。小麦は昨夜のことがもう知れ渡ったのかと思った。

しかし、亀山は小麦の前に携帯を差し出し、「これ、気づいていた？」と聞いてきた。小麦が覗き込むと、それはネットの書き込みだった。

『伊勢の「クラウンホテル」のレストランで放火魔の娘発見！』

見た瞬間、小麦の全身から血が引いた。恐れていた事態がついにやってきた。誰かがパンドラの箱を開けてしまったのだ。

その書き込みは昨夜から始まり、画面をスクロールすると、小麦の知らないところで既に拡散が続いていた。

『放火って五年前の？』

『六部屋が全焼。放火魔の名前は細川幹生。火を放ったあと投身自殺!』

『その娘がいまホテルで働いているの?』

『伊勢東中学校にいた細川小麦! しゃべらない不気味な女』

『いまは「五間岩小麦」と名を変えてホテルの中に潜伏中』

『放火魔の娘、再来!』

『放火魔の娘がかえってきたー』

『今度はキッチンに放火か?』

『クラウンはファイアーホテル』

『宿泊者の危機! 避難せよ!』

『レストラン「コートダジュール」に放火魔降臨』

『「コートダジュール」のおすすめは血のスープ!』

ネットの中で、五年間沈黙を守っていたものが呼び覚まされた。しかも、その書き込みの文面は小麦の予想をはるかに上回る辛辣なものだった。小麦の心臓が経験したことのない速さで鼓動し始め、呼吸が荒くなる。

一つ目は、『伊勢の「クラウンホテル」のレストランで放火魔の娘発見!』というものだったが、一体誰がこれを書き込み、炎上の火ぶたを切ったのか? 中学校の同級生がホテルを訪れ、小麦を目撃したのだろうか。

「大丈夫?」

小麦の様子に亀山も戸惑っていた。

「見た時、根も葉もないもんだと思って、小麦ちゃんに確認するまでは信じないようにしてたんだ。でも……」

小麦の動揺ぶりを見て、それが真実であることを確信したのだろう。普段の小麦なら、隠し事をしてきたことに心を痛めるところだが、いまはその余裕はなかった。

「これって、もうみんな知っているの？」

恐る恐る尋ねると、亀山は小さな声で「たぶん」と答えた。

小麦は亀山を残しその場を離れると、トイレに駆け込んだ。鏡を見ると、真っ青な顔をしている。胸の自分のネームプレートに気づくと「あっ」と思わず声を上げた。震える手で、そのピンを外す。そして「大丈夫。どうにかなる。私は大丈夫」と呪文のように繰り返した。

フロアーに戻ると、すでに時刻は七時を回り、宿泊客がレストランに顔を出し始めていた。どの客もネットの書き込みを見ているような気がして、なかなかテーブルに近づけない。呆然と立ち尽くす小麦の背筋に冷たい汗が流れた。

ウェイターのチーフの西脇が小麦に声をかけてきた。

「もういいから、ちょっと休んでいろ」

西脇も書き込みを見たのだろう。それは決して優しい物言いではなく、吐き捨てるような言葉だった。

朝食の時間が終わると西脇から再度声がかかり、ディナーも休むように言われた。

小麦は社員食堂に行くと、お茶だけ持って一番端の席に座った。

まだ早い時間だったので食堂には誰もいなかった。小麦はテーブルに肘を付けて項垂れた。義父に電話を入れてみようかと思ったが、それも躊躇われる。これまで小麦は、伊勢で起こったことは事細かに義父に報告し続けてきた。上原と食事する時などは事前に知らせていた。しかし、今回の事態は伊勢に来る前から、自分と義父にとっては想定内の展開だ。小麦は独りでそれを抱え込むしかなかった。

少し冷静になった小麦の頭の中に上原の顔が浮かんできた。伊勢に来て真っ先に、その秘密を口にしたのは上原だった。この地で小麦と父幹生の関係を知る者は、仲野と豊泉、父の死後小麦の面倒をみた民生委員と上原くらいなものだ。その中で秘密を広めることでメリットのある人間は上原しかいない。上原は現在の「パワークラウンホテル」に恨みを抱き、その評判を落とすことを望んでもおかしくない。

しかし、前回レストランで会った時に、小麦の秘密を絶対に広めないと上原は約束してくれていた。自分の周囲で怪しい行動を取り続けているのはわかっているが、小麦には今回の件が上原によるものとはどうしても思えなかった。

小麦は、ネットの書き込みをもう一度見てみた。亀山が見せてくれたものは、ほとんどが昨夜のうちの書き込みだった。それを小麦が見たのは三時間ほど前。その後、小麦のスレッドはあらゆる情報を肥やしにして着実に増殖を続けている。

『放火魔は、「伊勢クラウンホテル」創業者の息子』
『創業者の名前は、小宮幹二郎』
『放火は、塚原家にホテルを乗っ取られた腹いせ！』

『小宮幹二郎、細川幹生、五間岩小麦、苗字は違っても流れている血は同じ』

『小宮家、三世代の復讐劇が始まる』

『小宮一族の呪い、恐るべし』

『呪いで「クラウンホテル」再び炎上！』

『「パワーホテル」はホラーの館を購入してしまったのか？』

『小宮、塚原、外資、三つ巴の戦いに』

『日本のホテルを買いあさる外資にも天誅が下る？』

見なければよかった。小麦は携帯を額に押し当てた。思わず涙が溢れ出した。

義父は小麦をここに送り込む前、「全ては小麦の中の問題」だと語っていた。しかし、留まるところを知らない書き込みは、明らかに小麦一人の問題から、ホテル全体の問題になりつつある。

食堂に、ベルガールを務める二人の女性が入ってきた。小麦から離れた席に着く。恐らく彼女たちも知っているんだろう。小麦はその方向に顔を向けずに、耳だけそばだてた。

彼女たちは、朝の定食をテーブルに運び終えると、早速顔を近づけこそこそ話を始めた。しかし、それは小麦についての話題ではなかった。

「副支配人が首になるってよ」

「本当？」

「フロントの子が教えてくれたの」

「ゆうべ、ロスの本社で決まったんだって」

「何が原因？」

「それはわからない。でもお客が増えてないからね。売り上げの責任かな」

「あんなにリストラして給料も下げたのにね」

「身から出た錆よ」

「そうよ、天罰が下ったのよ」

仲野が首になってしまう。これも予想していたことだったが、あまりの展開の速さに小麦の頭が追い付かない。

「今日はなんて日なんだ」

思わず呟いた。たかだか三時間余りのうちに、不幸の知らせが立て続けに二件。運命というのはそういうものなのか。不幸が不幸を連れてくる。雪だるま式に肥大を続け、そのスピードは加速する。

『小宮幹二郎、細川幹生、五間岩小麦、苗字は違っても流れている血は同じ』

私には、自殺した祖父から脈々と受け継がれている不幸の血が流れている。ネットの書き込みは間違っていない。私は「呪われた一族」の一員なのだ。

身体中の力が抜けていくのが分かる。思考もピタリと止まり、目の前の景色が全てモノクロの世界に変わっていった。


小麦の自宅は六畳のひと間に、三畳ほどのキッチンの組み合わさったものだった。無駄なものは置かない主義の小麦の部屋は、若い女性の一人暮らしとは思えないほど小ざっぱりとしている。

今その部屋はカーテンが閉め切られたままだ。夜のように薄暗い部屋の片隅には、投げ捨てられたショルダーバッグの中からつげの櫛や化粧品などが散らかり、その傍に液晶画面に無数のひびが入った携帯が転がっている。

そして、シングルベッドの脇に置かれた小さなガラステーブルに、小麦は額を押し付けたまま身体を小刻みに震わせていた。家まで自転車で戻ってきたのか、歩いて帰ってきたのかも記憶がない。戻ってから暫くは、声をあげて泣き続けた。額を何度もテーブルに叩きつけながら、「ごめんなさい、ごめんなさい」と叫んだ。

泣き疲れると、小麦は過去を思い出した。

「あの時と一緒だ」

父が死んでから、小麦は今と同じようにカーテンを閉め切り、外界から自分を遠ざけた。「放火魔の娘」という噂が通り過ぎてくれるのを息を殺してじっと待った。独りぼっちになった恐怖とも戦い続けた。

「いや、あの時よりも今はずっと酷い」

悪い噂だけなら耐えようもある。しかし、今の不幸な状況は自分の領域に留まらず、仲野を巻き添えにしていることが何より我慢ならない。仲野のことを思うと、小麦の胃の中は針でも飲み込んだような痛みが走る。胃から食道にかけてガタガタと痙攣し、口の中に苦い胃液を感じた。

やっぱり、自分は伊勢に来るべきではなかったんだ。仲野は「パワーパートナーズ」という一流のホテルチェーンで長くキャリアを積み、副支配人にまで上り詰めていた。GMも目前という輝かしい人生を、派遣会社の女がぶち壊した。

なぜ昨夜、エリックの手にボールペンを突き立ててしまったのか。あそこで自分が盾になれば、仲野を救えたはずだ。許されることなら時間を巻き戻し、あのGM室で別の行動を取りたい。

そもそも、隠し撮りされた塚原との会話シーンも、父の死の真相を探るために仲野は動いてくれただけのことだ。全ての災いの元凶は自分にある。そして、この言葉を繰り返した。

「私は身勝手な女だ」

父は、私を置いて一人自殺していった。本当に身勝手な男だと思う。しかし、自分だって似たり寄ったりなのだ。私は不幸な血を引き継いだだけじゃない。その身勝手な性格も受け継いでいたのだ。

日が暮れると、外は夕立のような強い雨が降り始めた。

時刻は夜の七時を回っていた。小麦は傘も持たずにふらふらと家を出た。激しい雨と風が身体に打ち付ける。全身を滴る水滴が、血液だったらいいのにと思った。体中の血が抜けて、地面に倒れ込んでしまいたい。

小麦は人通りもなく、時折車が水しぶきを上げて走る街並みを彷徨い続けた。

同じ日の朝九時を僅かに回った頃。

仲野裕は出勤すると、すぐにGM室を訪れた。それは、朝八時前に届いた、エリックからのメールの指示によるものだった。

通常エリックから呼び出された時、仲野はその理由を予測し、場合によっては資料を作ってからGM室に臨む。しかし、この日に限ってエリックの目的がわからなかった。

「ジョギングされていたのですか？」

仲野の問いかけに、エリックはニヤッと笑っただけだった。首にタオルをかけ、シャツと半ズボン姿のまま、エリックはオレンジジュースに口を付けていた。

その様子を、仲野は応接セットの片隅でしばらく見守り続けたが、エリックはなかなか話を切り出そうとはしない。いつもと違う空気に、仲野は嫌な予感がした。

「今日は、夕方辺りからこの地方は暴風雨に見舞われるという予報です。手のすいた従業員はなるべく早く帰宅させた方がよさそうですね」

当たり障りのない会話を続けると、エリックがちらりと仲野の方を見た。その眼付きもこれまで見たことのない冷たいものだった。

「今日は、君に辛い話を伝えなくてはいけない」

エリックが低いトーンで切り出した。仲野は身構えて次の言葉を待った。

「ゆうべ、ロスの本部の決定が下った。君は解雇だ」

それは思いもよらぬ言葉だった。

頭の中で、解雇の理由を探り続ける。レストランの強化やウェディングの導入など次々に手を打ってきたが、今はまだ収益はそれほど上がっていない。その実績が「理由」に当たるのか。しかし、それによって他所のホテルへの異動を命じられることはあっても、解雇という極端な状況には結びつかないはずだ。

心当たりが見つけられず、仲野は尋ねた。

「何が原因だったんでしょう」

感情を表に出さず努めて冷静に話しかけた。それに対し、エリックは少しイラついた口調で返してきた。

「それは自分に尋ねてみるがいい」

仲野は当惑するしかなかった。解雇を言い渡すならば、本来正当な理由を説明するのが筋だ。自分自身で気づかねばならぬほど、重大なミスを犯したということなのか。エリックは仲野の様子を観察でもしているかのように、じっとこちらを見つめている。わざと難問を振りかけ、弱り果てるさまを楽しんでいるようにも見える。

「まあ、君は実力もある。どこのホテルでもやっていけるだろう。今後の幸運を祈っているよ」

それはとっととこの部屋を出て、荷物をまとめろという合図だった。

詮索するのを諦めて、仲野は副支配人室に向かった。

事務方のデスクを通り過ぎる時に冷ややかな視線を感じる。エリックは自分に内示する前、既に「解雇」の情報を周囲に漏らしていたのだろう。彼らは仲野によって給料を大幅にカットされた者達だ。仲野の失脚は、面白い見世物になっているのかもしれない。

自室にたどり着くと仲野は考え込んだ。やはり思い当たる節がない。となると、ありもしない情報がリークされた可能性がある。これまでもリークによって足元を掬われ、失脚していった同僚や先輩の姿を仲野はしばしば目にしてきた。

仲野は腕時計に目を落とした。本部のあるロスは夕方の五時半。まだ間に合うと思い、知り合いに電話を掛ける。本部に籍を置く友人は「少し調べてみる」と言ってすぐに電話を切った。

仲野は部屋にある冷蔵庫から缶ビールを取り出すと、一気に半分ほど飲み干した。時間を追うごとに苛立ちが募る。

三十分ほど待つと、その返答がきた。

「背任行為？」

仲野は思わず大きな声を上げた。馬鹿げたことをと初めは思ったが、リークされる情報の殆どがその類に違いない。冷静になることを心掛けて友人の話を聞き続けた。その説明によると、仲野が「伊勢パワークラウンホテル」の買収行為に加担し、その動かぬ証拠といえる映像をエリックが手に入れたということだった。

映像……映像……仲野は電話を耳に押し当てたまま、心当たりを探し続けた。

「あれのことか」

心の中で呟くと、缶を握りつぶした。中に残っていたビールが飲み口からあふれ出す。

「はめられた……」

仲野はおよそ一か月前の、塚原とのやり取りを思い出していた。既にその時、上原に代わり突如塚原栄一が姿を現したことに違和感を覚えていた。エリックが手にした映像は、その会話の様子だったのだろう。全てはこの謀のために作られた塚原の芝居だったのだ。エリックは元々神経の細い男だ。塚原の中にもその計算があったのかもしれない。塚原の仕掛けにエリックはまんまと乗ってしまった。

塚原の目的は何だったのか。本気で一度手放したホテルを買い戻そうと考えているというのか。そのような前例を仲野は聞いたことがない。だがそれ以外に塚原の動機は思いつかない。買収のために、エリックと仲野の関係に楔を打ち込み、「パワークラウンホテル」を弱体化させることが必要だったのかもしれない。

友人は、上層部に申し開きをしてみようかと言ってくれたが、仲野はそれを断った。エリックと東洋人の自分の主張、そのどちらを本部は信用するかは明白だった。

電話を切ると、仲野は右のこめかみを手で押さえた。久しぶりに襲われた片頭痛。速い脈拍に合わせ、その痛みは範囲と強さを増していった。

仲野は二本目の缶ビールを喉に流し込んだ。少し冷静さを取り戻すと、別の発想が生まれた。確かにこの顚末の引き金を引いたのは塚原だが、その土壌を作り上げたのは自分だったのかもしれない。

仲野は「クラウンホテル」に来て、仕事をしすぎていたことを後悔した。

副支配人として、自分のやりたいことを六割程度に抑えるのが、日本に来る前の仲野の流儀だった。所詮東洋人はその程度しか仕事が出来ないと見せかけることが重要だった。そのやり方がここまでの自分の身を守ってくれていた。

しかし、今回はむきになりすぎた。やる気のないエリックに命じられてやったこととはいえ、いつもならもう少し控えめに立ち回る。自分が生まれ育った場所、そして幼少の頃からの憧れのホテル、その要素が仲野を駆り立てた。エリックは、猜疑心とプライドの塊のような男だ。仲野のアイディアでホテルが再浮上すれば、あの男の心を不安にさせる。全てを、エリックのお手柄に見せる方法はなかったのだろうか。

しかし、反省する要素をいくら並べ立てたとて事態は何も変わらない。いずれにしても、二十代の後半から地道に積み上げてきた「パワーパートナーズ」のキャリアは、今この瞬間簡単に吹き飛んだ。

東洋人はGMにはなれない。それが外資ホテルの常識だ。しかし、仲野はいつかその慣習に風穴を開けたいと思っていた。自分にはそれが出来る。そのタイミングを注意深く虎視眈々と探ってきたはずだったが、その野望も水泡に帰した。

と、ここまで考えを進めた時、仲野は自虐的な笑みを浮かべた。

「一番の原因は……小宮幹二郎のせいかもしれないな」

ぽつりとこぼしたその独り言が、最も正確に自分の心を分析していた。

東京で五間岩から話を聞き、伊勢に戻ってからも幹二郎の世界を調べ続けた。その中で仲野は、ホテルマンとしての自分の姿を確実に変えていった。

エリックから命令されたディスカウントなどには殆ど力を入れず、その一方で「クラウンホテル」の古くからの顧客である年配ユーザーへダイレクトメールを送り続けた。出費というリスクに目を瞑り、メインダイニングの料理の強化も進めた。全ての発想が目先の売り上げより遠い将来に向けられていた。

その原因は、仲野の中にエリック以外のＧＭが生まれていたからだ。無意識のうちに、一つ一つの行動に小宮幹二郎だったら何と言うだろう、と問いただす習慣が出来ていた。既に自分は、「パワーパートナーズ」とは違う景色を眺め始めていたのかもしれない。

数時間、仲野は自分と対話しながら部屋で過ごし、ようやく携帯を手に取った。小麦に、もう傍で役に立つことは出来なくなったと伝えなくてはと思った。

『少しだけ会うことが出来ますか？』

そうメールを流したが、返信はなかなか来なかった。メールを待つうちに、仲野は自分の本音に気が付いた。今はただ小麦と会いたい、顔が見たい、それが本当の気持ちだった。

午後三時頃、レストランに足を運んでみる。ランチも終わり、時間を作ることも可能だろうと思ったが、店内に小麦の姿は見えなかった。

厨房にウェイターのチーフの西脇を見つけ声をかける。いつもなら、仲野を直立不動で出迎える西脇だが、今日は態度が違った。この男も既に首になったことを知っているのだなと思った。

小麦の所在を尋ねると、今日は帰らせたと返してきた。

「体調でも悪かったのですか？」

その仲野の問いに、西脇は怪訝な顔をした。

「副支配人は、まだネットの書き込みをご存じないのですか？」

差し出された携帯の画面に、仲野は驚いた。

『伊勢の「クラウンホテル」のレストランで放火魔の娘発見！』

これは小麦が一番恐れていた事態のはずだ。

自室に戻り、書き込みの続きを見た。始まったのは、昨夜の深夜十一時頃。そこから噂は増殖を続けている。小麦の中学時代の同級生なども参加しているようだったが、中傷の対象が「クラウンホテル」に向けられているようにも見える。

この情報の出所も塚原栄一に間違いない。仲野はそう確信した。

小麦は今どうしているのだろう。しかし、この展開は小麦が伊勢に舞い戻ったその時から想定されたものだった。こうした事態に陥っても、父と祖父に関する真実を突き止める。その覚悟の上で、小麦は「クラウンホテル」に派遣されてきた。であれば、小麦のダメージもそれほどではないはずだ。

夕方から天気予報の通り、伊勢地方は激しい暴風雨に見舞われた。

六時を過ぎた頃、仲野はホテルを出て見舞いの品を買い込むと、小麦のアパートを目指した。キャデラックの窓から覗き見ると、小麦の部屋はカーテンで閉ざされ、灯りもついていない。外出しているのか。しかし、真っ暗な部屋で独り佇んでいる姿も想像できる。携帯を何度かけても直留守が続いた。

仲野は車から降り、アパートのドアをノックしてみた。反応もなく、人の気配も感じられなかった。ため息をつき、踵を返そうとした仲野のポケットの中で携帯が鳴った。

小麦からかと思ったが、かけてきた相手は四月に東京から伊勢に来たばかりの料理長だった。首になるという噂を聞きつけ、料理長が心配して電話をかけてきたと思った。

「仲野です。どうしました？」

「うちのＧＭについてのニュースなんですが、ご存じですか？」

激しい雨で聞きづらかったが、料理長は「GMについて」と言った。仲野は、自分と勘違いしているのだろうと思ったが、料理長は予想外の話を続けた。

「まだ、このホテルでは広まっていませんが、東京では大騒ぎになっているようで。GMがうちのウェイトレスをレイプしようとしたというんです」

「えっ？」

「それは昨夜のことで、東京ではまたエリックがやったのかと……」

「また」という言葉は、シンガポールの一件に続き、今回もという意味だった。

「ウェイトレスというのは？」

「五間岩小麦です」

仲野は全身に鳥肌が立つのが分かった。そして、携帯を持つ手が怒りに震え出した。料理長は「東京パワーホテル」に届いた告発文には、エリックの動かぬ証拠となる、音声を記録したデータも添えられていたと付け加えた。

一昨日、エリックは小麦を「パワーパートナーズ」の正社員に迎え入れたいと仲野に語っていた。そのことと昨夜起きたというレイプ未遂が繋がった。正社員の誘いは、小麦を手に入れるために用意した単なる餌だったのだ。この話が本当なら、小麦は仲野が考えていたより遥かに深い心のダメージを受けているはずだ。

「小麦！　小麦！」

仲野は目の前のドアを激しく叩いた。出てきてほしい。顔を見て安心したかった。しかし、中からの反応は一切ない。

その時、仲野の記憶の中に、四月の頭に目にしたある風景が浮かび上がった。

それは、仲野が資料室で小麦と遭遇する前に見た風景だった。ホテルの周囲を見て回っている時、ふと見上げると展望台に小麦が立っていた。そこは小麦の祖父と父親が飛び降りた場所だった。まさかと思った時、小麦は展望台からその姿を消してくれた。

「まさか……」

仲野は慌てて、車に乗り込みホテルへとアクセルを踏んだ。豪雨と暴風の中、街にはほとんど車は走っていない。水しぶきの音と、ゴムのすり減ったワイパーのかすれた音だけが古いキャデラックの車内に鳴り響いた。仲野は赤信号も無視して走り続けた。展望台にいないならそれでいい。いないことを確認したかった。

ホテルのエントランス近くに車を横付けにすると、仲野は傘も持たずに飛び出した。そのまま展望台を見上げる。しかし、そこには照明もないうえに、雨粒が目に入り様子が掴みづらい。手で雨をよけながら、見つめ続けると、

「あっ、まずい」

悪い予想は的中した。手すりに身を乗り出す人影を見つけた。こんな天候の中だ、それは小麦以外には考えられない。

「小麦！　小麦！　小麦！」

うなりを上げる風と打ち付ける雨音で、その声が届くはずもないのに、祈るように叫び続けた。

「小麦！　小麦！」

下を見下ろしてくれたらと、必死に手も大きく振った。しかし、小麦の顔は下を向かない。ここ

で見下ろす瞬間を待った方がいいのか、展望台への階段を駆け上がった方がいいのか、判断がつかなかった。

すると、小麦が後ろを振り向き、その身体が手すりから遠ざかった。思いとどまってくれたのか。

仲野は躊躇なく、エントランスへと走り込んだ。

小麦が行きついた先は「クラウンホテル」の展望台だった。そこには遮る物もなく、強い雨が吹き込んでくる。伊勢神宮がある森がまるで黒い生き物のように揺れ動いた。

小麦は雨の降り注ぐ空から、ゆっくりと地面へと視線を動かした。今いる場所が、天国とこの世の中間に浮いているような気がした。自分はいま、その間を漂っている。

展望台から一歩踏み出した空中に扉が見えた。祖父も父も、この世の中で苦しみを解決することが出来ず、この扉を開けたのだ。今の小麦にとってもそれは唯一の避難扉だった。

ラブホテル時代、榊原加代子の言った一言が思い出される。

『人にはみな定めがある』

初めから自分は不幸な定めを背負って生まれてきた。そして、その不幸は周囲を巻き添えにし、人を悲しませ続ける。小麦の脳裏に、仲野の幾通りもの表情が浮かんでは消えた。中でも、青年のように目をキラキラさせて夢を語る顔が好きだった。しかし、すぐにその仲野のキャリアを粉々にした自分に気づく。仲野も自分の不幸が生んだ犠牲者だ。

「ごめんなさい」

再び、その言葉が口を衝いた。雨に向かって何度も何度も繰り返した。

そして、展望台の手すりに近づいた。死の恐怖などない。むしろ、罪悪感から解放され、次第に気持ちが楽になっていく。小麦は手すりよりも前に身体を乗り出した。強風が小麦の身体をすっと持ち上げた。

その時だった。小麦の耳に、背後から「小麦、小麦」と自分の名前を呼ぶ声がした。

「お父さん？」

風の唸りが、その言葉に聞こえたのかもしれない。しかし小麦には、それは父の声のように思えた。

「お父さん？　お父さんなの？」

小麦は声がした方に足を進めた。その先には伊勢湾が広がり、横殴りの雨の向こうにぼんやりと知多半島の灯台の光が見えた。

父の姿を探したが、そこにいるはずもなかった。しかし、天国から自分に声をかけてくれているのかもしれないと思うと、それまで遠い存在だった父がとても近いものに感じられた。今なら、父の気持ちがわかる。

私と同じように、父はここに来る以外選択肢がなかったんだ。苦しみから救われるように祖父が手招きしたんだろう。父を許せたことが、小麦はただ嬉しかった。

再び父が飛び降りた方向、救いの扉がある方を向く。展望台のタイルの床も水浸しだった。そこを一歩、一歩と夢遊病者のように歩いた。もう一度手すりを摑んだ瞬間だった。

「小麦！」

今度ははっきりとした声が聞こえた。振り向くと、開け放ったドアの前に仲野の姿があった。そのまま仲野は小麦の方に走り寄ると、両方の手で身体を抱え込み、強引に自分の方に引き寄せた。そして、暫く仲野はそのままじっとしていた。

『いま私の傍には、彼と父が一緒にいる』

ぼんやりとそう思った。小麦の頭の中は、夢と現実が境目もなく混ざり合っていた。

「小麦……小麦……」

自分の名を何度も大声で繰り返す仲野のその声は、泣いているように聞こえた。

『仲野さん、どうして泣いているの？』

小麦は仲野の胸の中で、その声をぼんやりと聴き続けた。


「絶対に車から降りちゃダメだよ」

仲野は小麦をキャデラックの助手席に押し込めると、再びホテルの中に消えていった。そして、戻ってきた時には何枚ものバスタオルを抱えていた。

「こんな時は、職場がホテルでよかったと思うよ」

車に乗り込むと、タオルで小麦の頭をごしごしと拭き始めた。自分もずぶ濡れなのに、仲野は無言で小麦を拭き続ける。脱力して力の入らない小麦は仲野に身を任せた。タオル地の向こうに、仲野のゴツゴツとした指を感じた。その感触から、子供の頃も風呂上がりに、父からこうしてバスタオルで拭いてもらったことがあったなと思った。

半袖から出る腕には、体温を取り戻すマッサージのように仲野はタオルを当て続けた。腕が終わると、ふくらはぎから先をこすり続ける。エアコンも五月だというのに、暖房をつけっぱなしにしていた。

車に乗せられ、どれくらいの時間が過ぎただろう。小麦の身体は久しぶりに熱を帯び始めた。体温が戻ると意識もはっきりとし始めた。

小麦の眼に生気が蘇ったのを確認すると、ようやく仲野は自分の髪の毛を拭き始めた。オールバックではない髪型は初めてだったが、年齢よりもずっと若く見える。

「私、何してたんでしょう?」

昼前にホテルを出てからの数時間、記憶は途切れ途切れだった。

「小麦の意識は違っていたかもしれないけど、ちょっと危険な状態だった」

「危険……?」

「そう……でも、まあ大したことないかな」

ニコリと笑いながら仲野はそう答えた。


夕方から降り続いた激しい雨は、小雨に変わっている。

二人を乗せたキャデラックは、水たまりだらけの道をのろのろと走り続けた。そのスピードは、凍り付いた小麦の心を解凍するためのような穏やかなものだった。

伊勢湾を見渡せる高台に着いたところで、仲野はエンジンを切った。

ヘッドライトも消えると、フロントガラスに真っ暗な海に浮かぶ漁火と知多半島の突端にある灯台の灯りが映る。展望台の上にいた時、横殴りの雨の向こうにかすかに見えたことを思い出した。

同じ景色は小麦の記憶を呼び覚ました。

『私は、定めを断ち切ろうとあそこに上ったんだ』

朝からの出来事がフラッシュバックのように頭の中に蘇ってくる。そして、再び苦しみが胸の中に充満していく。小麦は再びぼろぼろと泣き始めた。

仲野は、小麦の肩に手を置くだけで声を発しない。いまは心の膿《うみ》を出し切らせた方がいいというようにじっと見守り続けた。何十分そうしていただろう。小麦が泣きじゃくりながら言った。

「自分の定めが憎くて……もうそれから逃げたくて……」

思わず口を衝いた言葉だったが、後が続かなかった。

「定めか……」

仲野はぽつりと呟いた。

張りつめた空気を逃がすように、仲野は運転席側の窓を下ろした。そこから湿った風が吹き込んでくる。小麦は小さく深呼吸した。その顔を覗き込んで、仲野が明るい声で言った。

「お腹はすいてない？」

確かに、今日は水の一滴も口にはしていない。しかし、何かが口を通るとも思えなかった。

「最初に小麦のアパートに行ったんだよ。その途中、差し入れを買っていたんだ」

仲野は体をよじり後部座席から、横長の箱を取り出した。膝の上で箱の蓋を開けると、そこにはドーナツが並んでいた。

一つ取り出すと小麦に差し出した。断ることも出来ず、小麦は受け取った。

「アメリカにいた時にね、落ち込むと公園に行って、ドーナツをよく食べたんだ」

そう言いながら、仲野は噛《かじ》り付いた。前髪の下りている顔でドーナツを頬張っている仲野の様子は、小麦の心を少しだけ落ち着かせてくれた。

「どうして、ドーナツだったんですか？」

仲野は苦笑いしながら答えた。

「まだ二十代の頃かな。『パワーパートナーズ』って酷い会社でさ、日本人というだけで苛められた。嫌がらせとかも滅茶苦茶多くてね。

そんな時は、仕事をほっぽらかして、気晴らしに近くの公園に行って時間を潰していたんだよ。そしたらある日さ、僕がいるベンチのすぐ傍に黒人の親子連れが座った。凄く太った黒人のパパと五歳くらいの女の子だった。そのパパが公園の中にあるケータリングのワゴン車でドーナツを買ってきた。そして、それを一つ摘むと、自分の目のところに持って行ったんだ。まるで虫眼鏡みたいにね。

すると、そのパパが噴水の方を見ながら大きな声を上げた。『お菓子の国が見えるぞ！』ってね。子供も真似すると『ほんとだ！　見えた！』って叫ぶんだよ。

なんかいいなと思ってさ。僕もドーナツを買って同じことをやってみたんだ。何が見えたと思う？」

「お菓子の国……？」

「残念ながらそれは見えなかったけど、景色が違って見えた。公園の緑も噴水も、摩天楼の上にある青空も、全てがね」

仲野がもう一つドーナツを摘み上げると、右目の上に当てた。

「ほら、今日もそうだ。やっぱり違って見える」

小麦も渡されたドーナツを目に持って行った。丸い円の向こうには、フロントガラスの先、伊勢湾に浮かぶ漁火が見えた。

「本当だ」

「だろ！」

仲野の言う通りだった。眼はいつも通りの景色しか映さなかったが、心はまるで魔法にかかったように違う景色を感じた。

「公園の時以来、僕はまるで子供のおまじないみたいに、辛い時は必ずドーナツを買うことにしているんだよ」

ドーナツを通すことで、景色は自分にしか見えないものに変わる。ただドーナツというフィルターを一つ目に当てるだけで。

「さっき小麦は『定め』という言葉を使ったよね。確かに、誰にでも避けられない定めはあるのかもしれない。でも定めってやつも、見る方向によって感じ方が違ってくるんじゃないのかな」

「方向によって？」

「定めは、生まれる前から決まっているものかもしれないし、天の声みたいに突然降臨してくるものかもしれない。

でも、僕はこう考えてみる。見る角度によって定めは違って映るんじゃないかなってね。同じ定めでも、角度によってそれは不幸に映るかもしれないし、幸運に映るかもしれない。そして、この見る角度だけは自分で決められるんだよ。自分で工夫をしていいんだよ」

「見る角度を変える……」

「そう。そのテクニックは、このドーナツを覗くのと同じだよ。初めから不幸を連れてくるものと決めつけず、もう一度見直せば、ひょっとするとそれは自分にとって親切な奴なのかもしれない」

はっきりとではなかったが、仲野の話は小麦にも何となく理解できた。

これまで祖父や父から受け継いだ定めを、不幸なものとしか捉えていなかった。でもそれは考え方次第、工夫次第で、自分を幸せに導くものに変えることが出来るかもしれない。すると、仲野とこうして出会えたのも、定めの一つのアングルなのだろうと思うことも出来た。

二人は、フロントガラスに顔を向けながらドーナツを無言で頬張った。食べ終わった仲野が、手に付いた砂糖を払いながら言った。

「小麦は絶対にやめちゃダメだよ。しっかりと仕事をしているんだから、ホテルの側に首にする理由はない。全ては小麦次第なんだ。ただ、僕はもう近くで君のことを守ってあげられなくなるけど」

「それは、私のせいなんです」

「そうかな。それはたぶん間違っている。エリックはどんな理由を探してでも、僕を首にしていたんじゃないかな。でも……僕を守ろうと思ってくれた小麦の気持ちは凄く嬉しいよ」

仲野は既に、エリックが小麦にしたことを知っているようだった。

「辛い思いをさせてしまったね」

仲野の眼に、エリックに対する怒りが見て取れた。

「どうしても、辞めなきゃいけないんですか？」

「本部の決定が出たからね。そういうところ、アメリカはドライなんだよ。すぐに次の副支配人が来るだろうから、明日になったら荷物をまとめなきゃいけないかな」

小麦には言葉が見つからない。

「そんな顔しないで。世界には数えきれないくらいのホテルがあるんだよ。そこにはまだ働いてみたいホテルが山ほどある」

ただ強がって言っているようには見えなかった。仲野には本当に今を乗り越えられるだけの気力があった。

「でも、傍にいてほしい……」

「僕もだよ。だけど、そうもいかないんだ」

「頭ではわかっているんですけど……ずっと傍にいてほしいんです」

それは生まれて初めて口にする、告白のようなものだった。

「僕もだよ。小麦のことが好きだから」

仲野はまっすぐな眼で言った。それを見て、小麦の瞳に今までとは種類の違う涙が溢れ出した。

「私も」と返したいのに、胸が詰まって声が出ない。

仲野はそんな小麦から目を離さずに、何度も頷いてくれた。そして、優しく小麦の身体を抱き寄せた。仲野の身体は汗臭かった。でも、それは全て自分のためにかいてくれた汗だ。そう思うと、また涙が止まらなくなった。小麦はその匂いがとても愛おしかった。

身体を離すと、仲野は照れ臭そうに言った。

「歳が離れすぎているから、ずっと言えなかったけどね。変なおじさんて思われそうでさ」

小麦は、仲野が全く反対から、同じことを思っていたことに可笑しくなった。

「私も、ずっと自分は酷いファザコンなんだって思ってました」

それを聞いて、仲野も笑った。

「でも、本当は……仲野さんとお祖父ちゃんを重ね合わせていたみたいなんです。二人ともとっても素敵だから」

「僕とお祖父ちゃんが一緒に見えたのかい？　それじゃあ、グランドファザコンになっちゃうよ」

仲野は、一転真面目な表情に変わり言葉を続けた。

「でもそう見えたなら、それは光栄なことかもしれないね。小宮幹二郎は、僕の中では伝説の人物で英雄だ。目標とするホテルマンなんだ。

『クラウンホテル』には一年ほどしかいなかったけど、何年も働いたくらいに大きな収穫があった。それは小宮幹二郎と出会ったことに尽きる。今まで僕は、ホテルマンの仕事を勘違いしていたようだ。ホスピタリティという言葉を軽々しく使い、売り上げだけがプライドだった。あのままじゃ人としてもダメになっていただろうね。

そんな僕に小宮幹二郎は、ホテルマンとしての姿勢や明確なビジョンを教えてくれた。今はね、小宮幹二郎が目指したようなホテルを作ってみたいんだ。人生で一番の幸福を味わえるような、そんなホテルをね。

そして、ここに来て得られた、もう一つの収穫が……」

仲野は小麦の前に、顔を近づけた。

「小麦と、出会えたことだね」

その頃には、伊勢湾を囲む夜空に星がいくつも瞬き始めていた。

その翌日。

正午を回った頃、小麦はアパートで支度を済ませると、力強く自転車をこぎ始めた。

「疎まれたっていい。働き続けてみせる」

ハンドルを握りながら、伊勢の空に向かって声を張った。向かう職場で自分が歓迎されない存在であることはわかっている。いくら強い決意を持って臨んでも、定めという外圧の前ではそれは粉々に砕け散っていくことも嫌というほど経験し理解している。

しかし、今日だけは自分の中にそれを撥ね除ける力が漲っているように感じられた。定めは見る方向によって違うものに変化する。そう仲野は教えてくれた。仲野の言葉と優しい眼差しは、そのままペダルを踏む力に変わっていた。

それにしても、この二日間はまるで乱気流の中にでもいたような感じがする。一昨日悪夢のような体験をし、昨日はその地獄に拍車がかかり、最後に仲野の告白を受けた。地獄を通り過ぎないと幸福もやってこないものなのか。小麦は、自分がとんでもない運命を背負って生まれてきたことを改めて感じた。

更衣室に行くと、いま買い換えてきたばかりの携帯に、昨日までの出来事を打ち込み、義父にメールした。すると義父は、すぐに笑顔マークの絵文字だけを返してきた。

制服に着替えるとロッカーに付く小さな鏡を見据え、つげの櫛で丁寧に髪をまとめると、小麦はレストラン「コートダジュール」に向かう。ランチも終わって間もないレストランはがらんとしていた。テーブルはまだ誰も手を付けていない。小麦はテーブルクロスを掛け替えセッティングを始める。

するとチーフの西脇が、小麦の存在に気づき近づいてきた。

「おい、何をしているんだ。暫く休んでいろと言っただろう」

昨日言われたのは、ディナーを休めということだけだったが、口答えをしても始まらない。

「少しでもお手伝いできないかと思いまして」

「困るんだよな。今の立場が分かっていないようだね。これ以上、悪い評判が広まったらどうするんだ」

小麦は手を休めて言った。

「この時間なら、お客さまにも会わずに仕事が出来ると思います」

ランチ終了の時間を狙って出社したのは、その理由からだった。

「ディナーが始まったらお休みの時間を頂いて、終わった頃にまた顔を出して後片付けだけをします」

これは小麦の精一杯の譲歩だった。その頑固な態度に、西脇は舌打ちしながら小麦の元を離れていった。

しかし、少し経つと西脇が再び戻ってきた。どんな嫌味を言ってくるのか身構えたが、今度は様子がおかしい。

「君にお客さんが来ている」

西脇がレストランの入口の方を指さした。そこには、老紳士がぽつんと立っていた。

「ソムリエの石田さんが、先日のお礼にとお見えになった。しっかり挨拶するんだぞ」

小麦は、すぐに「ああ、あの時の石田さんだ」と思い出した。それは銀婚式の日に大阪から来店した山岸夫妻が探し求めるワインを、小麦に電話で教えてくれた人物だった。

石田幸雄は、小麦と西脇がいるところまで近づいてきた。もう七十を過ぎているだろう石田は、仕立てのいいジャケットの胸にチーフを差し込み、シャツはノーネクタイだった。ホテルマンは私服もお洒落。それが小麦の今までのイメージだったが、石田はイタリア辺りの紳士のように見えた。

「あなたが五間岩小麦さん。この間はお世話になりましたね」

「いえ、こちらこそ、突然お電話してしまって」

「実はあの後、山岸さまからご丁寧にお手紙を頂戴しました。私の住所は、五間岩さんが伝えてくださったんですね？」

小麦は恥ずかしそうに頷いた。

「手紙には一九七五年の『シャトー・ムートン・ロートシルト』の味もですが、あなたの感想がいっぱい書かれていた。とても素晴らしいホテルマンと出会えたとね」

そして石田は、西脇の方を向くと言った。

「西脇、五間岩さんを大切に育ててくれよ」

西脇は気まずそうな表情を浮かべた。

「こいつはね、まだどうしようもない時分から、私が面倒をみたんです。この頃ようやくいっぱしのチーフになった。

いいかい、五間岩さんは将来このホテルを背負って立つくらいのホテルマンになる。これは私が請け合う。だから、どんなことがあってもお前が守ってやれ、いいな」

「は、はい」

西脇は、小麦の方を見て苦笑いした。

この日の小麦は、まだ情緒が不安定な状態を続けていた。石田の言葉を聞きながら涙が溢れ出す。肩を小刻みに震わす小麦に、胸のチーフを差し出すと、石田は小麦の耳元で囁いた。

「少し時間はありますか?」

小麦は頷いた。

「では、ここのホテルの珈琲は安物を使っていて美味しくないから、外に出ましょう」

タクシーで案内された場所は、鳥羽駅近くの古い喫茶店だった。

席に着くと石田は、

「私は、食べ物はそれほどこだわりはないんですが、飲み物だけは煩《うるさ》くて。ここは昔からいい珈琲を煎れてくれるんです」

と語り、キリマンジャロを二杯オーダーした。

「昨日はインターネットに酷いことを書かれていたようですね。私はパソコンは苦手ですが、あなたに会いに行ったときに西脇が口を滑らせました」

小麦は、あの場で自分を守ってくれたのは、そのせいだったのかと思った。

「しかし、それ以前に私はあなたの素性だけは知っていたんです」

「えっ?」

「山岸夫妻が訪れた日。あなたの行動に感激した私は、失礼ながらあなたについて色々と調べさせて頂いた。何人かに電話をかけて話を聞くと、創業者、小宮幹二郎のお孫さんだと分かった」

小麦は、「豊泉水産」の社長辺りが漏らしたのかなと思った。

「今日は、先日のお礼を言いに来ることが本当の目的ではなかったのです」

石田は突然表情を硬くした。

「私には、あなたに謝らなくてはいけないことがあるんです」

石田は、珈琲が来るまで話し始めなかった。

同じ日の午後一時過ぎ。

上原潤一は、名古屋駅から上りの新幹線のぞみに飛び乗った。

座席に着くと、上原はすぐにテーブルの上に手帳を開き、東京で会う男を思い浮かべ、その時どんなやり取りをすべきかをメモし始めた。上原は、会話の流れの中から勝機を見出すような機転の利くタイプではない。交渉相手と会う前に、話の進め方を整理する習慣があった。

しかし、この日の上原は集中力を欠いていた。鼻の頭を指先で何度も摘んで気持ちを入れようとしても、考える横から雑念が心を占領していく。

『どうしてあの時、塚原栄一の言葉に逆らえなかったのか』

上原は二か月近く前の自分の判断を、今になって悔いていた。

小麦と会う機会を塚原に譲ったばかりに、そのあとの暴走を許すきっかけを作ってしまった。さらに、あの時小麦と会っていれば、もしかすると鍵の在りかについて話が出ていたかもしれないとも思った。上原は、小麦との関係性を築き上げながら、辛抱強くそのタイミングを待っていた。それがあの日だった可能性は十分にある。そして、そのタイミングはもう二度と訪れることはない。

それは、塚原のばら撒いたネットの書き込みが、上原と小麦の関係を粉砕してしまったからだ。目にした小麦は絶望の淵に立たされたはずだ。そして、その流出に携わった犯人を上原だと決め付けたに違いない。

塚原への怒りは、それだけではなかった。「クラウンホテル」買収の段取りから一切自分を締め出し、さらには小麦の身にレイプ寸前という危機をもたらした。何もかもが、上原にとって腹立たしいことだらけだった。

新幹線の座席で、上原はがたがたと貧乏ゆすりを続けた。

これから会う人物とは、昨日塚原と会った直後にアポイントを取った。昨日の今日で約束を取り付けられるのか心配したが、相手は快くそれに応じた。上原が急いだ理由は、自分には猶予がほとんど残されていなかったからだ。塚原が「クラウンホテル」を手に入れるのはもはや時間の問題だ。その前に手を打たなければ、これまでの苦労が水の泡となる。

上原にいま必要なものは、あの鍵だけだ。それさえあれば、お宝を手にし、塚原に先んじて、「クラウンホテル」を手に入れることも夢ではない。

東京での仕事は、自分にとってのラストチャンスに違いない。鍵を持っている可能性がこの世の中で一番高い男と、もう間もなく会うことが出来る。

目前にある「クラウンホテル」という獲物を、飼い犬にさらわれたら、塚原はどんな顔をするだろうか。そう思えた瞬間、上原の顔にようやく笑みが戻った。


新幹線は午後三時前に東京駅に到着した。そのまま中央線で四ツ谷駅に向かった。そして今日の交渉相手、五間岩薫がいる古いビルを見上げた。

「以前『クラウンホテル』で、支配人をやっていた上原です」

事務所の中で古い名刺を差し出すと、社長の五間岩は愛想よく出迎えた。五間岩は白の麻のジャケットに真っ青なシャツを着込んでいる。歌舞伎町のラブホテルのオーナーはやはりこんな感じなのかと上原は思った。生真面目に田舎のホテルで人生を積み上げた自分とは違って、百戦錬磨の匂いがする。

「五間岩さんは、『クラウンホテル』のOBだそうですね。私の一年後輩の宇津木から教えてもらいました」

「ああ、ベルボーイの宇津木君ですね。当時の同僚から紹介されて一度飲んだことがある。とても気のいい男でした。彼は今どうしています？」

「去年の十月にリストラされて、今はぶらぶらしているようです。五間岩さんも『クラウン』でベルボーイをされていたんですよね？」

「大昔ね。上原さんのようにうまく出世できなかったので、ラブホテルのようなやくざな商売に切り替えたんです」

少し会話しただけで、ひと癖ありそうな男だと上原は感じた。軽率な発言は命取りになる。上原はそう自分を戒めた。

五間岩は、上原を近所のカフェに連れ出した。テーブルにつくと、

「上原さんはいける方ですか？」

五間岩は、手でグラスを傾けるような仕草をした。

「まあ……」

「それは有難い。では、ビールでも飲みながら、ざっくばらんにやりましょう」

五間岩は、昼間から生ビールを二つ注文した。上原はそれを待たずに、話し始めた。

「伊勢で、何度か小麦さんにお会いしました」

「聞いています。いろいろとお世話頂いた上に、高価な夕食までご馳走になったと言っていました。上原さんには本当に感謝しています」

伊勢と東京で、二人は細かに連絡を取り合っていた。実の親子以上に仲がいい。小麦に流した情報は、全て五間岩には筒抜けになっていると考えた方がよさそうだ。神経を研ぎ澄ませ言葉を選び、会話を進めなければ地雷を踏むことも考えられる。上原は改めて自分を戒めた。

この日の上原の使命は、鍵を持ち帰ることにある。

初めてその鍵を見たのは、今から六年前、幹生と初対面の時だった。それ以来、幹生とは情報を共有し、上原は全てのことを把握しているつもりでいた。

しかし、火災が起きた日、予想外のことが立て続けに起きた。幹生の自殺もだが、一番不可解だったのは、絶命した幹生が鍵を持っていなかったことだった。

上原はその前日、幹生と会っていた。その時までは、『金庫の中には一体何が眠っているのでしょうね？　いよいよ、それが明日はっきりするんですよね』と言いながら、幹生は目をぎらつかせていた。つまり、幹生は上原と別れたその夜、もしくは当日心変わりをしたことになる。上原の読みでは、幹生は最後の最後で怖気づいた。

となると、自殺に及ぶ前に、鍵を信頼する誰かに託したはずだ。幹生が心から信じ、鍵を委ねておかしくない人物……それは、娘も託した五間岩薫以外には考えられなかった。

今その男が、上原の目の前にいる。

テーブルにビールが届くと、上原は居住まいを正して五間岩に語り掛けた。

「小麦さんから聞かれていると思うのですが、私は伊勢に来た細川幹生さんの一番近くにいた男です。

実は……今日は五間岩さんに全てをお話しするために、ここに出向きました」

そう言った上原を、五間岩は驚いた表情で見つめた。

「それは、幹生さんがなぜあんなことになったのか、という話ですか？」

「その通りです」

「なぜ、今になってそれを？」

「何度か伊勢で小麦さんとお会いしているうちに、胸に仕舞っておけなくなったのです」

五間岩は少し考えて尋ねた。

「それならば、小麦に直接話されたらよかったんじゃないのですか？　どうして私に」

「それは、あまりに刺激の強い話だからです。実の娘さんに話す勇気が私にはなかった。幹生さんは、五間岩さんのことをとても慕われていた。今日は、小麦さんの代わりに、私の話を聞いて頂ければと思っているんです」

「そうですか。幹生さんの死については、私もずっと心に引っかかっていた。是非、お聞かせください」

舞台裏を全て五間岩に伝える。それは、鍵を手に入れるために考え付いた手段だ。

上原は、五間岩が簡単に鍵を差し出すとは思っていない。今日の交渉は、五間岩との間で「取引」を成立させることにある。そのためには、多少身を削ってでも、自分と五間岩の間に信頼関係を築く必要があった。

上原は、運ばれた生ビールに少しだけ口を付けて、話し始めた。

「幹生さんと初めてお会いしたのは、亡くなる前の年の九月くらいだったと思います。

きっかけはその年の春先、幹生さんが全国を回って、父、幹二郎さんについて調べているという噂が私の元に入ってきたことでした。

伊勢神宮の外宮の前にある『ボン・ヴィヴァン』というフランス料理店で約束すると、そこに幹生さんは現れた。そこでディナーを食べながら、幹生さんはこれまでの生い立ちを私に話してくれました。そしてコースも終わりに差し掛かった頃、幹生さんはお母様から授かったという鍵を私に披露した。真鍮で出来た大きなもので、これが何のための鍵なのか、その真実を突き止めたいと幹生さんは言いました。

その頃、幹生さんは退職金も使い果たし生活にも困っていた。それならパートとして働きながら、『クラウンホテル』の中で、その鍵のことを調べたらいかがですかと誘ったのです。幹生さんは、ホテルに入ってから色々と調べて回っていたようですが、決め手になったのは、一枚の写真とひとつのストーリーでした」

五間岩はビールを口にしながらだったが、上原の話を注意深く聞いていた。その視線の鋭さに、舌がもつれそうになる自分を奮い立たせて上原は話し続けた。

「『クラウンホテル』で働き始めて二か月ほど経った、その年の十二月。幹生さんは、ホテルの地下にある資料室に足を踏み入れました。そこにはホテルの古いアルバムが揃っているのですが、そこで一枚の写真を見つける。

幹生さんはすぐに私の元に連絡を入れてきました。私も見せてもらいましたが、それはホテルが創業する前の写真で、石畳の床に白壁といった部屋に、三つ揃え姿の幹二郎さんが一人で立っていた。そして、その左奥に大きな金庫室が一緒に写り込んでいました。

幹生さんは興奮気味にこう言いました。

『私の持っている鍵は、この金庫室のためのものだと思うんです。私が調べたところ、鍵は昭和初期のものでした。そして、この写真が撮られたのも、同じ時代。この発想は決して飛躍してはいないはずです』

さらに私にこう尋ねました。

『父がいたこの白い壁の部屋は、どこにあるのですか？』

私は高校を卒業して以来、ずっと『クラウンホテル』に勤めています。全ての場所を把握していましたが、その白い壁の部屋だけは心当たりがなかった。それを聞いて、幹生さんは少しがっかりした顔をしましたが、店を出る時は『どうにか探り当ててみます』と明るく言って、その日は別れました。

そして、次に事態が動いたのは、幹生さんが志摩にある『豊泉水産』の元を訪れ、社長から話を聞いた時でした」

「その内容は、小麦から聞きました。フリーメイソンの話ですよね」

「はい、それです。幹生さんは年が明けた三月、『豊泉水産』を訪ねました。亡くなる二か月前のことです。そこで社長の豊泉信夫は先代から聞いた話を幹生さんに伝えました。

戦後、幹二郎さんは、『クラウンホテル』とは別にもう一つホテルを建てたがっていた。その資金を国内のフリーメイソンの元を回って集め、それをホテルのどこかに隠したという話です。

これを聞いて、幹生さんはあの写真に写っていた金庫室の中には、その資金が残されていると確信しました。

その頃からです。幹生さんがこんなことを言い始めたのは。

『GMの上原さんに言うのもおかしな話ですが、もし金庫の中にとんでもないお金や財宝が眠っていたとしたら、私は『クラウンホテル』を買い戻したいと思っているんです』

幹生さんは、塚原家に奪われたホテルを真剣に取り戻したいと思い始めていたのです。

『私も生涯、塚原の一族に仕えるつもりなどありませんから、協力は惜しみませんよ』と伝えると、幹生さんはホッとした顔をしました。

そして、ゴールデンウィークが終わった頃です。幹生さんから突然電話が入りました。鳥羽駅近くのバーで会ったのですが、そこで幹生さんは興奮気味に『ついに天の岩戸が開きます』と私に語った。

幹二郎さんが立っていた『白い壁の部屋』がホテルの中のどこにあるのか、探り当てたと言うのです。写真の中の一か所に、それを教えるヒントがあったと。

これで全ては出揃いました。そして、その二週間ほどのち、あの日がやってきたのです」

ここまで話して、上原はビールを少しだけ口に含んだ。五間岩は半分ほど飲んだ後は殆どジョッキに手を付けず、腕組みをしたまま聞いていた。

「しかし、今話したのはあくまで幹生さんが見た景色です。本当は、もう一つの景色が広がっていた。幹生さんの知らないところで……」

上原は、五間岩の目つきが鋭くなったのを感じた。上原は身体を乗り出し、小声でその続きを語ることにした。もう二度と後戻りすることが出来なくなる話を。

「私と幹生さんが初めて出会った頃、『クラウンホテル』は経営的に危機的な状況を迎えていました。

当時、ホテルの親会社、『クラウン事業』のオーナーは先代の塚原威一朗が務め、息子の栄一が専務でしたが、威一朗は八十を過ぎてもオーナーの椅子を息子に譲らず、ゴルフ場建設など負の遺産を作り続けていました。一方の栄一は、一刻も早く父に退いてもらい、自分がオーナーとして主導権を握る以外、『クラウンホテル』を救う道はないと考えていたのです。

そんな折に私の元に飛び込んできたのが、創業者の忘れ形見が周囲を探りまわっているというニュースでした。私は幹生さんの存在を栄一に伝えました。

すると、栄一はこう言ったのです。

『その息子をホテルの中で働かせてみたらどうだろう』と。

そして、ある話を幹生さんにうまく吹き込めと言いました。それが……幹二郎さんがもう一つホテルを建てたがっていた話、それとフリーメイソンによる資金繰りの話だったのです」

ここで久しぶりに五間岩が口を開いた。

「なるほど、それは興味深い」

「私は初め、一枚の写真とひとつのストーリーが幹生さんの行動の決め手になったとお話ししましたが、そのストーリーを思いついたのが、二代目のオーナーの塚原栄一だったのです。

フリーメイソンの話は部分的には事実も含まれていますが、全体を見れば栄一が考え出した架空の話です。

幹生さんに話を吹き込めと指示された私は、『豊泉水産』の社長がその適役だと考えました。あそこの先代は幹二郎さんとも付き合いがありましたから、信じ込ませるには一番いいと。しかも、あの頃『豊泉水産』は『クラウンホテル』の納入業者から外されていました。うまくやってくれれば、ホテルの海産物の一切の扱いを任せようとニンジンをぶら下げたら、社長は喜んでその役を引き受けてくれました。

私に残された問題は、金庫の在りかでした。栄一はホテルの中で適当な場所を設定すればいいと言っていました。そもそもが自分が考え出した作り話なわけで、隠し場所など栄一にとっては興味のないことだったのです。

私は、金庫の在りかをどこに設定しようかと悩みました。そこで発想の何かの役に立つかと思い、ホテルの中にある資料室に足を踏み入れたのです。そこには『クラウンホテル』の歴史を記すアルバムがあることを知っていました。

アルバムはどれも埃を被っていました。それは仕方のないことです。大切な写真はみな宿泊客の目に留まる展示室に飾られていて、残った写真は捨てるに捨てられないといったものばかりでしたから。

私は、アルバムの中から小宮幹二郎が写る写真だけを探し続けました。そして、あの一枚を見つけたのです。

私は、それを見た時、気が動転しました。なぜなら写真の中に、栄一の作り話そのままに、金庫室とさらにその扉の上にはユダヤの紋章『ダビデの星』まで描かれていたからです」

五間岩が少し難しい顔をし始めた。上原はそれに気付きこう続けた。

「混乱されるのも無理からぬことだと思います。今回の話は、事実の上に栄一の作り話が合わさり、さらにその上に偶然が重なっている。なかなか一度聞いただけでは理解するのは難しいことかもしれません。そして、幹生さんも栄一も、その一部分しか知らない。全てを把握しているのは私だけなんです」

五間岩は軽く頷き、こう尋ねてきた。

「塚原栄一は、本当にその写真の存在を知らなかったのでしょうか？　知らずに、そこまでの空想を組み立てた？」

「それは間違いありません。彼は特別なイベントなどのほかは、ホテルに足を踏み入れることはなかった。資料室の存在すら知らないと思います。

ただ冷静になって考えれば、偶然が起きてもおかしくないことだと思いました。栄一のフリーメイソンの話の中にはいくつか真実も含まれていたからです。

例えば『クラウンホテル』の建築家は間違いなくユダヤ系の人間だった。幹二郎さんがフリーメイソンに傾倒していても不思議ではない。さらに戦後間もなく、幹二郎さんが長くホテルを留守にしていたのも本当の話です。状況証拠だけで栄一が作り出した仮説は、奇跡的に真実とぴたりと合わさったのです。

しかし、私はその写真のことを栄一には伝えませんでした。それは私だけの特権にしておきたい、そんな思いからです。

そして、アルバムの中に写真を戻すと、私は幹生さんにアドバイスをしました。資料室を探すと何か手がかりが見つかるかもしれませんよと。その写真を、自分で見つけた方が効果的だと考えたからです。

予想通り、それを目にした幹生さんはとても興奮していた。

しかし、写真は手に入ったが、金庫のある部屋がホテルの中のどこなのか、簡単にはわかりませんでした。幹生さんは、時間を見つけてはホテルの中のあらゆる場所を物色して回っていたようです。

そして、伊勢に来て八か月目。幹生さんは自力でその場所を特定しました。

『壁は造り替えられ、金庫室は全て覆い隠されていたが、床はそのままの姿で残っていた』と、私に伝えてきたのです。

こうして鍵と金庫室の場所、そして『財宝』の内容が出揃ったところで、幹生さんはあの日を迎えました」

五間岩は、ずっと腕組みしたまま聞いていた。上原は汗ばんだ手をおしぼりで拭くと一度小さく息を吐いた。ここから先を話した時、自分は栄一と敵対関係になる。上原は意を決して残りの話に臨んだ。

「あの日の段取りは、全て塚原栄一が考えたものです。ホテルの創業記念の日を選んだのも栄一です。幹生さんは、ホテルを買い戻すきっかけになる日が、創業記念日なのは面白いと喜んでいました。

いよいよここからが、どうして塚原栄一が幹生さんを『クラウンホテル』に誘い込んだのか、その本心についての話になります。

栄一の狙いはホテルの火災にありました。彼はホテルのスプリンクラーが稼働しないことを知っていました。それが世間に知れ渡れば、威一朗はオーナーの椅子を譲らなくてはいけなくなる。

つまり、幹生さんに火災を起こさせるためだけに、全てのストーリーを考え出したということなんです。小宮幹二郎の末裔が創業記念の日に、ホテルを奪われた恨みを晴らすために放火した。世間がそう思い込むことが大事だったのです。

そして、幹生さんにそう仕向けるのは私の仕事でした。

金庫室にたどり着くためには、それを覆う壁を全て取り払わなくてはいけない。そのためには、かなりの時間を要する。その時間を稼ぐためには、火災くらいの大きな事故が必要になると私が進言すると、幹生さんは納得しました。

決行する時間は午後二時。手はずは、四階の客室に火を放ち、人の目がそこに注がれた時、金庫がある場所に潜入するというものです。

私はその時刻からホテルのエントランス近くの駐車場で、幹生さんが全ての仕事を終え出てくるのをじっと待ちました。私も金庫の中に何が入っているのか、期待でワクワクしていました。

しかし、幹生さんは放火までは成功したものの、そのあと展望台から身を投じた。なぜ、突然そんな行動に出たのか。私にもさっぱりわかりませんでした。そして、その理由は今もって解明されていないのです」

話はここまでだった。全てを話し終わった上原は、すっかりぬるくなったビールを一気に飲み干した。

飲み終わるのを待って、五間岩が口を開いた。

「一つ質問してもいいですか？」

「どうぞ」

「幹生さんを手伝った、あなたの目的は何だったのですか？」

上原は恥ずかしそうに笑うと、それに答えた。

「もちろん塚原への忠誠心はありましたが、五間岩さんが思われている通り、それだけでここまでは動けません。全ては狸の皮算用といった話ですが、幹生さんは見つかった『宝物』の半分は私にも権利があるとおっしゃってくださっていました」

「なるほど。その『宝物』の正体は一体何だったんでしょうね。上原さんはどう考えてらっしゃるのですか？」

「フリーメイソンによる資金という予想も捨てきれませんが、もう一つの可能性があると思っています。幹生さんが亡くなった後、私なりにそのことについて調べた時期がありました。伊勢周辺の御師の末裔や郷土の歴史を研究されている方の元を回ってみたのです。そこで分かったことは、小宮家は江戸時代に浮世絵を収集していた。明治時代に入り欧米での浮世絵の需要が高まると、それは海外へと売られたという話でしたが、まだ今もその一部が残っているのではと」

「それを幹二郎さんは金庫室に仕舞い込んだ、というわけでしょうか？」

「まあ、可能性の一つでしかありませんが……」

そこで全てを納得したのか、五間岩は背筋を伸ばしこう言った。

「まず、すべて真実をお伝え頂いたことに感謝します。

実は、今日あなたは、てっきり塚原の使いとしてここに来たと思っていました。私は塚原の一族を信用していないので、これは困ったなと内心思っていたんです。しかし、お話を伺ってみると、どうやらあなたは塚原とは手を切ったようですね。それならば、色々とご協力できることもあろうかと思います」

上原は、その言葉を聞いて胸を撫で下ろした。ここまでの話をしたということは、完全に塚原を裏切ったことを意味する。上原は退路を断って、五間岩を信用させることに努めたのだ。

五間岩は、上原のビールのお代わりを注文し、続けた。

「しかし、今日私にはずっと気になっていることがある。それは、どうしてあなたが突然私のもとにやってきたのかということです」

「それは、最初に申し上げた通り……」

五間岩は、その言葉を遮った。

「あなたが、わざわざ東京の私のもとにいらっしゃった理由を当ててみましょうか。あなたは、私がその鍵を持っていると思っているんじゃないですか？」

言葉に詰まった。それは意表を突く発言だった。上原はその話題を、段取りを踏み丁寧に持ち出すつもりでいた。

「鍵を持っているか、小麦にもあなたは尋ねた。その時彼女は持っていないと答えたと言っていました。

幹生さんが自殺した時、あなたはエントランス近くの駐車場で待っていたと言っていた。ということは、幹生さんが転落する瞬間も目撃した。そして、遺体に近づくとポケットの中を確認する。鍵を探すために。

しかし、幹生さんは持っていなかった。あなたは金庫のある場所も見に行ったはずです。結局、そこにもなかったんでしょう。

それならば、幹生さんはあの日、金庫室には向かわず、事前に娘もしくは私のもとに鍵を委ね、展望台に上った。あなたは、そう考えたのではないでしょうか。その場合、幹生さんのモチベーションは、創業記念日にホテルに放火することで父親の恨みを晴らす、それだけになりますが」

上原は正直に返すしかなかった。

「五間岩さんにはかなわない。おっしゃる通りです」

「そして、あなたのここまでの話から推測するに、ここでなさりたいことは、財宝の隠し場所を私に教えてくださるのと交換に、私から鍵を預かりたい。いかがでしょう？」

すべてを見透かされ、上原は笑うしかなかった。

「いや、さすがです。私はどうやってその話を切り出そうか、いま悩んでいたところでした。全て五間岩さんのおっしゃる通りです」

「しかし……その取引はうまくいきますかね？」

「えっ？」

五間岩はニヤニヤ笑っている。

「だって、私が幹生さんからその隠し場所を聞いていたとしたら、あなたにはその交渉道具がなくなってしまう」

上原は息を呑んだ。五間岩の言っていることは間違っていない。はたして、そうなのか。五間岩は、ほとんど口を付けていない気の抜けたビールを下げさせると、新たな一杯を注文した。上原はその動作の一部始終をイライラした気持ちで見守った。まるで、ポーカーでディーラーから差し出されたカードを捲る時のような緊張感だった。

「ご安心ください。私は金庫室の在りかを知ってはいない。上原さんの交渉のテーブルに喜んで着きますよ」

五間岩は届いた二杯目のビールを、半分ほどうまそうに飲んだ。

上原は大きな息をついた。それにしても、この古狸は人の心をいいように弄んでくれる。

「いや、今日は本当にいい日だ。私も長年気にかかっていたことが全て把握できた。みな上原さんのお蔭です。これで一歩前に踏み出すことが出来る。

これからあなたに、鍵をご覧に入れましょう。暫くここでお待ちください」

そう言うと、五間岩は店から姿を消した。

鳥羽駅からほど近い場所で、もう二十年以上も営業を続けているという喫茶店は、クラシックな木目調で統一され、カウンターの脇には年代物の大きなオルゴールが置かれている。

客もまばらな店内の、窓際の席に小麦はいた。そして、テーブルの向こうには、『クラウンホテル』の元ソムリエの石田幸雄が座っている。

店に入るとすぐに、石田は『私には、あなたに謝らなくてはいけないことがあるんです』と切り出した。小麦には見当もつかなかったが、キリマンジャロの珈琲が運ばれてくるのを待って、石田は穏やかな口調で自分の素性から語り始めた。

「私は松阪市の貿易商の家に生まれました。輸入品には洋酒も扱っていて、私は中学を卒業する頃から、父にワインを飲まされ英才教育を受けていたんです」

そう言いながら石田は笑った。小麦も珈琲に口を付けながら微笑み返した。

「貿易商は、父が一代で築き上げたものでした。江戸時代の頃は、乾物を扱う商家だった。実は、その頃からあなたの祖先の小宮家に、うちは乾物を納めていたんです。

あなたとは今日初めてお会いしたが、私たちには長い因縁があったのですよ。どうです、面白いでしょう」

小麦は不思議な気分になっていた。目の前の老紳士は、今日突然、自分が働くレストランに姿を現し、ネットの書き込みで微妙な立場だった小麦を庇ってくれた。それは全て、小麦の祖先が織り成した人間関係によるものだったのだろうか。

「あなたのお祖父様、小宮幹二郎と私の父はそんな繋がりもあって知り合ったんです」

「祖父と、ですか？」

「はい。二十代も初めの若い頃から。父は海外の貿易に乗り出し、お祖父様も新たにホテル業を始めた。二人とも祖先が築き上げた身代を放り出して、自分勝手な生き方を選んだ男たちです。似た者同士ということもあって、すぐに意気投合したと父は言っていました」

店の店主がオルゴールの大きなねじを巻き始め、店内にクラシックな音色が響き渡る。その音と共に、小麦は祖父の時代へと導かれていくような感覚を覚えた。

「お祖父様は、ウイスキーやワインといった洋酒をとても好まれた。父が輸入してきたお酒の多くが、お祖父様のホテルに納品されていたそうです。

私は次男坊で、父の会社を継がなくてはいけない兄とは違い、自分の好きな道に進むことが出来た。そこで、日本ではまだあまり馴染のなかったソムリエという職業を選んだんです。

二十歳から東京のホテルで働き、二十二の時に父の勧めもあって『伊勢クラウンホテル』に入社することが決まりました。父は『義兄弟の盃も交わした相手だ。必死で働いてくれよ』と私の尻を叩いて送り出した。

父が言うには、戦前の『クラウンホテル』は、想像を絶するほど華やかな場所だったようです。小宮家は元々が伊勢神宮の御師の家系だ。当時のホテルの宿泊客の多くが、御師時代の遺産を受け継いだものだった。

小麦さんは、伊勢講のことはご存じですか？」

小麦は頷いた。その話は義父から教えてもらっていた。

「お若いのに大したものだ。伊勢講は江戸時代、お伊勢参りのために村や職場単位で作られた組織です。そこで人々はお金を出し合い、貯まったお金で代わる代わるお伊勢参りに出発した。そして、昭和に入ると、小宮家の屋敷を目指していた伊勢講の人々が、出来たばかりの『クラウンホテル』に通い始めた。

伊勢講による旅人は、そのほとんどが農家や職人、漁師といった取り立てて裕福な人ではなかった。その方たちを楽しませるために、幹二郎さんは色々とアイディアを捻ったらしい。

その一つが、父が運び入れたワインでもあったのです。戦前は、日本人のほとんどがワインなど口にしたことがない時代です。幹二郎さんは、そんな舶来のお酒を、豪勢な料理とともに宿泊客に振舞った。

そこには先日の『ムートン』のようなヴィンテージまで含まれていたと言います。つまり、ホテルに宿泊したお百姓さんたちも『ムートン』を口にしていたわけです。話を聞いているだけで痛快ですよね」

石田は、珈琲の香りを楽しみながら口を付けると、話を続けた。

「私が『クラウンホテル』に入ったのは終戦から四年が経った時でした。その頃のお客さんには伊勢講の人は一人もいなかった。戦後間もなく米軍に接収されていましたから、ホテルの中はアメリカ兵で埋め尽くされていたのです。

初めてお目にかかった幹二郎さんは、すっかりやつれ、父から聞いていた人物ととても同じには見えなかった。仕事を選べる時代ではありませんでしたが、私も日本人を見下したアメリカ兵の接客ばかりを続けて、すっかりやる気を失ってしまいました。

しかし、私には唯一楽しい居場所があった。そこがどこだか想像できますか？」

石田の問いかけに、小麦は色々な場所に思いを巡らせた。ここだと思えるところは一か所しかなかった。

「ひょっとしてワインセラーですか？」

「ご名答。あなたも先日行った、あのワインセラーです。面白いことを教えましょうか。あのワインセラーのことを、米軍には秘密にしていたんですよ」

「そんなことが出来たんですか？」

「あそこは運よく、厨房の地下にあった。幹二郎さんから米兵の前ではその扉を絶対に開けるなと指示されていたんです。

その教えを私はサービスの先輩から受け継ぎました。ですから、私は本当の肩書はソムリエでしたが、米兵の前では単なるウェイターを装っていました。ビールやバーボンだけを愛想よく注いで回ってね」

お茶目な顔をする石田に、小麦も思わず笑みをこぼした。

「私の実家は、輸入品を仕舞っておいた倉庫ごと空襲で焼かれましたから、そこにはワインなんてものは残ってない。しかし、『クラウンホテル』の地下には、日本でも有数のワインのストックがあった。私は米兵の目を盗んでは、ワインセラーに入り浸ったものです。

そして、働き始めて三年ほど経った頃のことです。いつものようにワインセラーでラベルを見たり、ボトルの中の味を想像していたりすると、そこに幹二郎さんが下りてきたんです。それは初めてのことで、とても緊張したのを覚えています。

幹二郎さんはいつもの三つ揃えの姿でした。直立不動の私に『ワインたちは元気ですか？』と尋ねられたので、私は『はい』と返しました。

続けて幹二郎さんはこうおっしゃった。

『もし私の身に何かあったら、ここをよろしく頼みますね』と。

てっきり、私はワインのことだと思い『一本一本心を込めて扱います』と言うと、幹二郎さんはニコリと笑い、不思議なことを言い始めたんです。

『ワインもですが、あなたにはもう一つ守ってもらいたいものがあるのです』

すると、幹二郎さんはポケットから折り畳みナイフを取り出した。何が始まるのかと、ぼうっと見ていると、ワインセラーの一番奥、ちょうど『ムートン』を置いていた辺りですね、そこの棚に載せてあったワインを次々とどけ始めた。

そして棚の奥にある、煉瓦の四隅をナイフでがりがりと削って、壁にはまっていた煉瓦を一つ取り出した。続いて、二つ三つ四つと煉瓦を外すと、『中を覗いてみてください』と、おっしゃる。言われた通りにしてみると……穴の中にうっすらと金庫の扉のようなものが見えたんです」

「えっ？」

小麦は思わず大きな声を上げた。

「あなたもご存じでしたか？」

その問いかけに、小麦は頷いた。しかし確信などどこにもない。ただ、「クラウンホテル」の元支配人・上原が言っていた、祖父が隠したという「宝物」と父が持っていたあの鍵、さらには「豊泉水産」の社長が語っていた「ダビデの星が描かれた金庫の扉」が結びつき、それらが頭の中でぐるぐる回り始めていた。

いま、石田幸雄が言う「金庫の扉」は、そうした話と同じものを指しているのだろうか。

「私が『これは一体何ですか』と聞くと、幹二郎さんはこう答えました。『これはホテルが出来る前に私がこっそり造った金庫です。この存在は誰も知りません。扉はドイツ製で、簡単にこじ開けられるようなものではない。金庫の中にあるのは、小宮家の大切な「宝物」です』と」

やはりあったのだ。小麦は息を呑んだ。父が探し求めていた金庫とそこに収められた「宝物」。

上原や豊泉の話はどれも伝え聞いたものばかりで、想像の域を越えることは出来なかった。しかし、石田の話は祖父・幹二郎から直に聞き、その目で確かめた、動かしようのない真実だ。

それに初めてたどり着いた小麦の心は大きく揺さぶられた。その反面、これ以上聞き続けていいのかという躊躇も生まれている。父はその話を信じ、虜となり最後には帰らぬ人となっている。かっと熱くなった小麦の身体は、その防衛本能を現していた。

その小麦の前で、石田は淡々と過去を整理し続けた。

「私は『宝物』の内容については、気が引けて聞くことが出来ませんでした。代わりに、幹二郎さんにこう尋ねたのです。

『どうして、これを私に見せたのですか？』

幹二郎さんは、私に顔を近づけてまたニコリと笑いました。

『それは、幸雄君が私の親友の息子だからです。このホテルの中で唯一信用が出来る人物だからです』

私はとても嬉しかった。しかし、問題はそこからでした。

『幸雄君にお願いしたいことがあります。あなたに、ここの「番人」になってもらいたいのです。

もし、私の身に何かあったら、代わりにここを守り続けてほしい』

私は戸惑いました。しかし、父の親友の頼みです。断ることなど端からできない。役目を引き受ける覚悟をすると、私は一つ質問をしました。

『もし、この金庫を開けて欲しいと言う人が現れたら、私はどうしたらいいのでしょうか？』

幹二郎さんは少し考えてこう言いました。

『その人物が、このホテルを利用されるお客様を愛している人かどうか、それで判断してください。その見極めは、あなたにお任せします』

私はそんな簡単なことでいいのかと首を傾げました。その時は、幹二郎さんの言っている真意が正確にはわかっていなかったのです。それがわかったのは、もう何十年も経ってからのことです」

石田は、もうなくなった珈琲の代わりにお冷で喉を潤した。

「それから一か月ほど経って、幹二郎さんは自分の命を絶ちました。それを知った時、幹二郎さんはどこかで覚悟されていたのかなと思いました。

ワインセラーでの言葉が、幹二郎さんの遺言のように感じられた。そして、幹二郎さんの亡くなったその日から、私はワインセラーの、いや小宮家の金庫の『番人』になったのです。

その後も、私は『クラウンホテル』で働き続けました。幸いにして私を贔屓にしてくださるお客様も多く、定年を過ぎても嘱託として使って頂いた。私としても、身体が続く限り金庫を守る覚悟でしたから、ホテルの中で浮いた存在の老人になっても、頑固にワインセラーに立ち続けました。

結局その間、金庫について尋ねる人は誰もいなかった。たった一人を除いては……」

その時、石田は顔を歪ませた。その顔から小麦は感じた。「たった一人」は、父なのかもしれない。

石田は下唇を歯で噛んで暫く押し黙った。そして、その目からはじわじわと涙が溢れ出した。

「小麦さん、私には謝らなきゃいけないことがある」

石田は再びその言葉を口にし、小麦の前で頭《こうべ》を垂れた。

「あなたのお父さんを殺したのは……私だ」

小麦は言葉を失った。石田は頭を下げたまま、肩を震わせている。

「何が……あったんですか？」

小麦は恐る恐る尋ねた。これまで、あの日の父の行動を知る者はいなかった。金庫室の場所には行かなかったという話や、誰かに「宝物」を奪われたなどという憶測は耳にしてきたが、目の前の石田はその本当のことを知っている。小麦は膝の上で、拳をぎゅっと握りしめた。

石田はようやく顔を上げると、何かを振り払うようにして話の続きを語り始めた。

「あなたが私に電話を入れてきたのは、本当に運命的だった。神が『贖罪』の機会を与えてくれたのかもしれないと思えたほどです。

忘れもしない、五年前の五月二十日。そう、山岸夫妻の銀婚式の前日のことです。

その日、私は昼過ぎに出勤しました。大広間では、創業記念のパーティなども開かれていましたが、そこは若い人に任せて、私は厨房で届いたばかりのケースの中のワインを調べていました。すると ホテルの中が騒がしくなった。四階の部屋で出火があったというんです。長く『クラウンホテル』で働いてきましたが、そんなことはもちろん初めてでした。

全ての従業員が慌てふためいたはずです。スプリンクラーさえ利かないホテルですから、避難訓練などやったことがない。他の階のお客様に知らせに行く者、いち早く外に逃げ出す者など、皆てんでんばらばらに行動した。

その時、私だけがワインセラーに向かいました。もし一階まで延焼するようだと貴重なワインもですが、それ以上に幹二郎さんから任された金庫を守る必要がある。

しかし、いざワインセラーに着くと、私は弱り果てました。守れとは言われていましたが、開け方などは聞いていない。取りあえず、幹二郎さんがやったようにワインをどけ、それが載っていた棚を動かしました。そして、煉瓦の隙間にワインオープナーの刃を差し込んで一個二個と取り外すと、中からはあの日幹二郎さんに見せてもらったように、金庫の扉が少しずつ見えてきました。

とその時です。厨房とワインセラーを繋ぐらせん階段で、靴音がしたような気がしました。そちらの方へ振り返ると、手に大きなスーツケースを下げた人が階段の中ほどにいました。顔まで確認できたのは、階段を降り切った時です。向こうも私を見て驚いた表情をしています。それは何度かホテルの中で見かけたことのある、黒縁の眼鏡をかけたパート従業員でした」

やはり父だった。父はあの日、金庫室のある場所まで行っていたのだ。長く霧の向こうに隠されていた真実が、少しずつその顔を現そうとしている。小麦の全身に鳥肌が立ち、心臓の鼓動は激しさを増し、昂ぶる動揺を抑えることが出来なかった。

「思わず私は自分の身体で、煉瓦を抜いた穴を隠しました。もうお気づきですよね。それはあなたのお父さん、幹生さんだった。もちろん、そんなことは知らないので、私は尋ねました。

『どうしてここに来た？』

幹生さんは、私の質問とは違うことを口走りました。

『やっぱり、「宝物」はあったんだ。本当に父は残していたんだ』

私は、その『父』という言葉にハッとしました。わずかな記憶でしたが、幹二郎さんには小さなお子さんがいた。亡くなって以来、その子と奥様がどこで暮らされているのかは全く知りませんでしたが、幹二郎さんの忘れ形見が、目の前に姿を現したのかもしれないと思いました。

さらに、混乱する頭の中でこんなことも考えました。

このタイミングでここに来たということは、火災と何か関係があるのかもしれないと。

幹生さんは、私に近づいてきました。そして、こう言った。

『そこをどいてください。私は中の物を見る権利がある』

私は幹生さんの顔をじっと見ました。眼鏡をかけていましたが、その向こうには確かに幹二郎さんの面影がありました。

『ひょっとして、あなたは幹二郎さんのご子息ですか？』

『そうです。その証拠がこれです』

幹生さんは、従業員用のジャンパーのポケットから、茶封筒を取り出した。そして、その中から……大きな鍵を出し、私に見せたのです。

『これは父が母に預け、母から私が譲り受けたものです。その金庫の鍵で間違いないと思います』

金庫の鍵を見るのは初めてです。でも、幹生さんの言葉は正しいのだろうと直感で思いました。

金庫の中にあるものは、小宮家の『宝物』です。幹生さんには、それを受け継ぐ権利が確かにある。

しかし、その時私は幹二郎さんの言葉を思い出したのです。息子かどうかが重要なのではなく、ここを開けるにふさわしい人物かどうかが問題なのだと。それを確認しなくてはと思いました。

『私は、あなたのお父様が亡くなる直前、ここを守り続けろと命じられました。そして、もう半世紀近くもここの「番人」であり続けた。簡単に開けさせるわけにはいきません』

幹生さんは、顔を紅潮させて聞いていました。その時、幹生さんは慌てていたんだと思います。ここで説得している時間がもったいないと考えたのでしょう、言葉を続けようとした私の肩に突然手をかけ、そこからどかそうとしました。

私は反射的に幹生さんを払いのけた。幹生さんは、飛ばされ石畳の床に尻餅をつきました。七十を過ぎた自分に、そんな力が残っていたのかと驚きました。幹生さんは苛立った表情で下から私を睨みつけています。そんな幹生さんに、私は尋ねました。

『火災もあなたがやったことですか？』

幹生さんは視線をそらし、小さな声で返してきました。

『それは……仲間がやったんだ』

その一言で、私の腹は決まりました。

『あなたは今、自分がやっていることがわかっているんですか？　宿泊客の中から犠牲者が出たらどうするつもりなんですか？』

『だから、なるべく客のいない時間にしたんだ……』

『そんなこと、なんの保証になるっていうんですか。あなたは狂っている。それに迷惑をかけているのは、今日の宿泊客だけじゃないんですよ。

私のお客様で、毎年結婚記念日をここのレストランで祝うご夫婦がいらっしゃる。明日はちょうどその銀婚式で、私は特別なワインを用意してお待ちしていました。恐らく、この火災を知って、キャンセルの電話をかけてくることでしょう。その他にも、『クラウンホテル』を大切にしてくださっているお客様は日本中にいる。その人たちも火災が起きたことに、きっと心を痛めるはずだ。

そんな状況を、あなたのお父様は喜ばれると思いますか？

私はあなたのお父様から「番人」を指名された時、こう仰せつかった。ここを開けるように言う者が現れたら、その人物がこのホテルのお客様を愛している者かどうかで判断してほしいと。自分でその資格があると思いますか？』

その言葉に、幹生さんの顔色がさっと変わりました。

『あなたは恥じるべきだ。お父様は本当に立派なホテルマンで、この『クラウンホテル』に泊まれるお客様を誰よりも愛していたんですよ』

その時、それまでじっと私の話を聞いていた幹生さんが、突然目の前で泣き崩れたのです。ようやく自分がやったのはどんなことだったのか、それに気づいたようでした。

その頃には、開けたままの扉から、消防車のサイレンの音が聞こえていました。幹生さんは涙をぬぐいもせず、ぽつりと言いました。

『父が、そんなことを言っていたんですか……』

そして、静かに顔を上げました。

『父のことがわかった気になっていたが、何もわかっちゃいなかった。私は肝心なことを何も知らなかったんですね。

あなたのおっしゃる通りです。私は間違っていた。ここの「宝物」さえ手に出来れば、ホテルを買い戻せるかもしれない。それが父の遺志を受け継ぐことになると勝手に信じ込んでいた。

でも、私は……そもそも、このホテルを手に出来るような資格がなかった。気づくのが遅すぎました。本当に……申し訳ありません』

最後の方は、涙でもう言葉にはなっていませんでした。

幹生さんは一度眼鏡をはずして涙をぬぐいました。そして、鍵を茶封筒に戻すと、私の足元に差し出したんです。

『これは、あなたが持っていた方がいいと思います』

そう言うと、幹生さんはふらふらと立ち上がり、スーツケースを置いたままワインセラーから出ていきました。私はその姿を見届けると、力が抜けてその場にへたり込みました」

石田の表情が、過去の自分と戦うようにより険しくなった。

「幹生さん……お父さんが展望台から飛び降りたのは、その直後のことです」

石田は両方の手で顔を覆い尽くした。手の向こうで泣き続けている。

「あの時、私が幹生さんを留めていれば、あんなことにならなかった。金庫を守ることばかり気にして、幹生さんの心の内を察することが出来なかった。

言い訳になりますが、あの時点では怪我人が二人で済んだことも知りませんでした。わかっていれば、あんなに強く幹生さんを罵倒することもなかっただろうに。

私は、幹二郎さんからとても大切にして頂いたのに、その息子を死に追いやってしまった。あの場で私は酷いことを言いすぎたんです」

小麦には、慰める言葉が見つからなかった。石田はこの五年、その苦い記憶と戦い続けていたのかもしれない。「贖罪」の言葉の意味が、小麦にもようやくわかった。

小麦は石田の方を見つめ、小さな声で言った。

「石田さんは何も悪くありません。かえって、父のせいで……石田さんには長く辛い思いをさせてしまって……」

それは本当の想いだった。

父は仲間と結託しホテルに火を放ち、周囲の注目が火災に向けられると、その間隙をついてワインセラーに押し入った。直接放火に手を貸さなかったにせよ、それは同罪だ。父の行動は全てが浅はかで馬鹿げている。その挙句……小麦を一人置いて展望台から身を投げた。

小麦は父の自殺を肯定しようと努めていた。しかし、石田の話を聞いて、再び父への怒りが自分の中で大きく膨らんでいく。やるせなさと悔しさで、小麦の頰に涙が流れた。

二人の間を暫く沈黙が支配した。小麦と石田は項垂れたまま、それぞれの苦悩と向き合っていた。

小麦の中で、激しい怒りが通り過ぎると、二色の哀しみが体内にしみ出した。一つはどうにか守り続けてきたものがパチンと割れた喪失感。もう一つの哀しみは、すがるものを失ったどうしようもない孤独感。

小麦は重い息を吐きながら、じっと耐え続けるしかなかった。


気が付けば、店の中は小麦と石田の二人きりになっていた。オルゴールも動きを止め店内は静まり返っている。

石田は上着のポケットから、茶封筒をそっと取り出した。

「これをあなたに……」

中には鍵が入っていると思った。

「ダメです。受け取れません。石田さんが持っているべきものです」

「あなたの素性がわかって、私はホッとしていたんです。ようやくこの鍵を持つべき人が現れてくれた。これでようやく私も重い荷物を降ろせると。

それは幹二郎さんの言葉に、決して背くものではない。あなたは誰よりも『クラウンホテル』のお客様を愛しているのだから」

小麦は素直にその言葉は嬉しかった。胸に熱いものが込み上げてくる。

「中を確認してもらっていいでしょうか」

石田に促され小麦は、おずおずと茶封筒を手に取った。そして、それを逆さにしてみる。掌の中に重い鍵が落ちてきた。真鍮で出来た大きな鍵。

伊勢に引っ越して間もない頃、これを父は居間でじっと見つめていた。母や上原がその存在に興味を持ち続けた鍵。間近で見るのはもちろん初めてのことだ。

祖父幹二郎は、これをひとまず祖母に託した。つまり、血族に金庫の未来を委ねたわけだ。しかし、父がそれを開けに行っても、金庫は見向きもしなかった。この鍵は人を選ぶのかもしれない。となると、自分にこれを持つ資格が本当にあるのかと、小麦はじっと見つめて思った。

「中には鍵以外も入っています」

「えっ?」

手を差し入れると、確かに中に紙のようなものを感じた。そのまま引き出すとそれは三枚の写真だった。

一番古いものを見て、小麦は尋ねた。

「これは、祖父ですか？」

「ええ、三十代の頃でしょう。幹二郎さんはとても男前だった」

それは、祖父が金庫室の前に立つ写真だった。初めて見る祖父は、三つ揃えを着込み、太い眉毛に大きな目、髪をオールバックにし、口元が少し笑っているように見える。その扉の上には、以前聞いたようにユダヤの紋章「ダビデの星」が描かれている。この写真は、父が「豊泉水産」の社長に見せたものに違いない。

もう一枚の古い写真は、祖父がまだ幼い父を抱っこしていた。それは自宅の縁側のような場所で撮られたもので、祖父は和服、父は半ズボン姿だった。

そして、もう一枚に小麦は驚いた。それだけがカラー写真で、セーラー服を着た自分とスーツを着込んだ父が写っていた。これは中学の入学式の時に撮った写真だ。父は照れ臭そうな表情を浮かべ、小麦はやや下を向き不機嫌な顔をしている。

父は、祖父との写真と娘との写真を絶えず持ち歩いていたのだろうか。

「私は、その二枚の写真を見ながら、ずっと考えていました。父親、自分、そして娘。三世代を繋ぐその写真を、幹生さんはどうして鍵と一緒に仕舞っていたんだろうと。

ここからは、単なる私の憶測です。

先ほども申しましたように、戦前の『クラウンホテル』は大変活気があった。そこでは普段は貧しい人々も、広々とした部屋に泊まり、豪勢な料理とワイン、まるで祭りか遊園地かという派手な出し物を楽しんでいた。常々幹二郎さんは『ここは龍宮城のような所でお客様を浦島太郎と思え』

と従業員たちに言っていた。

幹生さんもホテルマンだ、そんな世界に憧れを抱いてもおかしくない。お父さんが作り出した夢のようなホテルを自分でもやってみたい。次第にそう思うようになったんじゃないでしょうか。それを再現することが、幹二郎さんの息子である自分の務め、鍵を託された自分がなすべきことだと真剣に考えるようになる。幹生さんを動かしたのは、欲望などではなく、強い責任感だった。ホテルは幹二郎さんの死の直後、塚原家が乗っ取っていた。幹生さんは、それを取り戻すためには、手段は選ばないと割り切ったのでしょう。幹生さんは、金庫の中にとんでもない財宝があり、それを手に入れて、幹二郎さんの『クラウンホテル』を復活させる、そう決意していたんじゃないでしょうか。

しかし、それには罪を伴う。そこで手を汚すのは自分だけでいい。最後には、孫であり娘の小麦さんが、自分の夢を形にする。そんなことを願っていた。

鍵と共にあった二枚の写真は、それを物語っているような気がしてならないんです」

話を聞きながら、小麦は資料室に行った時の仲野の言葉を思い出していた。その時仲野も、幹生の心の内を石田と同じように解釈していた。

確かに、父には重い責任がのしかかっていたのだろう。元々父は真面目な性格だった。出会ってしまったその責務を、がむしゃらに実行に移してしまったのかもしれない。

そして、石田の「仮説」は、小麦への思いやりにも溢れていた。

石田は、ホテルの未来を父は私に託そうとしていたと言った。しかし、父は本当にそこまで考えていたのだろうか。たとえ二人が写った写真を持ち歩いてくれていたとしても、自分に対して、父がそれほどの思いを寄せていたとは全く想像できない。これは、石田が自分と父の間に出来た大きな溝を埋めるために考え付いた、精一杯の空想なのだと思った。確かに、それにすがることが今の小麦には唯一の救済なのかもしれないのだが。

小麦の胸の内を察したかのように、石田は続けた。

「もう一度、小麦さんと二人で写っている写真を見てもらっていいですか？」

小麦はそれを再び手に取った。中学の入学式に撮った一枚。小学六年の時、母が家を飛び出した。それ以来家庭を壊した父とは距離が出来、反抗期も手伝って入学当時は父と口も利かなくなっていた。

写真の中の小麦のすねた表情には、そのままの気持ちが表れている。

「その写真の裏側を見てください」

言われるままに、写真を裏返した。少し黄ばんだその裏側に、小麦は手書きの文字を見つけた。

『いつの日か、小麦が心から笑える日を』

それは書きなぐられた文字ではない。癖の強い父の筆跡で、一文字一文字丁寧に書かれたものだった。並んだ文字は、瞬く間に小麦の身体を駆け巡った。これは、小麦には何の素振りも見せなかった父の本音の言葉なのか。

小麦は再び、表に残された自分の表情を見返した。ふてくされた顔と『小麦が心から笑える日を』という言葉。恐らく父は、現像から上がってきた写真を見て、思わずこの文字を書き綴ったに違いない。小麦の眼から涙が溢れ出した。

父は家庭を壊し、小麦の心をないがしろにし続けた自分に、やはり負い目を感じていたのだ。そして、小麦との関係をもう一度修復したい。昔の娘の笑顔が見たい。そう思いながら、写真の裏に『いつの日か、小麦が心から笑える日を』という誓いを立てた。その文字には小麦が知っている、優しい父が存在した。

十年余りも我慢してきた小麦の感情が、一気に溢れた。

「私……何も知りませんでした」

絞り出された声に、石田が続けた。

「父親ってそんなもんだと思います。仕事を成し遂げてから、全てを小麦さんに話すつもりだったんじゃないでしょうか」

写真に写る父と自分の顔が、涙で滲んだ。テーブルの上にぽたぽたと大粒の涙が落ち続けた。

石田は「贖罪」という言葉を使ったが、小麦には石田を介して、父が自分に「贖罪」しているような気がした。

『もう許そう。もう許してあげよう』

小麦は、目を閉じ心の中で呟いた。

石田は一つの役目を終えたかのように、大きく息を吐いた。しかし、石田が伝えたかったことは、それで終わりではなかった。

「あと一つだけ……少し気分の悪い話をしなくてはいけません。五年前のあの場で、幹生さんは共犯者の名前を私に教えてくれていたのです。

私は当時、その名前を公にすべきか悩みました。しかし、消防署が火災の原因を『古いプラグからの発火』と発表したので、私は全てを胸の内に仕舞うことにしたのです。これ以上、幹生さんの罪を増やす必要はないという思いもありました」

「それは……誰だったんですか？」

身構えて尋ねる小麦に、石田は苦々しげにその男の名を口にした。

「支配人の上原潤一です」

上原は、四谷にあるカフェで、五間岩の戻りを待ち続けていた。

もうすぐ、五間岩があの鍵を持って帰ってくる。それさえ手に入れば、やっと金庫をこじ開けることが出来る。半世紀余り封印されてきた秘密がついに明かされる。六年越しの計画がようやく実を結ぶ時が来た。

もう、自分は塚原から自由になる。離れていった家族も戻ってくるかもしれない。小宮幹二郎が隠したものが何なのかは未だわかっていなかったが、それなりのインパクトは絶対にあると確信していた。生ビールのジョッキを傾けながら、上原の顔には自然と笑みがこぼれた。

そこに、ようやく五間岩が戻ってきた。その手元に目が行ったが、五間岩は何も持っていなかった。

「お待たせして、申し訳ない」

「鍵は、どうでしたか？」

気が急いてすぐに尋ねた。すると、五間岩は少し申し訳なさそうな顔をして、こう言った。

「いま鍵は……伊勢にありました」

「伊勢ですか？　それは誰が？」

「小麦が持っていました」

「えっ、小麦さんが？」

五間岩は、気の抜けたビールに口を付けると続けた。

「本当なら、上原さんにご覧に入れて、その代わりに『隠し場所』を伺おうと思っていたのですが……その必要もなくなってしまいまして……」

上原には、五間岩の言葉の意味がわからなかった。

「それは、どういうことでしょう」

「たった今のことなんですが、隠し場所がわかったのです」

「えっ？」

『クラウンホテル』の厨房の下、ワインセラーがその場所だったんですね」

上原は、息が止まるような感じがした。全身に鳥肌が立ち寒気さえする。一度唾を飲み込んで上原は尋ねた。

「そ、それはどこでわかったんでしょう？」

「ソムリエだった石田さんという方から聞いたと、小麦は言っていました。つまり、私には上原さんと取引する材料がなくなってしまったんです」

少し席をはずしただけの五間岩に、一体何があったというのか。上原は狐にでも摘まれたような気がしていた。

「上原さんは、せっかく正直に全てを語ってくださったのに、本当に申し訳ない」

上原は、『申し訳ないじゃすまされない』と心の中で呟いた。塚原を裏切り、退路を断った形で、五間岩には真実を伝えていたのだ。上原にはもう戻る場所はない。

上原は混乱する頭の中で、必死に今の状況を整理しようと努めた。「クラウンホテル」には、確かにベテランソムリエの石田という男がいた。戦後から在籍している石田は、レストランのみならずホテルの従業員のほとんどが一目置く存在だったし、GMの上原とて頭が上がらなかった。

そんな男の名が、突然目の前に下りてきた。

そしてソムリエの石田、金庫のあるワインセラー、そこに向かった幹生……三つのキーワードが頭の中で繫がった。上原にとっても、幹生の死は謎だった。どうやら、そこには石田の存在があったのだ。上原が想定もしなかった登場人物が、あの場にはいた。

「実は、あなたが私の元を訪ねてくる少し前、小麦からメールがありましてね。あの子は本当にまめに私の元に情報を送ってくる。今回は、これから石田幸雄というソムリエと喫茶店に向かっているという内容でした。

その名前を聞いてちょっと閃《ひらめ》いたんです。彼とはほとんど話したこともなかったが、私とほぼ同時期に『クラウン』に入ってきたという記憶があった。そして、彼は幹二郎さんにもとても気に入られていた。これは事態が動きそうだなと思ったんです」

そこで五間岩はジョッキを旨そうに傾けた。

「さっき小麦に電話を入れてみると、私の勘が見事に的中していたというわけです」

そこで五間岩の眼がすっと冷静なものに変わった。

「一つ知りたいことがあるんですが」

「何でしょうか？」

「幹生さんは、どうして金庫の場所がワインセラーと気づいたんでしょうね？」

「それは……写真の幹二郎さんの足元に石畳が写っていたからです。ホテルの部屋の中で床が石畳なのは、ワインセラーしかなかった」

「なるほど。白い壁は煉瓦で覆い尽くされていたが床は当時のままだった。そこに幹生さんは気づいたわけですね」

「ええ」

破れかぶれの上原には、もう隠し立てする物は何もない。しかし、五間岩はまだ何かありそうに、上原の顔をじろりと覗き込んだ。

「ただ……あなたが私に語ってくれた話、その全てが真実だったわけではなかったようですね」

上原は身をすくめた。少し身体が震えているのが分かる。五間岩は何を掴んだというのか。

「上原さんは、ついさっき、幹生さんがホテルに放火したとおっしゃった。ソムリエの石田さんは、その真犯人の名前も知っていたんですよ」

事件から五年も経った今、そんなことを話し始める証人が出てきたというのか。上原は身体の震えが収まらなくなっていた。

上原は五年前の行為を思い出した。人目を避け、清掃も終わった四階の客室にマスターキーを使って入り込む。もちろんGMとしてはあるまじき行為だったが、塚原栄一の指示によるもので「クラウンホテル」の未来のためにはやむを得ないことだと自分を納得させた。ライターを持つ手はがたがたと震えたが、幹生が持ち帰るだろう「財宝」を思い浮かべると勇気が湧いてきた。照明器具のプラグ付近のカーテンに火を放つと、自分にもこれほどのことが出来るのだと誇らしくさえ思えた。

しかし、その罪が今になって重くのしかかってきた。これは戻る場所がないどころの話ではなくなってきた。放火の犯人に祭り上げられる可能性だってある。

いや、石田がそう証言していたのかもしれないが、確たる証拠を握っているわけはない。白《しら》を切りとおせばいい。

しかし、五間岩の鋭い眼差しの前に気持ちが硬直する。五間岩はまだ何かを知っているのかもしれない。そして、自分の表情は既にそれを物語り、五間岩には全てを悟られている。焦る思いが、つい言葉となって口に出た。

「それだけは……是非……ご内密にしてはいただけないでしょうか」

五間岩はにやにや笑っている。それを見た上原は、自分はとんでもない場所に身を投じ、勝てるはずもない相手に交渉を持ちかけたのだと初めて気づいた。

「小麦はとても残念がっていましたよ。あの子は、あなたのことを信頼しきっていたようですね」

上原は五間岩の眼が見られなかった。

「あの鍵は恐ろしい。あなたは元々生真面目な男なんじゃないですか？　人を陥れたり、放火したりするような人間じゃなかったはずだ。それどころか今だって嘘も満足につけない人だ。幹生さんもそうだった。あの鍵は人を狂わせる。人生を台無しにする」

夢から覚めた今、上原にも五間岩の言葉の意味がよくわかる。

しかし、五間岩の話はそれで終わりではなかった。

「上原さん、あなたから小麦に一つだけ伝えてほしいことがあるんですよ」

「ど、どんなことでしょう」

「あの子は母親に会いたがっている。それは一本の電話がきっかけだった」

上原はハッとした。

「ラブホテルでまだ働いていた頃に、母親からかかってきた電話。あれは上原さんの仕業ですよね」

　上原は眼を泳がせながら頷いた。

「私も何度か、あの母親に小麦に連絡を入れてほしいと頼んだことがあるが、彼女は今さら合わせる顔がないと断ってきた。だから、小麦に電話があったと聞いておかしいなと思っていたんです。声の主は誰だったんですか？」

「知り合いの女性に……」

「なるほど。上原さんは小麦の母親と話したことは？」

「一度も……ありません」

　上原は小さく頷いた。五間岩はその上原を見下ろしながら言った。

「しかし、このままでは小麦がかわいそうだ。恥ずかしいことかもしれないが、是非あなたの口から真実を告げてあげてください」

　そう言うと五間岩は、さっさとカフェの精算を済ませ、上原の前から姿を消した。

七月

東京汐留《しおどめ》に、ヒルトングループの最高級ブランド「コンラッド東京」がオープンした。これに続き、「マンダリンオリエンタル」「ザ・ペニンシュラ」「シャングリ・ラ」などの外資系ホテルが軒並みオープンを予定している。

これは東京の再開発地域の運営母体が、バブル崩壊後すっかり冷え込んでいる国内のホテルよりも、外資の力に頼ったからに他ならない。

しかしこの七月、その流れに逆行するかのような会議が名古屋の地で開かれた。

三葵銀行、名古屋支店。

その応接室に、塚原栄一、大手パチンコチェーン「Pスタジアム」の児島大輔社長、そして上原潤一が顔を揃えていた。上原は、四谷での五間岩との一件のあとも、塚原には何も伝えず周辺で働き続けている。

三葵銀行の人間が現れるまでの時間を潰すように、塚原が児島に語り掛けた。

「先月、GMのエリック・ロバートソンがアメリカに帰っていったんですがね、送別の宴や見送りなどもなく、それは寂しいホテルとの別れだったそうですよ」

「やっと、米軍が撤退したということですね」

塚原より年齢がひと回り下の児島が調子を合わせた。

「それはやはり、以前塚原さんがおっしゃった、あの猥褻行為が引き金だったんですか？」

塚原は、児島の耳の傍で囁いた。

「そうです。我々は東京と大阪の『パワーホテル』に加え、『パワーパートナーズ』本部と『ロックキャピトル』本社に、犯罪の瞬間を録音した音声を送り付けました。それと同時に、シンガポールでの前科も添えてネット上にも情報をばら撒いたわけです。連中も慌てふためいたことでしょうね」

その作業に上原も手を貸していた。

「『パワーパートナーズ』は、東京と大阪への被害の拡散を避けたかったのでしょう。エリックはあっという間に更迭された。そして、新しいGMを送り込むことなく、大阪のGMが兼任することになった。

『パワーパートナーズ』の決断はとても速かったんだと思います。その後、すぐに売却の噂話が我々の元にも流れてきました」

塚原の説明に、児島は大きく頷いた。

「全て、塚原さんの策略ですよね？」

「児島さん、ダメですよ。ここは銀行だ。どこに盗聴器が仕掛けられているかわかりませんよ」

そう言うと、塚原は大きな笑い声を上げた。

戦勝ムードに沸くその部屋に、三葵銀行名古屋支店の法人業務部部長の山根が姿を現した。三葵は「Ｐスタジアム」のメインバンクだった。山根は、塚原と上原に名刺を配るとテーブルに着いた。

「早速、お話を始めてもよろしいでしょうか」

山根は、パソコンを覗きながら話し始めた。

「米ファンド会社『ロックキャピトル』が『伊勢パワークラウンホテル』を売却するという情報を

周囲に漏らし始めたのは、十日前のことです。『ロックキャピトル』の日本の窓口に探りを入れてみると、あっさりと希望額を伝えてきました。その額は三十億前後。予想よりもずっと安い金額でした。以来、周辺を監視し続けてきましたが、その額を超える入札希望者は出てきていないようです」

山根は、ちらりと塚原と児島の顔を見た。

「お二人には申し上げづらい話ですが、色々な問題を抱えるあのホテルはあまり人気がないようですね」

塚原は余裕のある笑いを浮かべ、目で「気にすることはない」と山根に伝えた。それは無理もない話だった。「パワーホテル」という大きなブランドの力を借りても、一向に客室稼働率は伸びず、しかも地元の人々には、依然火災と自殺という二つのタブーの影響は残り続けている。そこに、GMの猥褻行為というおまけまで付けば、評判が地に落ちるのも仕方のない話だった。

山根は続けた。

「塚原さんの方で二十億、児島社長から十億。合わせて三十億ということでよろしいでしょうか？」

二人は頷いた。

「わかりました。それではその額で最終の打診をしましょう。恐らく、それでけりがつくと思います」

「児島社長のご尽力のお蔭で、ハゲタカにさらわれた我が家を取り戻すことが出来ます」

と、塚原が持ち上げると、

「塚原さんのお役に立てて本当に良かった。私も『クラウンホテル』はよく使わせてもらっていたホテルでしたからね。これで久しぶりに泊まりに行けます」

児島も満面の笑みを浮かべた。

すると、塚原は真面目な顔になって、意外なことを言い始めた。

「とはいえ、社長。今のうちに申し上げておかなくてはいけないことがあります。あとで嘘つきと言われないように」

「一体、何のことでしょう？」

「今回、ホテルを買い戻したのは私の意地もありましたし、亡き父への恩返しのような意味合いもあった。

しかし、私は長く『クラウンホテル』に留まるつもりはないんです」

児島も少し驚いた顔をした。塚原の突然の話に、上原も心をざわつかせた。

「いまホテルは、一種の不動産として売り買いするのが投資家たちの一般的な感覚です。私は決してホテルマンではありません。投資家の端くれです。安くで買ったホテルを、いかに高くで売るかがその腕の見せ所なわけです。

ですから、今回手に入れた『クラウンホテル』に、短期間で付加価値を出来るだけ付け、二、三十億上乗せした形で売ろうと思っています」

もちろん、上原には何も伝えられていなかった。

「ただでさえ評判の悪い『クラウンホテル』が、そんなに改善されるのかと思ってらっしゃるだろうが、既に手は打ち始めています。

『近畿トラベル』と話し、中国、台湾、マレーシアの団体客を引き込む算段が出来ている。外国人は宿泊費を気にするだけで、日本での評判など関係ない。

その間に婚礼部門などの準備も進め、売却のタイミングは三年後を目指しています。それを元手に、伊勢などではなく名古屋でもっと大きなホテルを手に入れましょう」

「さすが塚原さんですね。すでに次を見定めてらっしゃったんですね」

児島は手を叩いて称賛した。それに対し、上原は大きく肩を落とした。

「クラウンホテル」が外資の手に渡ってからというもの、上原が必死になって情報収集をし、重い腰の塚原を動かしたのも、全てはもう一度支配人の地位に復権するためだった。

もはや、「クラウンホテル」の宝探しも望みを絶たれ、せめて定年まで支配人で過ごしたいと思っていた。それは五十を過ぎた上原の安住の地の予定だった。

それがたった三年で終焉を迎える運命にあるという。

上原は反論したかったが、既にここで意見を述べる立場にはない。

会議は、「ロックキャピトル」との調印の時期を、山根が再度連絡するという言葉で終了した。

仲野は、二か月前（五月）に「クラウンホテル」を首になってからも、三重県に居残り続けていた。

次の就職先探しに、奔走しなくてはいけないのはわかっていたが、小麦のことが心配で近くに留まることにしたのだ。今は津市に生活の拠点を移し、ホテルに泊まりながら小麦の相談に乗っている。もちろん、ただデートのために会うという日も存在していたが。

そんな仲野の元に、一昨日五間岩から連絡が入った。一度会って話したいというもので、五間岩は津まで出向くと言ってきた。仲野は、ソムリエの石田とのやり取りを小麦から聞いていたが、五間岩の真意までは摑みかねていた。


約束の時間は午後一時、場所は仲野が泊まるホテルの一階の喫茶店だった。

部屋から降りていくと、既に五間岩は店の中にいた。五間岩の横に、もう一人連れの姿が見える。その顔を見て、仲野は顔を曇らせた。

「お待たせしました。五間岩さん、ご無沙汰しています。宇津木さんも……」

五間岩の横に座っていたのは、仲野が「クラウンホテル」にいた時、リストラで首を切ったベルボーイの宇津木隆だった。

「こいつは、私が『クラウン』にいた時の同僚の後輩でしてね。仲野さんにリストラされたとずっとぼやいていましたよ」

五間岩は、既にビールグラスを傾け笑いながら言った。

「よしてください、五間岩さん。そんなことこれっぽっちも思ったことないです」

宇津木は顔を真っ赤にさせた。

「いえ。僕の判断は確かに間違っていました。あのホテルを愛する人を多く首にしてしまった。今は反省しています」

五間岩はそのやり取りをニヤニヤしながら聞いていた。

「これから『クラウン』の時よりもいい給料で、うちのラブホで働かせるつもりですから、全然気にしなくっていいですよ」

仲野もビールを注文した。五間岩は飲みながら続けた。

「実は宇津木には、『クラウン』にいた頃、もう一つの仕事を頼んでいたんです」

「もう一つの仕事、ですか?」

「仲野さんがあのホテルに赴任したばかりの頃、エントランス付近によくペットボトルに入った花が置かれていたでしょ」

「はい」

「あれは、こいつの仕業です」

「また、そういう風に誤解される言い方をする」

五間岩は、口を挟む宇津木を宥《なだ》めながら続けた。

「正確にいうと、宇津木に花を置かせたのは上原潤一です。私が宇津木に頼んだのは、上原に近づいてくれということでした」

「それは五間岩さんが、上原が臭いとにらんだからですね」

「まあ、そういうことです。上原はずっと幹生さんの傍にいたことは知っていました。それに今も塚原の番頭の役割みたいでしたからね」

赴任する前から、あのホテルではそんな駆け引きが行われていたのかと、仲野は呆れて聞いていた。

「五間岩さんは本当に恐ろしい」

「私はね、幹二郎さんと幹生さんの二人を死なせたことを後悔していただけのことですよ。しかし、私のやったことはほんのイタズラ程度のことだ。全てを動かしたのは、小麦ですよ。あの子の強運とパワーには本当に驚かされる。

宇津木もそれとなく、『宝物』の隠し場所を上原に尋ねたと言いますが、それだけは奴も口を割らなかった。でも、小麦は全く関係のない場所から、それを聞き出してしまった」

石田と小麦の出会いは、銀婚式を迎えた客に、思い出のワインを振舞いたい。ただ、その一心から動いたことが全ての解決の道へと繋がった。仲野も小麦からその話を聞いた時、思わず感動してしまった。

「さて、本題と行きますか」

五間岩はウェイトレスを呼び、ビールのお代わりを注文してから話を続けた。

「いよいよ『ロックキャピトル』は、あのホテルを売りに出すようですね」

「ええ」

「宇津木が上原から聞いてきたところでは、売値は三十億」

そこまでの情報は、仲野も知らなかった。

「そんなに値が落ちていますか」

「そう。そんな安値なのに買い手がなかなかつかない。ひとチームを除いては」

「塚原ですか？」

「そう。塚原栄一は名古屋のパチンコ屋さんを巻き込んで、その金額を準備したようです」

ハゲタカファンドに一度売却したものを、その売主が再び買い戻すなど聞いたことがない。それは塚原の執念によるものだと仲野は思った。

「締結は、恐らく二か月後」

五間岩が仲野の顔を覗き込んだ。仲野はその凄みに驚いた。

「しかしですよ、もしそれまでに我々が三十億用意していたら、どうなるでしょう？」

仲野には、五間岩の言葉の意味が簡単には理解できなかった。

「そんな金額をどうやって？」

五間岩は、運ばれてきたビールに少し口を付けた。

「私も焼きが回ったのかもしれない。幹生さんや上原が夢見たことを、知らぬ間にやろうとしている」

「幹二郎さんの残した『宝物』に期待なさっているんですか？　失礼だが、それは常に用意周到な五間岩さんらしくない発想だと思います」

「私も同感です」

「もし仮に幹二郎さんが本当に価値のある物をホテルの中に隠していたにせよ、金塊などなら話は別ですが、当時の紙幣や証券のようなものでは、今では紙くず同然です」

五間岩は何度も頷きながら、仲野の話を聞いている。

「仲野さんのおっしゃることはごもっともです。上原は中の物は、江戸時代から小宮家が収集していた浮世絵かもしれないと言っていた。しかし、それも憶測の域を出ないし、全ては都市伝説とさほど変わりのない空想レベルの仮説ばかりです。

私も人からその話を聞いたら、お止めなさいときっと忠告するでしょう。

しかし……あの鍵は本当に恐ろしい。知らぬ間に人の心を操ろうとする。私は幹生さんの気持ちが今じゃ痛いほどわかるんです」

五間岩は少し酔っているのかなと思いながら、仲野は見つめていた。

「仲野さんの前では言いづらいことなんだが、私はOBとして『クラウンホテル』が外資や塚原のマネーゲームのおもちゃにされるのが許せないんですよね。

彼らはネットのオークションでもやるみたいに、ホテルを売り買いする。しかし、『クラウンホテル』だけは、志のある持ち主が所有すべきだと思っているんです」

現実味のない話だとは思ったが、五間岩の気持ちは仲野にも理解できる。

「仲野さんは、あの鍵を見ましたか？」

「ええ」

小麦が石田と会ったその日に、見せてもらった。真鍮製のそれは、とても大きなもので、本体と柄の部分が分かれる形状をしていた。

「二つを繋ぎ合わせる不思議な造りだったでしょ。その構造と同じように、鍵は幹二郎さんと幹生さん、小麦を繋ぐと同時に、二人を『クラウンホテル』へと向かわせた。あの鍵には、幹二郎さんの遺志を代弁するように、色々なものを結び付ける不思議な力がある。

そして今度は、小麦と全く別の世界を結び付けてくれるような気がしているんです」

そう言いながら、五間岩はぼーっと遠くを見つめた。

しかし、なかなか理解できない話だった。全ては感覚的で、それによって金庫の中身が変わるものでもない。仲野は冷静に五間岩に向かって言った。

「いずれにしても、小麦さんは鍵を手に入れ、その隠し場所もワインセラーの中と分かったわけですから、中を開けてみた方がいいでしょう。ただ、いたずらに狸の皮算用をするのはどうかと思います」

五間岩は大きく頷いた。

「ごもっとも。開けてみた時のお楽しみってことですよね」

五間岩は残ったビールを一気に飲み干した。

「では、その作業は仲野さんに任せていいですね。小麦はぐずぐず言うでしょうが、そっちは私が説得しますから」

「わかりました」

五間岩が津市までやってきたのは、その決起集会のようなものだったのかもしれない。

仲野には、この機会を使って五間岩に一つだけ尋ねてみたいことがあった。

「五間岩さん、一つ聞きたいことがあるんですが」

「なんでも、どうぞ」

「どうして、僕を小麦さんに近づけたんですか？」

五間岩はニコリと笑った。

「仲野さんは、一度アメリカ人の女性と結婚されていますよね」

「ええ」

既にこの話は小麦にしていたので、そこから伝わったのだろうと思った。

「以前、何の知らせもないうちに息子はアメリカで勝手に外国人と結婚してしまったと、お父さんが嘆かれておられた。しかし、そのお相手とは二年ほどで別れてしまったんですよね」

「まあ……そうです」

「あなたは志摩にいる頃、周囲の人間に優しくとても正義感の強い子供だったとお父さんはおっしゃっていた。

その人が、今は外資系ホテルで働いている。『パワーパートナーズ』のGMや上層部に共通することは、エリックを見てもわかるように、東洋人に欧米人以上の能力があってはならないと思っていることです。そこでね、あなたは恋愛もホテル業も行き詰まっているんじゃないかなあって、勝手に想像したわけです」

五間岩の言っていることは当たっていた。

「あなたに、小宮幹二郎の話をすればきっと食いつく。そう思いました。そうなってくれれば、仲野さんは小麦と行動を共にし、近くで守ってもくれる」

確かに、小宮幹二郎のホテルの作り方は、欧米人にはない強烈なもてなしの心で満ちていた。仲野はあっという間に、それに魅了された。

「でもそれがなくても、仲野さんは必ず小麦のことを気に入ると思っていましたよ。あの子には不思議な力がある。心に迷いのある人間は、必ずあの子に引き寄せられる。私もその一人ですけどね。

さらに言えば、二人は恋仲になるとも思っていましたよ。これは……ラブホテルの社長の勘ってところですかね、勘」

五間岩は、顔を真っ赤にする仲野の前で笑い続けた。


二人と別れた仲野は、ホテルの部屋に戻った。

五間岩の話を思い出し苦笑いした。自分はすっかり五間岩のシナリオの中で、その役を演じてきたのだなと思った。しかし、その役は実に心地よく、出口を失っていた自分の世界に風穴を開けてくれるものだった。

しかし、ここからは冷静に立ち回る必要がある。五間岩の発想は、根拠のない夢物語のようなものだ。

仲野はすぐに、アメリカにいる友人に電話をかけ、「ロックキャピトル」の出方の裏取りを頼んだ。恐らくは、五間岩の言っていた三十億という金額に、それほどの開きはないだろう。塚原とパチンコ業者にはどうとでもなる金額だろうが、それを幹二郎の「宝物」に期待する気には依然ならない。

それを小麦に背負わせるのも気が引けた。

ほかに手立てはないものか。仲野は思考を巡らせた。

九月

　この日、「伊勢パワークラウンホテル」売買に関する締結が、三葵銀行名古屋支店の大きな会議室で行われようとしていた。

　テーブルを囲んだのは、「ロックキャピトル」側が、シンガポールから来たアジア局長のジョン・マクラーレン、日本支社長、顧問弁護士の木村正の三名。

　購入する側として、塚原栄一、パチンコチェーン「Ｐスタジアム」の児島社長、弁護士の君島修平の三名。その両者がテーブルを挟んで対峙し、真ん中に三葵の法人業務部部長の山根が座っている。

　全ての出席者の前に分厚い契約書が置かれていた。

「今日のこの場は、私木村が仕切らせて頂きます。宜しくお願いします」

　弁護士の木村のこの一言で、締結式はスタートした。

「塚原さん、児島さんの方から、三十億という提案を受けました。その額に『ロックキャピトル』サイドは大変満足をしています」

　塚原の弁護士・君島が三十億の資金を裏付ける資料を「ロックキャピトル」に提出した。木村はそれに目もくれず続けた。

「しかし、塚原さん、児島さんにお伝えしておかなくてはいけないことがあります。『ロックキャピトル』としては、売却の金額は多いに越したことがないと考えています。締結書にサインをする直前までその姿勢が変わることはありません。そのことを是非ご理解ください」

木村の出方に、塚原は怪訝な表情を浮かべた。木村は続けた。

「実は昨日、我々は三十億を超える提案を、別のところから受けました」

「えっ？」

児島が大きな声を上げた。弁護士の君島が立ち上がって意見を述べた。

「お立場はご理解いたしますが、そんな話は事前に聞いていませんし、それでは今日の締結は意味がないじゃないですか」

君島の発言を、日本支社長がマクラーレンに通訳する。木村は大きく頷き、マクラーレンの指示を聞くこともなく続けた。

「おっしゃることはごもっともです。しかし、こちらのアジア局長の日本にいる時間も限られていまして、全てをこの場で決しようということになったのです。もう一方の皆さんも、既にここに呼び寄せています」

塚原と児島は渋い表情を続けたが、「ロックキャピトル」側の意向に乗る以外なかった。了承を取り付けると、木村は一度廊下に出て、競合するチームを招き入れた。

会釈をしながら中に入ってきたのは、仲野裕と小麦、そして五間岩薫、五間岩の弁護士・鈴木静雄の四名。小麦は一張羅のリクルートスーツに身を包み、ほかの三名は大きな鞄を手にしていた。

それを見た塚原は、細い目を見開いた。仲野は、塚原と児島に向かってお辞儀をした。

「突然、この場に乗り込んできて申し訳ありません。了承してくださった塚原さん、児島さんに感謝申し上げます」

仲野はメンバーの紹介を済ませると、立ったままこう続けた。

「色々とご説明しなければいけないことが多く、少し時間が長くなってしまうことを事前にお詫び申し上げておきます」

仲野が話している間、小麦はそそくさと、持ってきたパソコンと会議室のプロジェクターの配線作業を進めた。それを見つけて、塚原の弁護士の君島が注意した。

「君はそこで何をしているんだ？」

「ご説明の時に使うパワーポイントをセッティングしています」

小麦は、君島の方を見てはっきりとした口調で返した。すると、「Ｐスタジアム」の社長の児島が大きな声を上げた。

「そんなもの必要ないぞ。早く金額を言え！」

塚原は、息巻く児島を制すると、仲野の方を見て話し始めた。

「仲野君、君は本当に優秀な男だ。君の副支配人としての仕事ぶりを見て、私のところで雇ってもいいとさえ思っている。

君の巧みなプレゼンを聞いてみたいのは山々だが、ここはそういう場所ではない。金額を提示して、その正当性を証明する所だ。『ロックキャピトル』の局長の貴重な時間を、君の道楽で潰すのはいかがなものだろう」

塚原の口調は、とても穏やかなものだった。仲野はにこりと笑って説明した。

「塚原さんのご高説、ごもっともだと思います。実は昨日、マクラーレン局長に電話でさわりだけお伝えしました。すると『それは面白そうだ。明日のショータイムを楽しみにしているよ』とおっしゃっていました。

これからの話は、きっと塚原さんにも楽しんで頂けるものと思っています。皆さんの大切なお時間を無駄にしないように努めます」

仲野は、様々な根回しをしてこの場に臨んでいた。それがわかると、塚原は黙り込んだ。

「では、ご説明を始めさせていただきます。まず、こちらをご覧ください」

そう言いながら、自分のパソコンをクリックした。プロジェクターには、五年前の火災事故の新聞記事の切り抜きが映し出された。

「今から五年前、『伊勢クラウンホテル』は火災に見舞われ、四階フロアーの六室を全焼しました。それと同時に自殺者も出ました。細川幹生というホテルの従業員です。消防署の説明とは別に、彼が放火したのではないかという憶測が流れたのは周知の通りです。その真実がようやく明らかになりました」

仲野は塚原の方を見ながら話し続けている。塚原は渋い表情でそれを見守っている。

「細川幹生は自殺する前、ホテルの中のある場所にいました」

パワーポイントが次の一枚を映し出す。

「厨房の地下に存在するワインセラーです。なぜ、そこに行ったのか。それは、創業者の小宮幹二郎氏がここに自分の隠し財産を仕舞ったという噂があったためです。続いて、こちらをご覧ください」

プロジェクターに映ったのは、古い写真だった。

「これは『クラウンホテル』が開業する前に撮られた写真です。写っているのは小宮幹二郎氏、そして立っている場所は当時のワインセラーです。

小宮氏の左手奥にご注目ください」

写真のその部分が拡大された。

「写っているのは金庫の扉です。そして、その表面にうっすらとですが、ユダヤの紋章『ダビデの星』が描かれています」

「えっ？」

大きな声を上げたのは、塚原だった。仲野はにやりと笑い、続けた。

「そうです。これは、塚原さんが初めてご覧になる写真ですよね」

「こんなものが存在したのか？」

「元々はホテルの資料室に保管されていたものですが、事件当日は、細川幹生が持っていました。小宮幹二郎氏は、戦後もう一つのホテルを建てようと、国内のフリーメイソンから資金を集め、この金庫の中に収めた。しかし、幹二郎氏自身は、その夢を叶えぬまま自殺してしまった。こういう話で合っていますか、塚原さん？」

塚原は腕組みしたまま、黙っていた。

「噂によるとミスター・マクラーレンも、メイソンの会員だとか？」

話を振ると、局長のマクラーレンは弱ったなという表情を浮かべた。

「もう一つ、塚原さんに面白いものをご覧に入れましょう」

仲野は自分の上着のポケットに手を入れ、鍵を取り出した。

「これも細川幹生が自殺した日、持っていたものです。母親から譲り受けたもので、写真でご覧に入れたワインセラーの中の金庫の鍵でした」

塚原は呆然としていた。上原から話は聞いていただろうが、実物の鍵を見るのはこれが初めてなはずだ。その鍵と自分が作り上げた物語が偶然にも一致したことに衝撃を受けていることは間違いない。

「なぜ、細川幹生が鍵を託されたかというと、創業者、小宮幹二郎氏のご子息だったからです。そのことは、塚原さんもご存じでしたよね」

塚原はここでも無言を貫いた。

「さあ、皆さん、説明が長くなってしまいましたが、ここからが今日のクライマックスです。ワインセラーの中には、確かに小宮幹二郎氏が作り出した金庫は存在する。そして、その扉の上には『ダビデの星』。さらに鍵があるとなれば、中に何があるのか知りたいと思うのは、私だけではないと思います。

実は、今から二か月前、私たちはそこに潜入しました。その映像があるので、是非皆さんに見て頂きたいと思います。私が撮影したもので、大変お見苦しいと思いますが、臨場感はたっぷりですのでご覧ください」

小麦が、部屋の明かりをさっと暗くした。プロジェクターには、二か月前の様子が映し出された。

二か月前　七月

「いよいよだ。いよいよなんだ」

小麦はそう呟きながら狭い参道を進んだ。生い茂る木々からは夏の日差しがこぼれ、蝉が煩く鳴いている。

この日の夜、小麦はワインセラーにある金庫室の扉を開けることになる。

仕事に出る前に、以前仲野に連れて来られた「月讀宮」に小麦は向かった。初めてここに来た時、仲野は「月讀命」が小麦に似ていると言ってくれた。そのせいもあって小麦はこの社に親しみが湧いている。

さらに仲野は、ここはパワースポットで有名だと小麦に話していた。しかし、その力にすがるために立ち寄ったわけではない。参道を上がり切ると、小麦の目の前に、横並びの形で厳かに建つ四つの神殿が広がった。

祖父、幹二郎はホテルの中に何を隠したのか。みな、それを財宝と疑わないが、小麦にはよからぬものが入っている可能性も十分にあると思っていた。それは祖父の怨念のようなものかもしれない。自分の怒りを封印したものかもしれない。

月讀宮の社の前で、小麦は問いかけた。

「お祖父ちゃんの心は、既に慰められていますか？」

月讀宮は夜と月を支配する神だ。仲野は「夜」の存在を、「昼」の苛立ちや後悔を許す時間だと語っていた。ならば半世紀、金庫の中に眠り続ける祖父の感情も鎮めてくれるような気がした。

そして金庫に仕舞われた物が、それを開く者に災いを起こさないように願い続けた。

その日、仕事を終えた小麦は、夜の十一時過ぎにアパートに戻った。

遅い夕飯を済ませ準備に取り掛かる。押し入れの奥の方から冬物のジャンパーを引っ張り出すと、ショルダーバッグに詰め込んだ。

そして箪笥の引き出しから、あの茶封筒を取り出した。

中の物を、リビングのテーブルの上に並べ確認する。大きな鍵と三枚の写真。鍵は柄と本体がまだ分かれたままだ。柄の部分は十五センチほどあり、本体は複雑な構造をしている。ついに、これが役立つ日が来たのだ。

小麦は、金庫室の扉の前に立つ祖父、幹二郎の写真を取り上げた。

祖父は周到な準備の下、「宝物」と呼ばれる物を、その扉の向こうに隠した。

それはホテルの建設当時は、部屋の白い壁に金庫はむき出しの状態で存在していた。祖父はまず、その金庫の前に煉瓦を積み上げる。続いて、その前にワインを載せた棚を置いた。そもそも、この部屋はワインセラーとして使う予定の場所だったのだろうか。単に金庫をカモフラージュするために、思いついた「施設」だったのかもしれない。

そう思うと、まるで主婦が自分のへそくりを冷凍庫の凍った肉の下に隠しているようで、小麦は可笑しくなった。

続いて、父とセーラー服の自分が写った写真を手に取る。中学の入学式の日に、そこにいた父兄に頼んで撮ってもらった写真だったが、自分は不機嫌な顔をし、父は照れ臭そうに写っていた。裏を返すと「いつの日か、小麦が心から笑える日を」の父の文字。

小麦はニコリと笑って、写真の中の父に向かって言った。

「お父さん、行ってくるね」


夜、十二時四十分。

家を出て、自転車に飛び乗るとホテルに向かって走り出す。

ペダルを踏みながら、小麦は不思議な気分を味わっていた。それは、ついに金庫の中を覗けるという好奇心と、それはパンドラの箱のように、見てはいけないものなんじゃないかと躊躇する気持ちが入り混じったものだった。あの日、父も同じような気分を味わっていたのかもしれない。

遠くにホテルが見えてくると　心の葛藤に拍車がかかる。迷う気持ちを振り払うように必死にペダルをこいだ。

深夜一時少し前。

レストラン「コートダジュール」に入ると、厨房に向かった。清掃が終わってまだ時間の経っていない厨房は綺麗に磨き上げられ、照明もわずかにしか灯っていない。薄暗い厨房を奥まで進むと、そこに人影を見つけた。

「お疲れさまです」

小麦の声に男たちが振り向いた。そこには既に、仲野裕とここのソムリエだった石田幸雄、チーフウェイターの西脇が顔を揃えていた。これから入るワインセラーは低温に保たれている。西脇以外は、厚手の上着を着込んでいた。

「小麦さん、いよいよですね」

石田が笑顔でそう言った。

「鍵はちゃんと持ってきてくれた？」

仲野の言葉に、小麦は頷いた。仲野は手にしたムービーカメラを小麦の方に向け、インタビュアーのように尋ねる。

「いまの気分はどうですか？」

「カメラ向けるの、やめてください」

小麦は顔を手で覆った。

「ダメだよ、ちゃんと答えなきゃ。撮った映像を小麦の子供にも観せるかもしれないんだよ」

確かに、これから行われる作業は、祖父と父と自分の物語の一編だった。その映像は自分やその末裔にとって大切なものになるかもしれない。

小麦は観念して、恥ずかしそうに答えた。

「とても緊張しています」

二人がそんなやり取りをしている向こうで、ウェイターの西脇がぼやいている。

「石田さんは本当に無茶しますよね。こんなことがバレたら、僕は即刻首ですよ」

ホテルを辞めた仲野の代わりに、この日のセッティングをしたのは全て石田だった。石田はジャンパーの首元にタオルを巻き付け、手には軍手、そしてキリのようなものと懐中電灯を持ち、完全な装備を決めている。

石田はニヤニヤしながら、小声で西脇に言った。

「お前の悪い噂は色々と聞いているぞ。キックバックの話とか空請求の話とかね。そっちの方が、バレたらもっとまずいんじゃないのかい？」

「わかりました。わかりましたから、早めに済ませてくださいよ」

小麦と仲野は、二人のやり取りをくすくす笑いながら見ていた。

「それでは、参りますか」

石田は小麦の目を見て言った。小麦は唾を飲み込んで頷いた。

石田は慣れた手つきで、厨房の床にある木製の四角い蓋を開けた。中から立ち上った冷気が小麦の顔に当たる。既にワインセラーの中は蛍光灯が付けられていた。石田を先頭に、小麦と仲野が中に入って行く。厨房から地下へは、鉄製の狭いらせん階段が続いている。三人がいっぺんに乗って、大丈夫かと心配になるような古びたものだ。

五年前、父もスーツケースを手にこの階段を下ったはずだ。どんな気分だったのか、小麦はイメージしてみた。ホテルは火災で大騒ぎになり、父は計画通りこの鉄の階段を踏んだ。財宝は目の前に迫っている。緊張で脚も震えていたかもしれない。しかし、まさかワインセラーの中に人が残っているとは思っていなかった。そこには運悪く、金庫の「番人」、石田が目を光らせていた。

石畳の地面に降り立つと、ワインの棚をすり抜けるように奥へと進んだ。

歩を進めるうちに、小麦は心臓がどくどくと大きく高鳴っているのがわかった。二か月前、「シャトー・ムートン・ロートシルト」を取りに来た時とは、中の景色が全く違って見える。

「この辺りのワインを全てどけましょう。二人も手伝ってください」

石田が事務的に指示すると、仲野と小麦はワインを移動させ始めた。

「『ムートン』がここに置いてあったでしょ。他もこの辺りはみなヴィンテージばかりですから、慎重にお願いしますよ」

全てを移動し終わると三人がかりで棚を持ち上げた。その向こうに煉瓦の壁が広がっている。

ここのホテルが創業したのは今から七十年前の昭和九年。それ以前に、祖父、小宮幹二郎が誰にも気づかれずに作った秘密の部屋が、この煉瓦の奥にはある。

「懐中電灯を持ってもらえますか？」

それを預かり、小麦が壁を照らすと、石田が一つの煉瓦の四隅にキリを差し込んでいく。煉瓦の間に詰められていたセメント屑が石畳の上にこぼれ落ちた。

「まるで墓泥棒のようですね」

仲野が言った。

「まあ、近いものがあるんじゃないですか。中には半世紀以上も人の目に触れていないものが眠っていますからね」

石田が一つ一つ丁寧に煉瓦を外していく。それを見ながら小麦は呼吸を荒くした。身体がほてり寒いはずのワインセラーが異常に温度が高いような気がしてくる。煉瓦を十個ほど外した時、石田が懐中電灯で中を照らした。小麦と仲野が覗き込む。

「あっ、あった。『ダビデの星』だ」

仲野が声を上げた。鉄製の板の上に、赤いペンキで二つの三角形が重なるように描かれている。それは間違いなく、あの写真にも写っていたユダヤの紋章「ダビデの星」の図柄だった。

しかし、仲野の言葉に石田が笑いながら言った。

「これは確かに『ダビデの星』とそっくりですが、ユダヤの紋章のつもりで描かれたものじゃありません」

「違うんですか？」

小麦が尋ねた。父も上原もそう信じていたはずだ。

「この形は、『籠目紋《かごめ》』といって小宮家の家紋です。小宮家の源流は清和源氏と聞いています。私の父の話では、小宮家の祖先は長く山梨の方で暮らし、その後この伊勢に移ってきた。山梨の武田信玄の家臣には、ほかにもこの籠目の紋を使う者が多くいたようですよ」

小麦はそういうことだったのかと思った。この「籠目の紋」が色々な人にあらぬ妄想を抱かせた。金庫の扉にこのマークが描かれていなかったら、フリーメイソンの作り話を信じる者はいなかっただろう。「籠目の紋」と「ダビデの星」、二つの紋章の偶然が都市伝説を一人歩きさせていたのだ。

「よく考えたら、信じた方が馬鹿だった」

仲野が悔しそうに呟いた。

「どうしてですか？」

小麦の問いかけに、

「僕も豊泉から話を聞いた時に、うっかり真に受けてしまったけど、よく考えれば幹二郎さんがこの金庫室を作ったのは戦前、昭和の頭の時代じゃないか。

その頃の幹二郎さんはお金にも困っていなかったし、フリーメイソンの助けなど必要とするわけがなかった。もちろん戦後の自分を想定するなんてこともしないだろうから、その時期に『ダビデの星』を扉の上に記すなんて、本来あり得ない話だったということさ」

確かに仲野の言う通りだった。冷静に考えれば、金庫室が造られた時期と祖父が「もう一つのホテルを造りたがった」戦後の間には、二十年ほどのタイムラグがある。まことしやかに囁かれた作り話につい乗ってしまった自分も、そして父も、小麦は情けなく思えた。

「しかし、幹二郎さんも罪深いことをしたものですね」

仲野がそう言うと、石田は笑った。

「結果的にはそういうことになりますね」

仲野も石田から渡された軍手をはめ、作業を手伝い始めた。

小麦はカメラと懐中電灯を両手に持ち、二人の手元を照らし続ける。石畳の上には煉瓦が積み上がっていく。そして四十個ほど外すと、三人の目の前に鉄の扉の輪郭が現れた。石田が軍手に付いた埃を落としながら言った。

「幹二郎さんは、これはドイツ製で簡単にはこじ開けられない扉だと言っていました。当時としては最先端の物だったのでしょう」

白い壁に組み込まれたその扉は、横六十センチ縦八十センチ、ひと一人が通れるほどの大きさだった。小麦はもう少し大きなものを想像していた。それは写真の中で横に立つ、祖父の身体からの憶測だったが、祖父は思った以上に小柄な人物だったのかもしれない。

表面には、籠目の紋とともに古びた頑丈な取っ手と大きな鍵穴が見える。

小麦はジャンパーのポケットから、茶封筒を取り出した。

そして中から、鍵ではなく写真を一枚抜き取った。それは祖父、幹二郎がこの金庫の前に立ち、写した写真だ。小麦はそれを持ち上げ、写真の構図と同じアングルを作ってみる。

仲野がそれを覗き見て言った。

「確かに幹二郎さんはホテルが完成する前、ここに立っていたんだな」

写真を見ながら、小麦は心の中で呟いた。

『お祖父ちゃん、中を見てもいい？』

仲野が、小麦の気持ちを察したのか耳元で呟いた。

「幹二郎さんは、ずっと君が来るのを待っていたんだと思うよ」

その言葉で、小麦の涙腺が思わず緩んだ。


仲野は、そのシーンでプロジェクターに映し出されたビデオを止めた。

「いよいよ、ここからというところで中断し、本当に申し訳ありません」

小麦が部屋を明るくするのを待って、仲野は言葉を続けた。

「ここで少しビデオの解説を加える必要があり、停めさせて頂きました。ご覧になって頂いたように、フリーメイソンの話は単なる都市伝説で、『クラウンホテル』に眠る『宝物』とは何の関係もありませんでした。

ではどうして、どこからそんな話が生まれてきたのか。皆さんも気になるところだと思います。実はそれに関して、私たちは貴重な証言を得られました」

仲野は、ここで塚原の方に目線を移した。

「塚原さんは、この場に来るはずの上原潤一氏が、断りの電話一つ入れずに欠席しているのが、ずっと気になっていたのではありませんか？

上原氏は元の『クラウンホテル』のGMで、塚原さんの腹心のような存在です。塚原さん、これからご覧に入れる映像で、彼が姿を現さなかった理由もはっきりすると思います」

塚原は相変わらず顎を引き腕を組んで、仲野の方をじっと見つめている。その姿は仲野の挑発に乗らないように、自分を戒めているようにも見えた。

「では、その映像をご覧ください」

仲野は、別の動画を再生した。

プロジェクターには、椅子に座ったスーツ姿の男性の、首から下の映像が映し出された。ニュース番組などでよく見るインタビューのシーンだ。それを見た瞬間、塚原の顔が歪んだ。顔は映っていないが、それが上原であることがすぐに分かったはずだ。

映像の中でやり取りが始まった。

「あなたは、『クラウンホテル』で自殺した細川幹生さんのことをよく知る人物だということですが、それは本当ですか？」

インタビュアーは仲野本人だった。スーツ姿の男が答える。

「はい、そうです」

「それでは伺います。細川さんにフリーメイソンの作り話を伝えたのはあなたですか？」

「正確には『豊泉水産』の社長ですが、指示をしたのは私です。そして、私にそうしろと命じたのは塚原栄一さんです」

「なぜ塚原さんは、そんな話をでっち上げる必要があったんでしょう？」

「塚原さんは金庫になど興味もないし、そんなものが本当にあるとは知りませんでした」

「それでは、作り話を生み出した理由が余計に謎ですが……」

「塚原の目的は、当時ホテルのオーナーだった故・塚原威一朗氏を、そのオーナーの椅子から引きずり下ろすことにありました」

上原の言葉は、「塚原さん」から呼び捨てに変わっていた。

「そのために『クラウンホテル』の中でスキャンダルを起こす必要があった。

それがあの火災です。当時、あのホテルはスプリンクラーが稼働しないことを、塚原は知っていた。

そこで塚原は、こんなシナリオを思いついた。細川幹生さんの父親は、ホテル創業者の小宮幹二郎氏です。その父親は新たなホテルの建設費用としてフリーメイソンから集めた資金を、『クラウンホテル』のどこかに隠した。その隠し財産は半世紀以上経っているが、息子である幹生さんが手に入れても可笑しくはない。

塚原が考えた当日の計画は、ホテルに火災を起こし、従業員たちの眼がそこに向いた瞬間、そのお宝を盗み出すというもの。幹生さんは、まんまとその話に乗り実行に移した。結果、塚原威一朗は失脚し、息子の栄一がオーナーの椅子に座った」

映像を観ながら、塚原は顔を真っ赤にしている。

「あなたは、その細川幹生さんの犯行を手助けした覚えはありますか？」

上原は少し躊躇ったが、答えた。

「私は、細川幹生さんをアシストするために、四階の客室にあった照明のプラグ付近に火を放ちました」

　とその時だった。

「止めろ！」

　会議室に、塚原の声が響き渡った。

「くだらん三文芝居もいい加減にしろ。こんなことで時間を潰すためにここに来たわけじゃない！」

　ついに、塚原は立ち上がった。『ロックキャピトル』の陣営に向かって、塚原は話し始めた。

「全てがでたらめです。そこにいる仲野と動画でコメントをしていた上原がでっち上げた真っ赤な嘘だ。何だったら、警察に出向いてもいい」

「Ｐスタジアム」の児島も立ち上がった。

「そうだ。塚原さんは『クラウンホテル』を愛していた。そのホテルに火を放つように仕向けるなんて、馬鹿げている」

　銀行の会議室が、まるで裁判所の法廷のような状態と化している。

　塚原は、仲野を睨みつけながら吠えた。

「仲野！　図に乗るのもいい加減にしろ！　そもそも『パワーパートナーズ』を首になった男が、そのホテルの売却の場にいることがあり得ない。

　いいか、今日のこの場で大切なことは『ロックキャピトル』の皆さんに、いくらの金額を提示できるか、それだけだ。そろそろ探偵ごっこを止めて、本題に戻せ！　さあ、いくら出せるんだ？」

言葉を受けて、仲野がゆっくりと話し始めた。

「塚原さんのおっしゃる通りだと思います。私たちは警察でもなんでもない。ただ『ロックキャピトル』の方たちには、取引する相手の素性をわかってほしかった。その参考になればと思い、お時間を頂いただけです。

それでは、塚原さんの言うように本題に戻りましょう。当初私たちは、残念ながら『クラウンホテル』の売買が締結されるこの場所に参加できるだけの資金はありませんでした。しかし、ワインセラーの金庫から、その資格を得るとんでもない財産を手にすることが出来たのです」

仲野の発言を聞いても、塚原は引き下がらなかった。

「何が出てきたかは知らんが、ホテルの中にあったのなら、それは今なら『ロックキャピトル』の物だろう。その小娘の祖父さんが隠したなんて、今は関係ない。見つけたものを即刻返却しろ」

仲野はニコリと笑った。

「それもごもっともです。映像の続きを見て頂き、マクラーレン局長がそうしろとおっしゃるのなら、それに従います」

仲野は、マクラーレンに向かって確認した。

「そういうことで宜しければ、映像を再開させます」

日本支社長の通訳を聞くと、マクラーレンは手で「どうぞ」という素振りをした。

「クラウンホテル」の厨房では、チーフウェイターの西脇が椅子に座り居眠りを続けている。その地下にあるワインセラーで、小麦たちが作業を続けて既に一時間余り。時刻は深夜二時を過ぎていた。

煉瓦で壁が全て覆われた部屋の一番奥の一部分、ぽっかりと開いた穴に金庫室の扉が浮き上がっている。三人は扉の前で、いよいよその時を迎えようとしていた。

「小麦さん、鍵を渡してもらえますか？」

石田が、膝に付いた埃を掃《はら》いながら立ち上がると、小麦に言った。小麦が茶封筒を逆さにすると、掌に鍵の柄の部分と本体が落ちてきた。

祖父、幹二郎が妻のハルに託し、ハルは死の間際、父の幹生に手渡した。そして石田によって、小麦の元にもたらされたのはつい最近のことだ。半世紀余りの間に、鍵自身がまるで意志を持っているかのように、その持ち主を転々と変えてきた。持ち主によっては、その人生をかき乱したこともあった鍵。使われることを拒む力まで持っているかのようだった。

小麦は少し怖かった。この鍵を鍵穴に差し込んだ瞬間、自分の人生はどんなことになってしまうのか。小麦は祈るような気持ちで、鍵の柄と本体を合体させ、それを石田に手渡した。

石田は受け取るとこう言った。

「五年間、私が預かっていましたが、その間、これを鍵穴に差し込んだことはありません。はたして相性はどうでしょうね」

その言葉通り、まだそれがこの金庫の鍵と証明されたわけではない。石田は身体を屈ませると、ゆっくりと鍵を穴に差し込んでいく。カメラを持つ仲野も身を乗り出した。小麦も鍵穴に目を凝らした。

すると、鍵は何の摩擦もなく穴に吸い込まれていく。

「とりあえず、入りましたね」

後は回ってくれるかどうか。みなの眼が、鍵を持つ石田の手元に注がれる。小麦は息を呑んだ。

石田の右手は、鍵を時計回りに動かした。

カチッ！

三人は目を見合わせる。それは開錠を意味する金属音だった。

「開いた！」

石田は声を震わせた。

「これでこの扉が開く」

興奮して言ったのは仲野だった。

小麦には、そのカチッという音が、時空を超える所に自分たちを運んでくれる合図のように聞こえた。

「一体、中に何があるんだろう」

扉は必ず開くという現実を前に、仲野が呟いた。

小麦は家を出てからずっと、それを想像することを拒絶していた。その欲望が父を殺したと思い続けてきたからだ。父は何をイメージしていたのだろう。山のように積まれた札束だったのか、光り輝く金の延べ棒だったのか、為替などの証券や不動産の謄本、童話の世界なら王冠や宝飾品といったところだろう。その一方で上原は、小宮家が御師時代に収集した大量の浮世絵が中には存在するのではと義父に語っていたらしい。そんなことを頭の中に描いただけで、小麦は罪深いことをしてしまったような気がした。

「では、開けてみますか」

石田は、二人の了解を取り付けるように、眼で合図を送った。

「私も手伝いましょう」

仲野はそう言うと、カメラを小麦に渡し、鍵穴の上に付けられた鉄製の取っ手に手を添えた。

「せえの」

声を合図に二人がかりで、扉を引き寄せる。

封印を解かれることを拒むように、扉は簡単には開かなかった。ギギギギギと蝶番に付いた錆を削る激しい音がワインセラーの中に響き渡る。

その音に小麦は息を詰まらせた。カメラを持つ手は、ワインセラーの寒さも手伝って痺れるほどに冷たくなっている。仲野と石田が、休みも入れずに顔を歪ませながらひたすら引き続けた。少し開いた扉から、その厚みが分かった。鉄の扉は、銀行の金庫で使われるもののように　その厚が二十センチ以上はある。扉自体が重かったのだ。

「ちょっと休憩」

石田が息を切らせながら言った。石田は七十代後半だ。ここまでの作業を考えれば無理のないことだった。

「石田さん、あとは僕一人でやります」

仲野はそう言うと、一人扉に立ち向かった。力の限り引き続けると、ようやく扉は六十度の角度まで開いた。仲野は一度動きを止め、荒い息を吐いた。小麦の鼻先に、長く閉じ込められていた中の空気だろう、かび臭い匂いが届いた。

「もう、どうにか入れるでしょう」

隙間の幅を確認した石田が言った。

「さあ、世紀の一瞬だ」

そう言いながら、仲野は小麦からカメラを受け取った。額にはうっすらと汗をかいている。

一方、小麦は躊躇する気持ちが大きく膨らんでいた。『見ていいのか？　本当に見ていいのか？』そんな心の声がする。不安そうな表情を浮かべる小麦に、仲野は優しく言った。

「勇気を出して、中に入ろう」

小麦は、仲野の眼をじっと見つめながら、こくりと頷いた。

石田は懐中電灯を再び灯すと、腰を屈ませ、ひと一人通れる扉の隙間に身体を潜らせていく。石田の靴が立てるジャリ、ジャリという音だけで、小麦の心は揺れ動いた。石田の身体がすっぽりと扉の中に納まると、中から外に灯りが向いた。石田が反転し、二人が入りやすいように入口の方を照らしてくれている。

「じゃあ、僕が先に行くよ」

仲野はそう言うと、同じように潜り込んでいった。姿がすべて消えると、中から声がした。

「さあ、おいで」

小麦は両手を胸に当て大きく深呼吸した。そして中へと向かった。懐中電灯は小麦の足元を照らしているので、中の様子は全く分からない。小麦は、何か大きな生き物の体内にでも入って行くような気がした。そこは、ワインセラーよりもずっとひんやりとし、空気の密度が高まっていると感じた。

石田は、小麦の身体が全て入ったことを確認すると、懐中電灯を部屋の方に向けた。照らされた灯りで浮かび上がる空間は、二畳間ほどのスペースだった。それは小麦が思い描いていたものよりもはるかに狭い部屋だった。天井は低く、背の高い仲野は少し背を丸めている。石田が部屋の明かりのスイッチを見つけ、それを押すと、天井の中央にぶら下げられた豆電球が黄色く光を放ち、全貌を明らかにした。

その光景に三人は息を呑んだ。白い天井を四隅の太い柱が支えている。壁面も白く、地下水が染み出ているのか、上部にはわずかにシミのようなものが出来ていた。床はワインセラーと同様に石畳が続いている。中は静まり返り、王家の棺《ひつぎ》などがあってもおかしくないような厳かな空気が支配している。

そして、その空間にあるのは、真ん中にぽつんと置かれた木の机だけだった。仰々しい装飾などない簡素な四本の足と天板で造られた机。

三人はそろそろとその机に近づいた。その机の上には大きな箱のようなものが存在した。間近で見ると、それは高さ四十センチ、縦五十横六十センチほどの桐の箱だった。

「中に何が入っているんですかね?」

仲野がぽつりと言った。桐の箱など全く想像することが出来なかった。その桐の箱は、賑やかな財宝のイメージを鎮め、自分を律しているかのように厳格に存在している。

仲野も石田も、口を開かず暫くそれを見つめていた。それぞれが中の物を想像していた。すると、仲野が小麦を見て言った。

「これは小麦が開けるべきだ」

小麦は一歩身を引いた。仲野は小麦の肩に右手を置き、続けて言った。

「小麦が開けることを、幹二郎さんも望んでいると思うよ」

その言葉を聞いて、小麦は部屋のどこかで、祖父が自分たちのことを見守っているような気がした。

『お祖父ちゃん、蓋を開けます』

心の中でそう言うと、小麦は箱の方に身を寄せた。掌で桐の表面を撫でてみる。滑らかに削られた表面は、手が吸い付くような感触だった。蓋の両脇に手を添えると一瞬息を止め、そして一気にそれを取り除いた。

仲野と石田が覗き込む。遅れて小麦も身を乗り出した。

「これは何ですか？」

思わず仲野が石田に尋ねた。中には箱の縦横の幅一杯の大きさの巨大な帳面が、縁の際ぎりぎりまで積み上げられている。そして帳面の真ん中に、筆で文字が綴られていた。

石田が文字を読み上げる。

「伊勢講衆一覧……と書かれてありますね」

「伊勢講衆一覧？」

仲野がオウム返しに呟いた。伊勢講の意味は小麦にもわかる。しかし、なぜこれが金庫の中に仕舞われているのか、その意図が理解できない。この帳面は、これほど厳重に保管されなければいけない大切なものだったのだろうか。頭の中で答えを探し続けたがたどり着くことはかなわない。

しかし、石田が言った。

「これがここにある理由が、なんとなく分かってきました」

石田は、小麦の方を見て話し始めた。

「小宮家は、先祖代々伊勢神宮で御師の職に就いていました。小宮太夫と呼ばれ、御師の中でも有力な一族です。

抱える檀家は一万以上。その檀家たちは、江戸時代、地域ごとに『伊勢講』という組織を作っていきました。『伊勢講』ではお金が積み立てられ、その代表者が毎年伊勢神宮にお参りに行く。小宮家では、その人々の旅を世話し、精一杯のもてなしをしてきました。

しかし、その御師という制度は明治時代廃止される。その時『伊勢講』は表立ったものではなくなり、地下組織のようになっていった。それは、まるで初期のフリーメイソンのように。

そして『伊勢講』の運命を決定づけたのは、戦後のGHQによる命令です。GHQは賭博集団と見なし、『伊勢講』の解体を命じたのです。

つまり、この名簿はこの世の中に存在してはいけないもの。その一方で、この『クラウンホテル』には欠かすことが出来ないものです。

米軍が去った後、幹二郎さんはここを訪れて、名簿を覗いては宿泊客をホテルに呼び寄せようと思っていたに違いありません。

戦前のように、もう一度お百姓さんも漁師も工場の工員も、みんなホテルに集めて、豪勢な料理を振舞い、象や相撲や映画やダンスを披露して、宿泊する人たちに人生最高の時を演出したかった。

素敵な夢を見せたかった。この名簿には、そんな幹二郎さんの願いが詰まっているのではないでしょうか」

伊勢講の話を初めて聞かされたのは、去年の九月。伊勢に戻った時に義父が話してくれた。しかしその時は、それは遠い昔話のように聞こえ、自分に近い世界の話には思えなかった。

小麦は恐る恐る帳面に手を伸ばし、表紙を捲ってみた。

そこには、県や郡、町や村の名前、伊勢講の名称、そして個人の名前が筆で細かく丁寧に書き連ねてある。その全てが「伊勢クラウンホテル」の顧客の名前だった。それを見ながら、小麦は声を震わせて言った。

「お祖父ちゃんの宝は、お金や財宝じゃなかったんですね。そんなものはお祖父ちゃんにとって大切なものでもなんでもなかった。

お祖父ちゃんが、命に代えても守りたかったものは、ホテルのお客さんたちの名前。自分の大切な仲間の名前……」

小麦の眼から、ぽたぽたと涙が落ちていった。それまで締め付けられていた心が一気に解き放たれた。

「やっぱり、お祖父ちゃんは……素晴らしい人だったんだ」

仲野の眼にも、涙が溜まっている。

「そうだね。僕の尊敬する人は偉大な男だったよ。顧客名簿が、宝だなんて……しかも、こんなに厳重に仕舞い込んで。君のお祖父ちゃんは世界一の大馬鹿者で、世界一のホテルマンだよ」

石田も、帳面を見つめながら続けた。

「私は、ここの『番人』であり続けて、本当によかったと思っています。幹二郎さんの言葉の意味が、今ようやく分かったような気がします。幹二郎さんは、私にこうおっしゃった。『このホテルに泊まられるお客様を愛する人なら、ここを開けてもいい』と。それは逆説的な意味だった。愛していない人がこれを見つけても、何も有難みを感じないはずですからね」

その時、小麦は石田に言った。

「いいえ、父もこれを見たら、きっと感動したはずです」

小麦は茶封筒の中から、自分と父、幹生が写る写真を取り出した。そして、その写真を名簿の方に向けた。

「お父さんに見てほしかったなあ。そして感動してほしかったなあ。お祖父ちゃんは……お父さんが思っていた通り、本当に凄い人だったよ」

そして、思った。祖父の身体には、御師の血が流れていた。その血は父にも、きっと自分にも流れている。

仲野が部屋を見回しながら続けた。

「この金庫室は、ずっと小麦が来るのを待っていたんだね。お父さんと君は、長い長い道のりを乗り越えて、ようやく今ここにたどり着いたんじゃないかな」

今では小麦もそんな気がする。父の死も無駄なことではなかったと思う。

小麦は「伊勢講衆一覧」の帳面を愛おしそうに撫でながら言った。

「お父さんの代わりに私、ちゃんとお祖父ちゃんの遺志を継ぐね。やり抜いてみせるね」

プロジェクターから映像が消えても、会議室は静まり返っていた。

小宮幹二郎の存在は、ワインセラーの金庫から飛び出し、この会議室の面々の心の中に飛び込んでいったような気さえする。

その空気の中、仲野が立ち上がり話を再開させた。

「ご覧になって頂いた映像は二か月前のものです。それ以来、私とここにいる五間岩小麦さん、五間岩薫さんの三人で、『伊勢講衆一覧』に載っていた方々の元を回り続けました。

江戸時代、小宮太夫の檀家は十万人いたと言います。それに比べれば、帳面に載っていた名前は少なくなっていましたが、それでも一万人を超えていました。

帳面に載っていた方たちは、みな東北と関東の方たちです。会いに行くと、皆さん快く出迎えてくださった。その理由は、戦後の一番苦しい時代に、小宮幹二郎氏が楽団や芝居の役者を引き連れ、かき集めた食べ物を荷車に積んで訪ねて回ったお蔭でした。皆さんから聞いた話では、幹二郎さん自ら料理を買って出て、炊き出しを行ったこともあったと言います。それだけじゃありません。家を失った人、工場を焼き払われた人には、自分の財産から無利子無期限でその費用を用立てた。幹二郎さんは、自分の出来うる限り戦争で疲れ果てた人々の心を癒して回ったのです。それを子供時代に体験した方もいれば、亡くなった両親から伝え聞いた方もいた。

いずれにしても、その恩義を今の今まで皆さん忘れることがなかった。

幹二郎さんが、戦後よくホテルを離れていたというのは、そのせいだったのです」

仲野がちらりと塚原を見ると、俯いていた。

「私たちが、その皆さんの元を訪れた理由。それは『クラウンホテル』の購入資金を集めることでした。ですから、一人一人お願いして回る必要があった。運が良ければ、周囲の方たちを集めてくださった人もいたが、二か月という時間では限界がある。お会いできたのは、帳面にあった人の何十分の一にも満たなかった。

それでも、快く出資してくださる方は大勢いた。私たちは、その資金に『伊勢講ファンド』という名前を付けた。

小麦さん、お願いします」

その言葉を受け、小麦は一旦部屋から姿を消した。そして、スーツ姿の男たちを連れて会議室に戻ってきた。お辞儀をしながら入ってきた人数十二名。それが一列に並んだ。

「この方たちは、今日仕事を休んで来てくださった『伊勢講ファンド』の出資者の皆さんです。自己紹介をお願いしてもいいですか?」

男たちは端から、自分の名前を語り始めた。

「山形から来ました。和菓子の会社『まん作』をやっています、小田切と申します」

「栃木から来ました。精密機械の会社をやっています、宇和川です」

「東京の下町で食品工場を営んでいます、安蒜です」

「宮城県から来ました。冠婚葬祭の会社『キューピット・ライフ』の社長をやっています、石川と申します」

「千葉県で建設業を営んでいる、興津です。よろしくお願いします」

「茨城県で鮮魚の加工会社をやっている、永松欽一と申します」

十二人全ての自己紹介が終わると、仲野が続けた。

「もちろん、ここにいらっしゃるのは、投資家のごく一部です。出資してくださったのは二百五十八名の方たちです。投資額も様々です。最低額の十万という方もいれば、一億以上出してくださった方もいた。

ただ共通していたのは、小宮幹二郎と『伊勢クラウンホテル』を愛している方たちだということ。鈴木さん、例の物を」

五間岩の弁護士、鈴木静雄が分厚いファイルを、「ロックキャピトル」の弁護士、木村に手渡した。

木村がファイルを慎重に捲り始めた。全てを丁寧に見るにはあまりに膨大な量だった。後半は端折《はしょ》りながら捲り、概ね見終わると発言した。

「仲野さん、質問をしてもよろしいでしょうか？」

「どうぞ」

「ここにある金額の合計は、十一億円あまり。塚原さんたちの提示した三十億にはだいぶ足りませんが……」

その言葉で会議室はざわついた。

そして、黙り続けていた塚原が息を吹き返し、椅子から立ち上がった。

「そうだろう。何が『伊勢講ファンド』だ。コケおどしもいいところだ。こんな連中に三十億も出せるはずがない。くだらんことに時間を取られたもんだ。

どうせ、私を告発するための、長い長いパフォーマンスだったんだろう。

仲野！『ロックキャピトル』の皆さんにも、児島社長にも手をついて謝れ。もちろん、私にもだ」

声を荒らげる塚原に、「Ｐスタジアム」の児島も同調した。

「本当にこれは何の時間だったんだ。大切な締結式を邪魔しやがって」

仲野たちのプレゼンを許した弁護士の木村も弱った顔をしている。

会議室全体に、重い空気が広がり始めていた。その時だった。

「ちょっと待って頂けますか？」

五間岩薫が、この日初めて口を開いた。

「私は、新宿や渋谷でラブホテルを経営している、五間岩と申します」

席から立ち上がった五間岩を、塚原が睨みつける。五間岩はその視線を無視するように続けた。

「実は、私にも仲野さんから『伊勢講ファンド』に出資してほしいと、ご依頼がありました。私も、『クラウンホテル』に勤めていたことがありましてね、創業者の小宮幹二郎さんにお世話になった身なんです。資金も足らんことがわかっていましたから、これはどうしたらいいか迷いました」

会議室全体が、五間岩の出方を見守っている。ここに会する面々の顔を見回してから、五間岩は言った。

「でも、人生で一度くらい大勝負に出てもいいかなと思い……決断をしたんです」

五間岩は、横に座る小麦の肩をポンポンと叩いた。小麦は眼にいっぱい涙をためて、義父の方を見つめている。義父の決断を、小麦は事前に聞かされていた。

「歌舞伎町の四軒、円山町の二軒を売りに出しましたらね、どうにか二十五億ほどになったんです。当初の十一億と合わせて三十六億円。

『ロックキャピトル』の方、そんなところでいかがでしょうか？」

「ちょっと、待った！」

塚原が大きな声を上げて立ち上がった。

「六億くらい、どうにでもなる。児島とすぐに作ってみせる。山根さん、これはもう一度日を改めた方がいいんじゃないか」

三菱の山根も慌てている。

「塚原さんのおっしゃる通りかもしれませんね。ここは一度冷静になってですね……」

「ロックキャピトル」の日本支社長が、アジア局長のマクラーレンに小声で通訳し続けている。すると、マクラーレンは支社長に耳打ちした。

支社長は突然立ち上がり、マクラーレンの言葉を日本語に訳して全員に伝え始めた。

「今回の交渉の段取りの不手際については、塚原さん、児島さんにお詫びします。しかし、売却先として我々『ロックキャピトル』は、後者、つまり仲野さん、五間岩さんのチームを選ぼうと思います」

「ちょっ、ちょっと」

塚原が言葉を挟もうとすると、マクラーレンも立ち上がり、そこからは同時通訳の状態になった。

「私たちがホテルの売買を行う場合、そこに感情を差し挟むことはありません。全てにおいて、ファンドの投資家たちの利益が優先されます。

しかし……今回は、私は個人的な思いから、仲野さんたちを選びました。提示された金額が仮に同じでも結論は一緒だったと思います。

私たちは日々ホテルを、株券と同じように売り買いしています。売買の対象となるホテルを実際に見に行くこともほとんどありません。今まで、ホテルを金融商品としてしか見たことはありませんでした。

ところが『クラウンホテル』は、私の感情を揺さぶりました。

まるで一つの建物が意志を持っているように感じました。『クラウンホテル』だけは、オーナーを自らの意志で選んでいるような気さえする。あのホテルには、どうやら敬意を払う必要があるようです。

ホテルに意志を持たせたのは、間違いなく創業者の小宮幹二郎氏だ。

私はこれまで、何十というホテルを売買してきましたが、今後はそのホテルとの接し方を少し考え直した方がいいかもしれない。

それを教えてくださった仲野さん、五間岩さん、五間岩小麦さん、そして『伊勢講』の皆さんに感謝申し上げます。

出来れば、今度……『クラウンホテル』に泊まりに伺いたい。そう、熱烈に思っています」

仲野の右手が、小麦の左手の上に乗った。二人は目を真っ赤にしている。

一方の塚原は、一回だけドスンと机を拳で叩いた。

すると、五間岩が塚原を睨みつけ話し始めた。

「塚原くん、一言だけいいかな」

五間岩の強い口調に、塚原は怯んだ。

「あなたは先代の威一朗が、策略をもって小宮幹二郎を死に追いやり、『クラウンホテル』を奪い取った経緯をご存じだろう。そして、君も父親から社長の椅子を譲り受ける、ただそれだけのために、息子の幹生の命を奪った。

あんた方は二代にわたり、小宮家を食い物にしてきた。あなたがまっとうに人としての血が流れているなら、ここにいる末裔、小麦に謝罪すべきじゃないか」

塚原は、口を固く結び苦しそうな表情を浮かべている。

「どうなんだ、塚原！」

五間岩の激しい一言に、塚原は身体をびくりとさせた。

「もういいでしょう。彼には私たちの言葉は通じない」

仲野が五間岩を制した。すると突然塚原がふらっと立ち上がった。塚原は身体をぶるぶると震わせている。

そして、小麦の方を一度じっと見て、静かに頭を垂れた。

塚原の目の前のテーブルには、ぽたぽたと流した涙が落ち続けていた。


戦いの終わった会議室には、仲野と小麦、五間岩の三人だけが残った。

三人の顔には、五年間の、いや半世紀余りの清算をやり遂げた安堵の色が広がっている。

塚原と「ロックキャピトル」に挑むシナリオは、事前に仲野と五間岩が綿密に練り上げたものだった。その全てを小麦も理解していたが、実際に目の前で起きたドラマは想像以上の展開を見せた。

しかし、激しい戦いの中では犠牲者も出てくる。その痛手を最も被ったのは、義父の五間岩に違いない。

「お義父さん、ありがとう」

小麦は、五間岩に向かって頭を下げた。

新宿と渋谷のラブホテルは、五間岩が人生を費やしてコツコツと作り上げてきたものだ。それを売り払い、今後再建できる保証もない「クラウンホテル」に投資したのだ。祖父と父への負い目があるとはいえ、二十五億という金額はあまりに大きすぎる。

小麦は、いまも申し訳ない気持ちでいっぱいだった。

「そんな顔をされたら、白状するしかないか」

五間岩は、会議用に置かれていたミネラルウォーターを飲みながら言った。

小麦は、「白状」の意味が分からなかった。

「そろそろ話すタイミングだと思っていたんだ」

真剣なまなざしに変わる五間岩を見て、仲野が、

「私は席をはずしましょうか?」

しかし、立ち上がろうとする仲野を手で制して、五間岩は続けた。

「小麦に見てもらいたいものがあるんだ」

言いながら、上着のポケットを探る。

「私の事務所で、幹生さんと出会った日、私は初めて例の茶封筒を目にした。そこには、あの鍵と一枚の写真が入っていた」

小麦は頷いた。それは二歳の父と祖父が写った写真だ。今は小麦の元にある。

「実はね、入っていたのはそれだけじゃなかったんだよ。写真がもう一枚……」

義父は、二人の目の前にそれを置いた。

「こいつも入っていたんだ」

それも古い白黒の写真だった。小麦が持っている写真と同じように、和服姿の祖父、幹二郎と幼少の幹生が写っていたが、その祖父の横に、もう一人の男性が立っている。

それは十五、六歳の頭を丸刈りにした青年だった。青年は当時のホテルの制服のようなものを着込み片手に帽子を抱えている。仲野が顔を近づけて言った。

「これは……五間岩さん、ですか？」

「えっ？」

そんなことはあるはずがないと小麦は思ったが、確かに目元が義父に似ているようにも見える。

「そう、これは私が『クラウンホテル』に入ったばかりの頃の写真なんだ」

「どうして、三人で？」

小麦が聞くと、義父は一度目をつぶりゆっくりと答えた。

「私が、幹生さんと腹違いの兄だからだよ」

義父の言葉に、小麦はすっかり混乱し始めていた。その心中を察するかのように、五間岩は優しい口調で説明し始めた。

「幹二郎さん……いや、もう親父でいいかな。親父は二度結婚している。最初の妻は、『クラウンホテル』が開業するよりも前に見合いで結ばれた女性で、地元の代議士の娘だった。

しかしその後、親父の前に小麦のお祖母ちゃん、ハルさんが現れる。ホテルの出し物の一つとして東京から呼んだダンスチームの一員だったハルさんを親父はすぐに気に入った。そして二人は恋に落ち、私の母親は離縁された。

それでも親父は、私だけは気にかけてくれた。中学を卒業すると、ハルさんには内緒で『クラウンホテル』に迎え入れてくれたんだよ。

これはね……」

義父は写真を手に取り、続けた。

「その頃のものなんだ。私が親父と撮った最後の写真になるかな。この日は、幹生の二歳の誕生日だった。背景を見てごらん。これは親父の家の庭ではなくホテルの中庭だ。親父はわざわざ場所を移して、三人の写真を残した」

この写真には、祖父のハルへの遠慮がうかがえる。二歳になった父と自宅の庭で写真を撮った後、ホテルに場所を変え、もう一人の息子も交えて撮影したということらしい。それは、当時の義父の肩身の狭さも表しているのだろうか。

「ホテルの中でも、私がオーナーの息子と知る者はいなかった。一人を除いてはね」

「塚原威一朗のことですか？」

仲野が口を挟むと、

「そう。だから塚原は、米兵が少女を連れてきた時に、わざと私に親父を呼びに行かせたんだと思う。それに親父はまんまと引っかかった。米兵へのそれまで溜まった苛立ちもあっただろうけど、親父は息子の前で毅然とした態度を見せたかったんじゃないかな。まあ、それに気づいたのは随分と大人になってからのことだが。

塚原は、親父が亡くなって少しすると、私を呼び出しこう言った。

『お前は東京に行って、ホテルの勉強をしてくるがいい。働き口は私が手配した』

そして、百円札を一枚私に手渡した。その時私を見る塚原の眼光は鋭く、二度とここに戻ってくるな、もし戻ってきたら親父と同じ目に遭わせるからなと言っているような気がした。

恐らく、ハルさんと幹生も同じような調子で、伊勢から追い払われたのだろう。その後、塚原は『クラウンホテル』のオーナーの座に納まった」

五間岩は淡々と説明していたが、小麦は当時の義父の心の内を慮った。

「幹生さんは、腹違いの兄弟であることを知っていたんですか？」

仲野の問いに、五間岩は答えた。

「初めは知らずに私の元に来たはずだ。気づいたのは、きっと写真への私の反応を見た時じゃないかな。でも、お互いそれ以上は何も話さなかった。

私はずっと幹生にいい感情を持っていなかったんだ。嫉妬みたいなもんかもしれない。あの鍵を見てそれはさらに膨らんだ。やっぱり直系は幹生なんだなと思ってね。幹生はそれを感じ取ったんじゃないかな。

だけど幹生はいい奴だった。あの時、黙ってこの写真を私のところに置いていったんだよ」

義父は過去を見つめながら、穏やかにほほ笑んだ。

「それ以降も幹生とは電話で何度か話はしたが、兄弟としての会話はなかった。しかし、いよいよ金庫を開けるという時に、幹生は私に小麦を預けたいと頼んできた」

「そういうことだったんですか」

仲野がぽつりと言った。

「幹生が、もし自分の身に何かあったらと言った訳は、決して自殺などが前提ではなかったはずだ。警察に捕まるくらいのことだったんじゃないかな」

小麦は、義父と出会ったその日からのことを思い返していた。ずっと見ず知らずの人の元に身を寄せたと思っていた。義父や義母は親切に接してくれたが、赤の他人と思っていた小麦には遠慮があった。

「どうして……ずっと、黙っていたんですか？」

話し始めると小麦の眼に涙が溢れた。義父は暫く考えてから答えた。

「私たち夫婦は、子宝には恵まれなかった。そこに思わぬ形で、小麦という娘が出来た。その時は、とても不思議な気分がし、二人で喜び合ったりもした。

そのまま行けば私たちは小麦を溺愛していただろう。しかし、私たち夫婦は自分を押し殺すことにしたんだ。

まずやらなきゃいけないことは、幹生の思いを清算することだった。謎を解いて、小麦と幹生の歪んだ関係を元に戻す。自己紹介は全てが済んだ後でいい。そう思ったんだ。

まあ、小麦は何も知らない方が色々と助かるという思惑もあったけどな。上原だって、そんな小麦に安心して近づいてきただろ。お蔭で悪い企みを次々と思い付くことが出来たよ」

義父は、わざとニヤニヤ笑っている。小麦は照れ隠しをする義父の顔をじっと見続けていた。

「でも……私はずっと一人ぼっちじゃなかったってことですよね」

「一人ぼっちの人間なんて、そうはいないもんだよ。お前の魅力もあるだろうが、周りにいる人間は常に小麦のことを見守り続けていた。伊勢に行ったって、彼が守ってくれていただろ」

仲野が顔を赤くした。ずっと天涯孤独と思っていたが、自分は絶えず守られて生きてきたのだ。

「お義父さんも一緒……」

「何が？」

「前に言っていたでしょ。『小麦のお父さんは、区切りがついたらちゃんと話すつもりでいたと思う』って。私はいつだって、最初から全てを知っていたかったのに。今回だって……」

義父は、小麦の右手を両手で包んで返した。

「すまん」


「そろそろ、これからのことを話してもいいですか？」

仲野の言葉に二人は頷いた。

「ホテルのオーナーには、小麦になってもらおうと思っています。補佐として五間岩さんについてもらってね」

「えっ？　無理です」

五間岩はニヤニヤ笑っているだけだ。

「だって、私まだ十九歳ですよ。オーナーなんて……」

「その年齢は対外的に宣伝効果がある。創業者の孫というのも響きがいい。GMには僕がなるから、小麦はあまり心配せず、オーナーの椅子にどっかりと座っていればいい」

小麦を利用することで、五間岩と仲野の間で話がついているようだった。二人には小麦の反論を聞く様子はない。

「じゃあ、一つだけ条件出してもいいですか？」

「どうぞ」

「オーナーになる代わりに、客室係のチーフにしてください」

小麦の言葉に、義父は大笑いした。

「小麦らしい。私は大賛成だ。ＧＭは？」

「仕方ないですね。幹二郎さんも、オーナー時代に陣頭指揮を執っていたようですから、その方向で行きますか。でも小麦、ホテルのルールだけはちゃんと守ってもらうよ」

仲野は、以前宿泊客に薬を渡したことを言っている。

小麦はニコリと笑い、ポケットから百円玉を取り出して言った。

「ありがとうございます。客室係として、まずはベッドメイキングが日本一素晴らしいホテルを目指します」

三人は、小麦の言った「まずは」の先の未来をそれぞれの頭の中に描いていた。

謝辞

本書の執筆に当たり、
本中野真氏に貴重なアドバイスを頂きました。
ここに深く感謝の意を表します。

二〇一六年六月　田中経一

〈著者紹介〉

田中経一《たなか・けいいち》

一九六二年東京都生まれ。立教大学卒業後、テレビ業界へ。フジテレビ「料理の鉄人」「ハンマープライス」「クイズ$ミリオネア」やテレビ朝日「愛のエプロン」など数々のテレビ番組の演出を手がけ、多くの受賞歴を持つ。著書に『ラストレシピ　麒麟の舌の記憶』(『麒麟の舌を持つ男』改題)、『歪んだ蝸牛』がある。

本書は書き下ろしです。
原稿枚数七五〇枚（四〇〇字詰め）。

龍宮の鍵

二〇一六年八月五日　第一刷発行

著者　田中経一
発行者　見城徹
発行所　株式会社　幻冬舎
〒一五一-〇〇五一　東京都渋谷区千駄ヶ谷四-九-七
電話　〇三-五四一一-六二一一(編集)・〇三-五四一一-六二二二(営業)
振替　〇〇一二〇-八-七六七六四三
印刷・製本所　株式会社　光邦

ISBN978-4-344-02977-4 C0093
幻冬舎ホームページアドレス http://www.gentosha.co.jp/
この本に関するご意見・ご感想をメールでお寄せいただく場合は、comment@gentosha.co.jp まで。